锐势力 Rui Shili

中国当代
作家小说集

赵剑云 著

若没有你

RUO MEIYOU NI

中国文史出版社

为有源头活水来（总序）

温亚军

以网络为主流传播媒介的这个时代，文学所面临的挑战、创作的生长点以及得失，大家时常挂在嘴边，却无能为力。是的，我们对自己也是有提醒的，对文学的新动向应该进行反思，对其有一个清晰、全面的认识，并做出客观的评价。比如对现实生活中矛盾的大胆触及，注重塑造转型期新的人物形象，区别与以往人物性格的重复，增加时代内容的融入，社会气息的强化，平凡的人物性格等多样性与更新趋势方面，虽然不是为了迎合，但是否有所改观？我们对网络的冲击除了接受，别无他法，可始终在安慰自己，纸质阅读带给人的精神愉悦，总好过徜徉在俗世里平庸琐碎的纷纷扰扰。而清浅淡远的生活，也终是热爱生命的人殊途同归的期冀。那好吧，我们还在坚持纯文学创作的这群人，最终发现希望值得等待，有些失望也值得经历。

“锐势力·中国当代作家小说集”是中国文史出版社推出的一套品牌图书，在纯文学日渐式微、图书市场极其疲软的今天，该社编辑全秋生谋篇布局、倾心打造，为致力于中短篇小说创作的实力派作家提供一个展露成绩的阵地。众所周知，网络横行的此时，纸质阅读的空间几乎日渐稀薄，尤其文学作品，这是个不得不承认的事实。作为责编，全秋生先生坚持纯文学本心，坚守纯文学出版平台，他编辑这套丛书所面临的各方压力，未来市场的销售难度有多大，我们是可以想象到的。但他还是冒着风险坚持下来，并且在选择作者、书籍装帧上更加严格、考究，使这套丛书日趋精致、高端大气，符合大众的品位。此举于纯文学作家的创作来说，无疑是一种福音。

“锐势力丛书”第二辑中的这八位小说家，大多人我未曾谋面，但从各类刊物中读过他们的作品。单从作品上来看，他们对小说文本的探索，有自己的理解和认识，对小说艺术的追求，有较好的能力和把握，他们创作出了无愧于小说意义的文本。可以说，他们在小说领域各有千秋，而且，有些作家已经取得了不凡的成就。

陈斌先的小说从细微处着笔，艺术地再现了生活，具有很强的思想性和艺术性。收在这本集子里的七部小说，叙述的风格不尽相同，但就其故事背后所体现的大悲悯情怀，或娓娓道来，或抽丝剥茧，或深沉哲思，都饱含深情，包括作家采撷了一个又一个生动细节，塑造的一系列鲜活的人物形象等，可以窥探出作家的艺术情怀和艺术探索。比如作者所写的寒腔，是庐剧的一种唱腔，庐剧人的寒苦，水月、长生的挣扎、坚守和追求，尤其代表物质和当下世俗层面的句一厅与水月的精神对峙等，有了较深探索。《寒砚》写老大的一次善意赠予，造成授受者精神的异化和挣扎。《操守》写卤菜摊主小昭的片刻游离所带来的痛苦和挣扎，其故事背后呈现的面貌，值得深思。

王传宏的中短篇小说大都聚焦普通人的日常生活，以冷峻而细密的笔触描摹出他们的孤独、焦虑与失望。她的小说有一种奇异的色彩，沉稳而不安，动荡而释然。那些在时间的风尘中不断挣扎的人们，被流水般的过去与梦魇般的现实牵扯着，在那团从他们的心灵深处升腾而起的雾霭里踯躅、徘徊着。而这一切，总是被王传宏拿捏得恰如其分。王传宏的文字极富张力，饱满而冷寂，紧致而悠远。里面既有不动声色的平实，也有出人意料的绚烂。作者热爱她笔下的人物，把这种热爱隐藏在自己的文字之中，极富耐心地构筑起一个个小小的世界。这其实在某种程度上也造就了她作品特有的气质，绵长而柔韧的文字中所涌动的奇光异彩。

晓秋以女性的眼光，对准她所生活的城市背景，对城市的历史和生活的整体性做着追忆式的拆解和重构。她作品里的各色人物，如时光一般缓慢，他们的心境也如缓慢流淌的河水，在沸腾的时代背景下，再怎样暗流汹涌，依然对生活抱着希望和美好的幻想。晓秋的作品注重城市的人与自然、人与历史、人与时间、人与地域的关系，将人的行动放置在阔大的文化视野中加以审视，意境由此幽远起来。她打量当下都市生活中的女性群体，她们的情感、婚姻、家庭，还有友谊，于浓密的生活质地中把握住了火候，于婚姻的烦琐里写出了练达，于微波细澜的情谊里见著温暖。

叶炜的小说创作努力拓展乡土文学的书写空间，重新反思人与土地的关系变化，其乡土叙事聚焦一个区域、一个村落和区域文化特质，呈现出独具个性的乡土书写立场和姿势。同时，叶炜的乡土小说以全景式观照和“非道德”视角审视两种方式书写民族心灵史，在人与土地关系的视野中发掘和表达乡土中国的精神存在。如何在乡土的视野中去探索乡土中国更多的书写方式与路径，是叶炜及其小说创作带给我们的重要启示。

赵剑云的创作纯真而又深刻，她的小说关注更多的是平凡人物和普通人的生活，人物很现实，事迹很平实，却以一颗悲悯之心体察生命，由此实现了对命运及时间之河中的存在之思。赵剑云在自己的小说中，强化了日常生活中的温暖和爱意。她擅写感情，尤其是爱情，她从女性视角出发，叙述当下中国人的家庭、婚姻和情感生活，追随着人物波澜起伏的情感，探寻人物或柔软或幽暗的内心世界。她细致温婉地表达了对于中国社会精神情感状态诸多缺失元素的关注，例如情感的隔膜、亲情的淡漠、友情的缺失等等。赵剑云习惯书写杯水的微澜，小事之光，生活生命中那些纤细的、毫发的温度，以及由这温度而影响到的内心，赵剑云构建的是一个有着毛茸茸质感的情感世界，她体察、审视着那些和青春相关的冲动、爱情和孤独。

曹永出道就拓土开疆，构建自己的文学地域。他建造的野马冲镇和迎春社村，俨然已成他的地理标识。在这个相对闭塞的蛮荒世界，没有常见的田园牧调，由于恶劣的自然条件和生存环境，处处展现出人类的懦弱与偏执、无助与挣扎、粗野与凶残，他们似乎永远活在压抑和焦虑之中。这片领土上居住的民众，虽然活得像野兽般坚忍顽强，但生命的质地却无比脆弱，随时有可能被意外事故所折断。曹永的小说语言朴拙，棱角分明，故事在推进过程中没有多余的渲染，显得干净利落。他作品散发出力量的冲击，以及让人震颤的审美快感。感性的生活经历和理性的社会思考，形成他独特的写作风格，也让他在有限的叙事里，展示出无限的空间。

常芳的小说有厚重的文化思考，她有着温婉的书写姿态，不动声色的价值批判，在温情与诗意的文字下，直面广阔的世界。以中篇小说《一日三餐》《你在木星上有多重》《左青龙右白虎》为代表的市民生活系列小说，以中篇小说《纸环》《撒拉弗的翅膀》《冬天我们去南方》为代表的反映当下知识分子精神困境的小说，敏锐地捕捉现实与日常生活，呈现出人的本真存在以及与这个变化世界的复杂关系。以短篇小说《蝴蝶飞舞》《白色蝌蚪》《一只乌鸦口渴了》为代表的成长小说，在关于少年们成长的小小欢乐之外，更多的是呈现时代和命运的不可抗拒，以及少年们成长路上所背负的沉重和无助。

杨帆的作品试图展示不同阶层的个体在社会环境下的际遇，人的吃饭问题、安全感、幸福指数、情感与理想等等。杨帆近年偏于社会题材，在作品中继续质疑、探讨这些问题：经济与文化、自然与社会是否可以脱离，科学、艺术能留给后代什么，在先进与传统、个人与集体之间如何前行；房屋的功能是什么，不同阶层的人能否相爱，人的物化与物的人化完成后人类将走向哪里等等。杨帆将本来沉重、严肃的命题简约到用文字叙说来表达，然后再依靠文字的奇特功效“以小见大”，从而实现自己的文学表达目的。这一从具体到抽象、再通过抽象还原到具体的技巧，使得她的作品具有较大的扩张力和震撼力。

八位作家的中短篇小说在虚构能力、人性开掘上都有值得肯定的地方，因为大家的共同坚守，使纯小说领域的色彩更加丰富。大家都知道，小说是作家想象力的产物，说的核心品质在任何时候都是复杂的，而不是简单地表达一段生活经历，或者说故事。这个时代，还在保持传统阅读的人们对小说解读或多或少存在着一些偏差，甚至带有些许鞭挞社会现象的期待和给予混浊呼吸以彻底颠覆的情绪，致使小说作品的负荷时常超重。再就是，越来越多的诱惑对作家本人的冲击，致使某些作家很难沉静下来，认真面对小说的意义去创作。加上一些读者的误读，使一些作品奋不顾身地往“真实生活”上靠拢，有些作家越写越现实，越来越缺乏想象力，使小说创作越来越没有了难度，有些基本上就是现实生活的翻版，这显然削弱了小说的实质意义。

一个作家的观感、视角，也就是一个作家的价值判断能力，或者异质性的经验，是作家对生活不断地阐释，对生活的空间以及多变的外部环境做出充分的估计，在创作中不断地加入自己的思想认识，启发他人更加自觉地去发现生活中隐秘的一些事物，这应该才是我们创作小说的初衷。

愿与诸位共勉。

2019.11.28 于京华

（作者系第三届鲁迅文学奖得主）

目录 CONTENTS

若没有你

1

和才英相遇，沈木犀觉得是命中注定的。

那是巴黎六月的一天，空气里弥漫着初夏的欢乐气息。那天，沈木犀忙了一整天。一个中国游客在“老佛爷百货”和店员发生冲突，他一直处理协调。初夏，来法国的中国游客进入高峰期，店里的导游根本忙不过来，他只能亲自上阵。他带着旅行团，走在十九世纪的碎石路上，去协和广场、凯旋门、卢浮宫、巴黎圣母院……他一上车的开场白依然是：法国人有两种，一种是“住在巴黎的人”，另一种是“住在巴黎以外的人”。旅行团的最后一站往往是带他们去购物。在法国，欧债危机的不断升级和欧元的大幅贬值，使欧洲人开始勒紧裤腰带过日子。而中国游客在巴黎依然能大肆采购，为欧洲经济慷慨解囊。

沈木犀招了招手中的一面小旗，游客们就杀进“老佛爷百货”。

沈木犀站在拜占庭式的巨型镂金雕花圆顶下，看着来往的人影绰绰，他很想抽一支烟。阳光从圆顶自然泻下，豪华的装饰线条，给人以强烈的视觉冲击，使之无愧于购物天堂的称号。

沈木犀站在一个角落，闲情雅致地对着天花板发呆。他留给游客的时间是两小时，可是那些土豪们还觉得不够，他们直奔自己心仪的奢侈品专柜，展开了激动人心的血拼！个中原因只有一个，那就是这里名牌商品的售价远远低于国内，很多产品的售价仅相当于国内的六七折，再加上退税，比国内足足便宜了四成多，甚至一半。很多人都抱有这样的心态，买得越多，省得越多，等于赚得越多。对于很多参团的游客来说，买上三千多欧元的东西，基本上团费就赚回来了。

老佛爷百货喧闹异常，沈木犀和中国领队说了集合的时间地点，他就去了旁边的酒吧，打算喝一杯。沈木犀感觉有点闷热，他脱掉西服，巴黎四季气候温和，夏天最高温度很少超过 25℃，冬天的最低气温通常也在 0℃以上，不过有时候也会非常热。

沈木犀今年三十八岁。他十八岁就来巴黎了，在巴黎已经待了整整二十年。他在这里读书、工作、安家。过去的二十年，他干过很多工作，在中餐馆做服务生，在企业做技术、管理，当导游，后来自己开了旅行社，不过只接待中国的游客。

沈木犀初到法国，在法国南部尼斯一所学校读计算机专业，后来硕士读的是工商管理，是在巴黎一所大学读的。法国的硕士对于沈木犀来说实在过于简单，他一年就读完了。三十二岁那年，他结婚了，是父亲的突然去世，让他萌生了结婚的念头。母亲说，父亲到死都想着他，希望他早点成家。于是，处理完父亲的后事，回来不久，他就结婚了。婚后半年，他回国到父亲的墓碑前，陪着父亲喝了一下午的酒。他和父亲从来没有一起喝过酒，没有一起抽过烟，少年时代看到父亲站在阳台抽烟，梦想有一天，能和父亲站在一起抽一支烟，或者一起喝几杯酒，可是一直没有那样的机会。父亲一直唠叨着要来法国看看，也没有来，这是他最遗憾的事。他很小出国，父母为了供他留学，一直省吃俭用。当他终于在法国买了公寓，想接他们来小住的时候，父亲却去世了。子欲养而亲不待，沈木犀想好好孝敬母亲，可是母亲死活不愿来法国，她离不开故土，离不开那个熟悉的大院子。这两年，沈木犀回国的频率越来越高，从过去的两年一次，一年一次，到如今一个季度一次。他每次回国，母亲都心疼机票钱，沈木犀说，钱挣来就是花的。父母退休前都在事业单位工作，当年为了给他凑机票钱，每次都是东拼西凑。父亲生病住院，他们也是怕来回路费太贵，没有告诉沈木犀，以致沈木犀没有见到父亲的最后一面，成为终身遗憾。

回到巴黎，他很快就结婚了，妻子是他的研究生同学。他们谈不上爱情，只是在异国他乡互相取暖。和妻子的关系从一开始就是同居关系，没有花前月下，没有卿卿我我，觉得彼此年龄都老大不小了，就结婚了。她有学历，他也有学历，他们酒后乱性，妻子怀孕了。那年，他在法国按揭买了公寓，这是妻子当初嫁他的两个理由。

他和妻子结婚六年，分居三年，他们一开始性生活就不咸不淡，可有可无。他们从来没有说过半小时以上的话，如果没有孩子，他们完全可以变成两个哑巴。妻子一直在巴黎郊区的大学工作，她对于沈木犀离开高薪企业开旅行社，始终耿耿于怀，他们一直同床异梦，后来干脆分居，各自住各自的房子。在法国这样一个艳遇随时随地的地方，他对妻子也格外宽容，也许宽容是不爱的表现，他从未对妻子说过我爱你。如今，女儿已经五岁，女儿也和他不太亲近。这样的婚姻基本名存实亡。

去年，他们开始讨论离婚的事，妻子说，她不想一辈子过这样的生活。妻子在学校那么优秀，肯定有不少喜欢她的男人，她想寻找幸福是没有错的。在分割财产方面，他们一直没有达成共识。妻子说随时可以离婚，只要给她一半财产。沈木犀有些犹豫不决，他的旅行社刚开了分社，需要资金周转，暂时不适宜离婚。

刚到巴黎的时候，沈木犀租住在一间只有十三平方米的老旧公寓里，他来的时候是冬天，巴黎的冬天漫长。为了更好地练习法语，他选择了几个欧洲的学生一起住，他常常给他们做中餐吃，但始终无法融入他们，住了半年，就换了地方。后来他每天做三份兼职，发誓要在巴黎买一套自己的公寓。如今，沈木犀在巴黎买了公寓，买了车，旅行社又开了分店，他的经济开始好转。如果没有工作，沈木犀觉得自己的状态非常糟糕。

巴黎街头遍地都是咖啡馆。沈木犀进了常去的一家，他想透透气。

二十岁之前，沈木犀根本不喝咖啡，刚来巴黎的时候，是穷学生，咖啡对他来说是奢侈品。后来，工作了，常跟着几个留学生泡咖啡馆，打发无聊时光。现在喝咖啡，纯粹是为了让他的中枢精神兴奋，每天下午不喝一杯就犯困。沈木犀刚进咖啡店，就撞见一个中国女孩在那里着急地说着蹩脚的法语，她语无伦次地夹杂着汉语和英语，店员一脸茫然，不知道她要干什么。

那是沈木犀第一次见才英。他至今还记得才英额头渗出的细汗。他走过去，用中文问，需要帮忙吗？

才英像看到救星一样冲他笑，沈木犀至今也记得才英有点夸张的笑容。

太好了，遇到你真是太好了。

原来，才英刚到巴黎，手机出了问题，和巴黎的朋友联系不上，电话号码又在手机里。她急忙跑进咖啡店，想打开电脑，在电脑上查那位朋友。

沈木犀说，不用着急，先坐下来喝杯咖啡吧，会有办法的。万一不行，我帮你找住处，如果你信得过我的话。

我信你，因为你的嘴唇厚，是好人。

这是才英和他说的第一句话。她的第一句话就涉及了他的嘴唇。

咖啡馆有淡淡的阳光照进来，耳边是低缓的法国情歌，有一种浪漫温馨的氛围……

才英低头喝咖啡，沈木犀认真地打量着她。这个穿着素色灰衬衫的女孩，没有太多妆容，看起来有些疲倦和狼狈，头发随意地挽了发髻；睫毛长长的，眼睛透着一种纯净的淡定，又有淡淡的哀愁，服务生倒水的时候，她微微起身，他看到了她浅蓝色的眼影。沈木犀想，应该是校园里那种普通的女生，乖巧听话，成绩不错，家庭幸福，但人又有些固执。看年龄，才英应该有二十五六的样子。不过后来才知道，才英已经三十岁了。才英的脚边有两个沉重的行李箱，真不知道她是怎么拖过来的。

才英最终没有打开她的手机，电脑里也没有联络方式。才英说，没办法，只能先去旅馆住了。

沈木犀说，你今天算是遇对人了，我带你先去一家家庭旅馆住下，是我一个朋友开的，然后再慢慢租房子。

才英很累的样子，她靠在酒吧的藤椅上，一只手枕着脑袋，微微一笑，疲倦地说，让我先休息一下，从下飞机到现在，大半天了，我连口水都没有喝。

沈木犀找服务生要了杯常温的柠檬水给才英，才英一口气就喝干了。沈木犀又给她要了蛋糕，才英也吃了。她喝了三杯柠檬水，吃了两块蛋糕，体力得到补充。她起身，有点激动地说，我们走吧。

才英穿着一双平底的皮鞋，个子不高，显得十分纤瘦。

沈木犀打电话给导游安排了一下还在购物的游客，这些游客被国外称作移动的取款机。旅游结束了，剩下就是送他们去机场，他可以让店里的导游送他们过去。

气温回升，微风习习，沈木犀觉得应该帮帮这个柔弱的女子。才英在前面走，他跟在她后面，从侧面看才英的脸，比在正面还要动人。才英的发髻如果扎成马尾也许更年轻。才英的鼻子小巧，侧面看起来很好看。她走在前面，偶尔回头冲沈木犀笑一笑。

沈木犀一直不停地说话，巴黎可说的太多了。

巴黎的地皮寸土寸金，五十平方米的房子，地段一般，一个月的租金也要一千欧，有阳台的更贵，厨房也只有两三平方米，所以，你只能合租。

沈木犀说，知道海明威吧。

才英点点头。

他说巴黎就是一席流动的盛宴——假如你有幸年轻时在巴黎生活过，那么你此后一生中不论去到哪里她都与你同在。

才英笑了，她说，我更喜欢艾伦说的，我爱巴黎，这座城市到处都是街边咖啡馆和精致的饭店，到处都是音乐和美酒，那么美，那么浪漫，那么有魅力。这是一座不夜城，每个人都会爱上她。

这是才英说得最长的一句话。后来，她几乎一直在微笑。到了家庭旅馆，老板是沈木犀的老乡。恰好有一间房子，因为沈木犀的面子，老板给打了八折。

入住登记的时候，沈木犀看到了才英的名字，这个名字他一下子就记住了。才英记下了他的电话，她说，我现在只想冲个澡，好好睡一觉，我们明天再联系。

沈木犀说，你的手机都坏了，不好联系吧？这样，我回去问问几个朋友，看有没有合适的房子，明天早上，我再过来找你。我帮人帮到底。

才英感激地连说谢谢。

2

沈木犀给才英找了一处好的住处，两室一厅的房子，另外一间恰好是个二十多岁的中国女孩在住。女孩叫莉莉，见到才英，很热情地帮才英整理行李，加上沈木犀的帮忙，一切很快妥当了。

安顿好后，才英笑容明朗，说，晚上我请你们吃饭吧，如果没有你们，我都不知道怎么办了。

莉莉说她有事，先出门了。

只剩下沈木犀了，他有点尴尬，好像他是专门来和才英一起吃饭的。

沈木犀说，走，我带你去吃。

才英说，我十八岁的时候，就渴望来巴黎留学，可是当时父亲的生意出了问题，家里没有钱让我来。但是梦想还在，大学里我还是选了法语专业。

沈木犀说，你是来圆梦的吗？

才英摇摇头，没接他的话。

她说，你知道吗？我梦想过多次走在法国街头的情景。少女时代，我想过在塞纳河畔的小咖啡馆里看一本优雅的法国小说，我还想去地中海的沙滩上，享受热烈的阳光和美味的马赛鱼汤，总之，这次我要把我的这些梦想全部实现。

沈木犀笑了，你们这些文艺女青年，总是喜欢把巴黎想象成全世界最浪漫的地方。

那天，沈木犀带她去塞纳河边的法国餐厅吃饭。在靠近窗户的位子，他们坐下来继续寒暄。沈木犀看到才英在偷偷看自己，他心里有一种说不出的柔情与慌乱，为了掩饰，他笑着说，你请我吃饭，那我请你喝酒，法国的葡萄酒是全世界最好的。

才英笑了。才英看起来睡得不错，人很精神，话也比过去多了不少。那顿饭吃得比较漫长。

你一个人跑到巴黎来做什么？

来透透气，更像是来寻找过去的自己。在国内，生活让我喘不过气来。才英说着脸沉下来，眉宇间有了忧愁。

他们从落日余晖，聊到了华灯初上。

沈木犀知道了才英的一些事。才英是来巴黎的一所大学做访问学者的。她说，其实就是想来法国看看。她在南方一所大学当老师。她有个青梅竹马的男朋友，谈了七年，本来准备要结婚的，证都领了，可准备拍婚纱照的时候，她发现她男朋友还有一个女朋友，男朋友领证的时候，也犹犹豫豫的。后来，他坦白了，说自己割舍不下才英，可是心里又想着那个女孩。才英知道，男友的心已不在她这里。领完结婚证的一周后，他们又去办理了离婚证，婚宴也退了。婚结不了了，才英感觉万念俱灰，活不下去了，觉得到处都有人对她指指点点，于是就申请了来法国做访问学者。

才英轻描淡写地讲，沈木犀默默地听。点了三个菜，也没有吃多少，倒是一瓶红酒喝了大半。才英喝了几杯后，脸颊上便微微泛起了红晕，显得非常动人。奇怪的是，她一点也没有问沈木犀的事，只是频频举杯感谢他。

沈木犀一直注视着才英的眼睛，她的眼睛很大，很有光，俗称的那种水汪汪的眼睛。才英讲着讲着目光会暗淡下来。沈木犀发现，她即使不说话，眼睛也是会说话的。沈木犀望着她的眼睛，有一瞬间仿佛陷入其中。这个心里有伤的女子，让他十分怜惜。从看到她的第一眼，他就被她深深吸引，她好像有种魔力，他看才英，就像看巴黎春天盛开的花朵一样，是一种纯粹的欣赏和赞美。

才英很少对接沈木犀的目光，总是躲躲闪闪的。沈木犀拿起筷子夹一点点菜放到盘子里，却总忘记吃。餐厅里播放着钢琴曲，周围人都在小声说笑。他们喝完一瓶红酒，沈木犀带着才英去看夜色中的塞纳河。

夜晚的塞纳河是一个天然的画廊。阳光隐退，那些知名的或不知名的建筑闪烁着五彩缤纷的灯光，来来往往的游艇驶过，犹如一道道流星划破夜空。桥下船只经过，桥上便有人发出尖叫，穿过一座桥，就仿佛穿过了一片欢乐的海洋。

才英说，真没想到，夜晚的塞纳河如此迷人。

沈木犀说，等到月圆之夜我再带你来，你会觉得更美。

看到巴黎的月亮真会想到故乡吗？

会。尤其是我父亲去世后，我经常看着月亮会想念祖国。沈木犀说。

他们边走边聊，偶尔目光交汇一下，内心犹如夏日的微风，清凉舒爽。

夜深了，沈木犀送才英回去。到了才英楼下，才英拿了包转身上楼，沈木犀望着她的背影，犹豫着要不要问她还缺什么生活用品，毕竟她是在人生地不熟的巴黎。但他还是没叫住才英，他怕她误会，一个男人无端给一个女人献殷勤是很有嫌疑的。他站在才英的楼下，摸出一根烟，抽了两口，再抬头望才英的窗口，灯亮了，才英已经到了房间。

突然，才英从窗户里探出脑袋。

沈老师，你怎么还没走？

沈木犀熄灭烟，很不自在地说，我就是烟瘾犯了。

沈木犀开着车，看着夜色中灯火璀璨的巴黎，他吹起了口哨。直到把车子停好，他才发现自己焕发了一种青春活力，这种感觉像是十八岁那年发生过。

在巴黎，他已经习惯了一个人生活，每天一大早去公司，中午吃外卖，晚上在家里看电影，或者独自去兜风。朋友家有聚会，他偶尔也会去蹭饭。有时候，他会开车去看看孩子。女儿五岁，说着一口流利的法语，中国话只会最简单的几个日常用语，他每次和她说普通话，而她总是用法语回答他，这孩子的故乡已经在巴黎了。

公司有两个“90后”的导游，说他是三十岁的面孔，六十岁的心脏。是的，他也感觉生活陷入了一种无所谓的状态，他好几年都不发火了。有一次，他开车去看女儿，看到妻子家里有男人的西装和皮鞋，他也没有发火。当初分居也是妻子主动说，我们分居吧，我有男朋友了，他们就分居了。本来也没有多么地爱彼此，何必大动肝火。现在，他顺其自然听天由命了。

有人曾经建议他把一百平方米的公寓出租两间，他一直不置可否。多一份收入自然是好的，只是他习惯了一个人生活。他对他的公寓是有感情的。他开车走遍了欧洲，去了很多国家，在旅途中，总会想起公寓的沙发。他经常会躺在沙发上看书，旁边放一杯咖啡。公寓是他在法国奋斗十年的所有积蓄购买的，他迟迟和妻子不办理离婚的原因，也是与公寓有关。妻子希望他把公寓卖掉，给她一半的钱，他总是犹犹豫豫。这公寓是婚前买的，在买公寓之前，他几乎每年都在搬家，他有点讨厌搬来搬去的生活了。

在法国过了十年动荡的日子，直到三十岁，才算安稳下来。年轻的时候，每天兼着两份工作，但对生活还是有憧憬的，有时候搬家，还会有种抑制不住的兴奋。年轻总归有梦想，至少有让父母过上好日子、在巴黎买一套大房子的梦想。所以，那时候，他不讨厌换城市，不讨厌搬家，不讨厌接触新人新环境。他幻想着，也许妻子不会再要求卖掉公寓，和他离婚。

这天晚上，沈木犀失眠了，他辗转反侧，眼前挥之不去的是才英的样子，他想着再次见她的情景。他见到才英的第一眼，就怦然心动了，他知道，他心里有些以理智维持的东西要被她冲垮了。

这样的感觉已经好久没有出现了。来法国十几年，沈木犀觉得自己已经很老了。他为自己的失眠而激动，或许是长久的心门关闭着，突然被才英脸上淡淡的哀愁给推开了。

沈木犀点了一支烟，他很想给才英发个信息，问问她睡着了没有。

一看时间，已经凌晨一点半了。

想来想去，他还是发了一条信息给她。

3

又过了几天，一个下午，沈木犀在一家书店意外地遇见才英。

才英看到他，显得很激动，她正在挑法语杂志，沈木犀却刚进门。莉莉和才英一起来的，她中途有事走了。

他们在书店待了半天，边挑书，边有一句没一句地低声说话。期间，才英接了一个电话，说她下午约了一个女孩去看电影。

沈木犀说，我恰好也要走，你怎么走？

才英说，我步行过去，不远。

沈木犀没开车。他说，那我陪你走过去。

你是怕我迷路吗？才英笑了。

她的侧影真美。

是啊，我刚刚来巴黎的时候也经常迷路。沈木犀看着低头挑书的才英，轻声说。

他和她靠得很近，甚至他能闻到她头发散发出的馨香。他发现自己有点紧张。才英挑好书，他们走出书店，他们一路走着，两个人都没有说话，并不觉得不自在，才英偶尔会回头看一下他，沈木犀总会冲她微微一笑。才英今天穿着棉质的碎花裙，看起来十分清纯。

很短的一段路程，不到一刻钟就走到了，在路口，一个中国女孩冲才英挥手，才英笑着说，我到了。

沈木犀点点头，他很想说，晚上一起吃饭吧，可是欲言又止。每次见到才英，不知道为什么，都会有些慌乱，怕说错话，怕才英再也不搭理他。他不能确定才英对他的感觉，才英好像对谁都那样微笑。她是否在意过他，他很想知道。

偶尔才英发了微信，他会点赞，或者他发了微信，才英也会点赞。

他一直看着才英的背影消失在街角，他感到有点饿，打算去中餐馆吃一碗面。

接下来的几天，沈木犀特别忙，旅行社的游客突然增多，沈木犀带团去了一趟法国南部。在路上，他看才英的微信，才英的微信每天在晒美食，晒风景。沈木犀看她去了巴黎圣母院，很开心的样子。微信近在咫尺，但是他不敢贸然发信息问候她。他一遍遍地翻看才英的所有微信，包括在国内，通过微信，他完全判断出了才英简单而阳光的生活，她会去喂流浪猫，她会把路边被人丢弃的花带回家精心呵护，她会带着学生去踏青，她每晚都会去跑步，她喜欢下雨天……

他决定回去就去看她，可是不知道用什么理由找她。

才英主动和沈木犀联系，是一周以后，她发微信问沈木犀法国的旅行线路。

时间恰好是饭点。

沈木犀问，你吃饭了吗？

还没有。

那一起吃饭，边吃边说吧。

才英在她访学的大学门口等他。沈木犀开车过去的时候，才英正在东张西望地找他，她今天穿了一件棉质的旗袍，看起来清纯脱俗。沈木犀下车，走到她面前。

才英冲他灿烂地一笑，她的眼睛永远那么炯炯有神。沈木犀打开副驾的车门，示意才英入座，然后关上门，他感觉自己的心扑通扑通地跳着。

关上车门，才英转头看了他一眼，脸突然红了。估计才英看到了沈木犀俊朗的外表，沈木犀多年阅读的习惯，好像眉宇间都渗透进去了。

车子里突然有一种被施了魔法的感觉，街上的喧哗全都听不见了，沈木犀急忙打开音乐，他想让气氛轻松一点。关上车门的一瞬间，仿佛世界安静下来，法国情歌《若没有你》回荡着。

如果你不曾存在

告诉我，我为何要存在

为了在一个没有你的世界漫步

没有希望，没有留恋

如果你不曾存在

我试图虚构爱情

一如画家看着笔下的画面

每天生成的色彩

不再会回来

如果你不曾存在

告诉我，我为谁而存在

……

才英突然有点激动。

你也喜欢听这首歌？你知道吗？这是我最喜欢的法国情歌，《若没有你》。

沈木犀也有点激动，这也是他最喜欢的歌。他经常反复地听，充满磁性的男中音，使他感觉心会沉陷进去。

他们一直在听歌，才英没有再说话。

直到沈木犀问，今天带你去吃中餐吧？

才英说好，我早上一直在听法国戏剧的课，真是有些饿了。

法国的夏天来了。沈木犀说。

是啊，幸亏热了，不然我带的旗袍和裙子都穿不出来了。

他们来到一家餐厅，走过幽暗的楼梯，上楼的时候，沈木犀无意间转头看了一眼才英，仿佛有电流穿过，才英打了个趔趄，差点摔倒，沈木犀伸手拽住她的胳膊。他们推开餐厅的门，豁然明亮，这是一家十分考究的中餐厅，餐厅里饭香四溢……

他们坐到靠窗户的位子。才英看着窗外的大树，目光悠远，沈木犀不知道她在想什么。沈木犀点了几个菜，没想到正合才英的口味。吃饭的时候，才英的话很多，当然主要是问法国的一些旅行线路。沈木犀穿着灰色的西装，感觉餐厅有点热，他脱下外套，他的身材保持得好，一米八的身高，体重一直在一百六十斤左右，显得干净清爽。才英问的线路，他都一一作答。

后来两人寒暄几句，才英突然问，你和我差不多大吧？

这是才英第一次对沈木犀的个人情况提问。

沈木犀有点激动。他说，我大概要比你大一些，我是“70 后”。

才英笑了，你们男人怎么都这么经得住岁月啊。

沈木犀说，岁月在心里。

才英突然不说话了。

沈木犀低头吃菜，他的余光感觉到才英偷偷看他。他抬头，恰好遇见才英的目光，才英笑笑。才英旁边的牛肉，离沈木犀有点远，才英用筷子夹起一块肉，在空中犹豫了一秒后，把肉放到了沈木犀的盘子里。沈木犀的心里仿佛有只羚羊蹦跳，他忙说，谢谢。

沈木犀举起果汁，和才英干杯。

他说，如果你有时间的话，我周末会去法国南部，你可以搭我的车一起去。

方便吗？

方便。

才英说，那太好了，先说好了，你开车，我请客。

才英是个大气的女孩子，从说话、买单很多细节都能看出来。才英对法国南部有浓厚的兴趣，她一直滔滔不绝地说她看过的法国电影，沈木犀第一次发现她挺能说。那天吃完饭，才英拿起手里的包，走了两步突然回头说。

沈老师，你真是太好了。我遇见你，真是太有福了……

沈木犀有点不好意思，他的心怦怦怦地跳，他忙拿起餐桌上的手机，掩饰自己的不知所措。

那天晚上，沈木犀讲了很多他在法国的经历，读书、打工、兼职、开公司，还讲了在法国多年的有趣经历。才英一直在静静地听着，她偶尔会微微一笑。沈木犀不是特别幽默的男子，但偶尔也有几分风趣，让气氛瞬间柔和放松。她很少发表评论，只是说，每一个留学生，在异国他乡都有一部心酸史。

期间，沈木犀接了一个电话，公司有点事，他得赶回公司。才英一听沈木犀有事，就很识趣地说她也有些事。沈木犀坚持把她送到住处，才英示意他停在巷子外面，她走进去就好。

道别的时候，沈木犀摇下车窗，才英礼貌性地说，沈老师再见。

咱能把“老师”两个字去掉吗？以后喊我木犀吧，他们都这么喊我。

木犀……

沈木犀点点头，他突然对才英产生了依依不舍的情愫，他笑了一下说，周末的事别忘了。才英又笑，她那么随和地笑，估计学生们很喜欢她吧。沈木犀开车离开时，他从倒车镜看到，才英一直目送着车子。或许这就是牵挂吧，他心里产生了一种久违的感动，差点掉下泪来。也许才英对他是有好感的吧。沈木犀想。

晚上，沈木犀回到家里，刚洗了澡，打算躺在沙发上看会儿电视，没想到才英又发来短信：木犀，我有点拉肚子，不知你那里有没有药，如果有，我过来取。

沈木犀回，有。我二十分钟后到你楼下，你先倒上开水，等水温了，你就能吃药了。

沈木犀穿了衬衫，就往下跑，他离才英住的地方不算远，但是有几个路口的红绿灯比较让人讨厌。不过，晚上十一点后不堵车，十分钟应该可以赶过去。他把车开得飞快，到了才英住处，才过了十六分钟。他敲门，才英打开门，看样子她也刚刚洗了澡，还穿着宽松的粉色睡衣，外面套着一件格子衬衫。

给你添麻烦了。才英抱歉地说。

沈木犀第一次走进才英的房间。房间只有十五平方米的样子，一张小床，一个书桌，一个衣柜，桌子上堆着一些零食和书籍。房间还算整洁，才英还是手忙脚乱地收拾了一番。

沈木犀说，快把药吃了吧。

才英给沈木犀倒了一杯茶，沈木犀看着她吃了药，茶只喝了半杯，他想起身告辞。

才英忽然问，你会修电脑吗？

会，你算是问对人了，我大学里学的就是计算机。

那你帮我看看。

沈木犀打开电脑。才英的电脑桌面上居然有一张他站在塞纳河畔的照片，这个发现令他激动万分，那照片显然是偷拍的。

难道才英也在意他？

沈木犀趁着才英转身，打开照片，那是他和才英那天去塞纳河散步，才英偷偷拍的。当时，才英假装拍风景，他没想到在拍他。

才英削了苹果，把一半递到沈木犀嘴边。

他们有一搭没一搭地说着话，大半夜，他来才英的房间，怎么说都有点暧昧。电脑中毒了，他杀了毒，又装了新的杀毒软件。电脑恢复正常时，已是凌晨一点，他匆匆离开。

那半杯茶，让他一晚上没睡着。

4

沈木犀要去波尔多办件小事。初夏时节，正是法国最美的时候，他也想带着才英出去走走，他们开车从巴黎西南沿卢瓦尔河谷南下。

卢瓦尔河是法国境内最长的河流，自中世纪到文艺复兴时期，河谷两岸建造了许多雄伟而奇异的城堡。最美的一段便是中游河谷，河流两岸有许多别致的小山丘，山丘上到处是森林、田园和花草，那些古老的城堡就掩映在绿树丛中。

沈木犀说，我们熟知的巴尔扎克、大仲马、达·芬奇等都十分喜欢卢瓦尔河谷，达·芬奇更是在这里度过了最后的时光。

沈木犀的车子开得很慢。

才英坐在副驾上，一直安静地看看窗外的风光。窗外基本是平原，大片绿色田野，一派夏日田园风光。偶尔她发出感叹。

这里真的很美。

高速路上，沈木犀很少关注身边的才英，偶尔转头，最先看到的是才英长长的睫毛和小巧的鼻子。他每次转头，都发现才英的脸蛋红扑扑的，她大概是有些紧张。偶尔他们目光交汇，才英的眼睛总是像受惊的小鹿一样，瞳孔里全是他。沈木犀把音乐调小，他觉得此刻的音乐声音太大会惊扰他内心的涟漪。如果没有音乐，在这狭小的空间，真的会有点不知所措。

才英今天化了淡妆，穿着碎花长裙，头发披着，很休闲的装扮。

他们这天的话题是中法文化的差异。

其实不说话，沈木犀和才英待在车内小小的空间里，也非常默契，没有任何的不自在。才英身上没有香水味，偶尔他转头，闻见的是她头发上淡淡的洗发水的味道。

沈木犀说，法国的商店在节假日是全部停业的，因为店员也要过 La Fete 啊，国内则是会趁节假日大把捞钱吧。还有，法国人晚饭吃得很晚啦，对了，摩托车路上飙车不限速，法国人崇拜作家和艺术家……

才英说，喝点水吧。沈木犀随身带着杯子，还有热水壶，这是他每次出门必须带的，他自己在法国这么多年，喝茶的习惯一直没有改。他爸，他爷爷，都是早起一杯热茶。在法国多年，他也一样。

才英帮他拧开杯子，把水递到沈木犀手边，他们的手第一次碰触。当沈木犀的手接触到才英的指尖时，沈木犀有触电的感觉，才英急忙收回手，拢了拢刘海。

沈木犀喝了一口水，心里像是喝了百年陈酿，又像是身处幻境之中！他努力使自己保持平静。他再次转头，才英的脸颊绯红，她没有转头，估计她害羞了。沈木犀已经很多年没有见到脸红的女孩子了，才英这个年纪还能脸红，真是稀罕少见。

他们到达一个安静的小镇时，已经下午一点多了，街道上的餐馆都没开，沈木犀去食品店里买了些食物和热咖啡，和才英坐在大树下的长凳上，简单地吃了午饭。

法国的小镇真的很美，才英说。

吃完后，才英提议去小镇上走走。

沈木犀说，这样的小镇，沿途很多。

才英有点不相信，她有点撒娇的口吻，是啊，你是见怪不怪，可是我真的觉得这里很美。

沈木犀陪才英在小镇上走了一圈，才英一直在拍照。

沈木犀偷拍了几张才英的背影，她的背影真的很美。

再次上车，沈木犀说，如果你还想去香波堡，那么我们必须抓紧时间。

才英点点头，沿途的很多小镇，让她惊叹不已。终于到了香波堡，他们停下车子，到售票处才发现窗口紧闭，这里刚刚停止售票。

才英笑了。

现在我们只能望堡兴叹了。

她笑起来简直像一朵初开的玫瑰。

沈木犀脸上露出迷人的微笑。

他说，走，我带你去周围转转。沈木犀说着伸出手，拉上了才英的手，才英犹豫了一下，就跟着他去了。他们的手牵在一起，现在，沈木犀所有的心思根本不在面前的古堡上，而是在才英的手上。才英的手很柔软，手心里有汗，他们围着城堡转，手一直没有分开。才英也没有提拍照，手心里的幸福好像超越了这里的一切美景。

天色暗淡下来。他们从后面眺望香波堡，三百六十五座烟囱和交错林立的华丽塔楼，堆砌出童话般的梦幻感受。才英的手和他的手紧紧地牵在一起，沈木犀心里面热乎乎的。看着才英小巧的鼻子，他忍不住俯身在才英的额头亲吻了一下，他鼓足勇气，慢慢地把才英抱在怀里，才英比他想象的还要娇小。

沈木犀低声说，才英，我喜欢你，第一次见到你，和你四目相对时，我就知道，那不是相遇，是归来。

才英的脸像一朵娇羞的水莲花。她有点轻轻地颤抖，她想挣脱他的怀抱，她轻轻地挣扎。

沈木犀看到才英眼角有泪珠落下。

沈木犀捧起她的脸，他们四目相对，沈木犀近距离地注视着才英的脸，这个小巧的女人，眼神的淡淡忧伤，让他魂牵梦萦，他抚摸着才英的脸颊。

才英，才英，让我爱你吧……

才英已经无力反抗，她的泪珠不断地滚落。

知道吗？木犀，我已经好久没有听到有人对我说爱了。

哦，才英，我爱你……

沈木犀说着猛烈地吻住了她的唇。才英被沈木犀的霸道所震撼，她紧紧地抓着他的衣服。渐渐地，沈木犀感觉到了她的回应，在香波堡美丽的灯火中，他们感受着彼此的甜腻、柔软……除了彼此心跳，他们听不到任何的声音，仿佛游客的欢笑声、流水声、风声都停止了……

晚上，他们住在了舍侬索堡附近的宾馆。上楼梯的时候，沈木犀没有放开才英的手，在口袋里窸窸窣窣地摸房卡时，他还牵着才英的手，一直没有放下。进门的瞬间，他们就知道接下来会发生什么，他们没有开灯，看不到彼此。沈木犀扔下行李，关上门，一把把才英拉入怀里。他们紧紧地抱在一起，感受着彼此轻轻地战栗、怦怦地心跳。

沈木犀说，才英，我想爱你，我从来没有这样疯狂过，我要爱你……

沈木犀寻找才英的唇，嘴唇落在她的脸上，她的脖颈，她的额头，他听到才英急促的鼻息声，她的舌头纠缠着他的舌头。

才英抑制不住的喘息声，令他着迷、兴奋……

沈木犀很用力地把她推倒在床上，他们忘情地融为一体……

不知何时，沈木犀听到才英的肚子在叫。

才英笑着说，我饿了。

这是疯狂的一天，对于他们来说，是永生难忘的日子。

才英说她已经很久没有做爱了。

沈木犀说，我也很久没有做爱了。他和妻子分居后就没有发生过关系。这几年，他的生活失去目标，常常自相矛盾，过着不知道如何是好的生活。他是个伪单身汉，经常一个人，有时候，站在空气凛冽的巴黎街头，他突然想痛哭一场。

沈木犀说，知道吗？才英，我曾经渴望过有一天，有人可以拥抱我，有人会紧紧地握着我的手，会紧贴着我入睡，或者彼此进入各自的身心，可是，我一直没有这样的冲动，我以为，自己提前衰老了。

沈木犀还要说什么，被才英用亲吻制止了。才英用手臂环绕着沈木犀，她的嘴唇如此柔软，他们爱抚、黏缠，沈木犀翻转才英的身体，再次进入她……

房间里弥漫着旺盛的荷尔蒙味道。

不知道时间过去多久。

他们穿好衣服，走到大街上，沈木犀俯下头，轻轻地吻了一下才英的唇。这是巴黎街头常见的亲吻场景，沈木犀却从来不知道它的美妙。

这天，他们吃完夜宵，都不觉得累。才英说，去街上走走吧。他们手牵手，像多年的恋人一样，走在这个陌生的小镇。

才英和他说了很多话。

我的父母感情不好，他们没能给我一个让我踏实的家。母亲是搞翻译工作的，长年在外奔波，父亲也经常出差。我小时候，经常被他们送到外婆家、奶奶家甚至邻居家，总感觉他们会抛弃我。在我十七岁那年，母亲因为交通事故去世了，去世前她告诉我，父亲早在外面有女人了，因为怕影响我，一直没有离婚。她让我不要怨恨父亲，她叮嘱我，永远不要相信男人的话，永远只相信自己。我不懂母亲的话，那时候，真的太小了。父亲很快再婚，我被寄养在爷爷奶奶家，又转了学，非常孤独，整日郁郁寡欢。那个时候，我遇见了我的初恋，你知道吗？我过去十年，用全部的身心爱着我的初恋。我们虽然是男女朋友关系，但大多数时间不在一起。他去美国读博士，一读就是五年，我一直等他，他不在的日子，我也会很寂寞孤独，可是，我从没有做过对不起他的事。我们见过双方家长，有很多共同的朋友，大家和我一样，都感觉我们永远会在一起。可是事实呢，分手前，就是我们准备结婚的日子，我发现他不再和我亲密，后来他和我说，他爱上了别人，我能怎么办？去死吗？死可以解决问题吗？所以我只能自己救自己，我申请来法国，我想逃离那些同情我的目光。其实，我现在出国，是很不合时宜的。我马上评职称，手头正在编纂一本书，事业稳固，我来法国等于又退回去了，再说，我多年不说法语，我承认我是要逃出来的……

沈木犀说，才英，知道吗？你出现在我的生命里，就像阳光穿透云层，给予我明亮的生命，让我忘记忧愁，不再孤单。如果你不曾存在，也许，我就这样浑浑噩噩地过完一生，但是，你来了，你照亮了我的生命……

才英从身后紧紧地抱着沈木犀，她睁着水汪汪的泪眼，仰头看着激情澎湃的沈木犀，轻声说，木犀，我爱你，此刻，我们在一起，多么美好啊……

世上最好的爱情，就是你爱的那个人，恰好也爱着你。

沈木犀没有再让才英说话，在陌生的法国南部小镇，月光明亮的夜晚，他忘情地吻着才英，他希望那一刻成为永恒。

5

沈木犀喜欢亲吻才英，才英樱桃般的红唇，总是那么诱人，有时候，他会忍不住轻轻咬一下。每一个夜晚，他们躺在一起，沈木犀会轻轻地吻遍才英的每一寸肌肤，他温暖的唇落在才英丝绸般的肌肤上，才英的汗毛柔软而潮湿。

才英总会说，少讨厌啊，人家会痒痒。

沈木犀说，说点好听的。

才英摇头晃脑就是不说。

沈木犀就变本加厉地挠她的痒痒，才英笑得都要背过气去了，终于说，木犀，我爱你，我从未这样爱过一个人，你是第一个。

痴缠一夜，当新鲜的阳光透过窗帘的缝隙洒进来时，才英趴在他的身上，看着他的脸说，木犀，在清晨的阳光里看着你，真的好幸福啊。

你醒了很久了？

嗯，我醒来很久了，一直在看着你呢。

沈木犀把才英拉入怀中，说，才英，让我怎么爱你啊？我都不知道怎么爱你了！

才英说，木犀，我突然幸福得想掉眼泪呢，为什么会在巴黎遇见你？我们前世认识吗？

沈木犀点点头，肯定认识，而且很熟。

你怎么知道？

我当然知道，因为我看见你的瞬间，就觉得在哪里见过。

在遇见沈木犀以前，才英觉得男人都和她原来的男友一样，是不可信的。遇到沈木犀，就像看到了珍宝，她说，原来这世上还有你这样的男人啊。尤其是有一次，才英的脚抽筋了，沈木犀帮她揉脚的时候，才英差点哭了。才英是那样天真纯洁，沈木犀暗自担心，她如果知道他的情况，会不会离他而去？他很多次都欲言又止，他怕失去她，他得赶紧处理自己的事。

才英选了几节有意思的课，每天回来总会说，今天有法国男孩想请她喝咖啡，今天在教室有个法国帅哥，坐到她旁边，说她很迷人。

沈木犀听了，就说，这就是法国的浪漫。

才英说，真是好神奇，没想到会有这么多的艳遇。

沈木犀说，才英，我的心里好酸啊。

才英笑了。

沈木犀和才英恋爱了。像所有情侣一样，他们一起看电影，去公园，去游乐场，去逛街。沈木犀忘记自己马上要四十岁了，他更没想到，他会这么疯狂。才英在法国认识了几个朋友，沈木犀偶尔也会参加他们的聚会，他们成了大家公认的一对。你们真是郎才女貌，天作之合，才英的一个朋友说。才英眨了一下眼睛，冲沈木犀调皮地笑了笑。

才英的室友莉莉交了新的男友搬出去了，那个男朋友据说是在酒会上认识的。莉莉三个月，换了两个男朋友，莉莉说人生短暂，追求快乐才是根本。她是来巴黎学绘画的，曾经也深爱过一个男孩，后来被男孩抛弃，她就变了。她喜欢艳遇，有时候，带才英去酒吧，一边抽烟，一边给才英讲她曾经的男朋友。如今莉莉在一家中国人开的化妆品店上班，她说，我不需要过特别有钱的日子，就是想留在巴黎，做个工薪族，平常有画展看，有艳遇……才英知道她是有伤痛的。

莉莉搬走后，沈木犀就搬过去和才英一起住，付另外一个房间的租金。他没有对才英说他在巴黎有房子的事，他本来想让才英搬到他的房子里，可是，房间里有他妻子的一些东西，他怕才英误会。

遇见才英后，沈木犀一直想找机会告诉才英自己的境况，可是每次看到才英那么无辜的笑容，他就欲言又止。才英访学一年就会回国，关于未来，他们还没有讨论过，他不知道才英到底是怎么想的，她愿意为他留在法国吗？

沈木犀和才英一出门，总是十指紧扣，他们也会在街上旁若无人地亲吻，他们走路总是半个身子依偎在一起。沈木犀没有想到才英会那样温柔，他甚至怀疑她是从远古穿越而来的。有时候，沈木犀看着才英，不管她干什么，都觉得心里满满的。才英选的课很少，她本来是来巴黎散心，顺便畅游欧洲，如今又恋爱了。才英说，这是一个惊喜。才英的厨艺虽然一般，但是，她喜欢看着菜谱给他做各种好吃的，沈木犀总是把才英做的菜吃个一干二净。才英经常会把削好的苹果、剥好的核桃放到他面前，沈木犀吃了，她会亲吻他的脸蛋，说，真乖。

沈木犀几乎不看书，不看手机，他觉得那是浪费时间，他和才英经常会抱在一起，腻在一起。幸福的日子，身上的肉也长起来了，沈木犀发现自己都有小肚子了。

沈木犀都没有耐心听导游们控诉大陆游客的种种行为，很长一段时间，那是他的一大乐趣，他常夸张地笑着听着，边打发无聊时光。沈木犀每天一到公司，就看着公司墙上的钟表，希望时间快点走，他让才英等他，他会想办法溜出来。才英每次见他，都会亲亲他的脸颊，沈木犀会抱着她转一圈，然后深深吻她。

才英说，我们俩是一见钟情吗？

沈木犀说，不是，是我先爱上你。

才英听了，总是瘪嘴笑笑，那样子充满了得意。

恋爱中的女人总是这样傻，恋爱中的男人，也总是飘在云端。沈木犀忘记了他还有妻子和孩子，才英忘记了她即将回国。

他们在巴黎度过了一个美丽的夏季。

秋天来了。

秋天的法国是沈木犀最喜欢的季节，塞纳河边各种颜色的树叶色彩分明，天空的云彩低得仿佛触手可及，整个秋天的巴黎，在阳光的照耀下无比绚丽，像一幅厚重的印象派画卷。

他和才英经常手牵手游走在巴黎街头，从香榭丽舍大街到凯旋门，从塞纳河到埃菲尔铁塔，他们沉醉其中，感受着文艺复兴古老的文化、金色的落叶、嫣红的鲜花、湛蓝的天空，以及空气中弥漫不散的咖啡香气。

除了公司工作时间，除了才英学校上课时间，他们几乎天天腻在一起。他说，才英，我们是不是在蜜月啊？怎么一分开，就特别想你，看见你了，还是想你。

沈木犀说，我经常会问自己一个问题，到底怎样才是幸福？其实，很多时候都能感觉到那种小幸福，比如，我在法国考上研究生的时候，比如打工拿到自己的第一份薪水的时候，比如回家吃了母亲包的饺子的时候，我每次回家，母亲总是给我包饺子吃……

才英说，那今天我给你包饺子吧。

沈木犀笑着说，你擀皮，我来包。

他们在一起做什么都是那么快乐，一起吃饭，早晨起来一起刷牙，相视而笑。幸福就是那么简单。

夜深人静时，沈木犀想到必须赶紧办理离婚手续，只是这些需要时间，他想找个机会和妻子面谈。

6

一天傍晚，才英做了几个菜，还倒了红酒。干杯后，才英把拿起的筷子又放下。

才英说，新年前，我要回国一趟，我父亲身体不好，我想回去照顾他。以前对他有太多的误解，现在才觉得，感情的事，勉强不得。

才英说话的时候，外面下着雨，她有点忧伤。

沈木犀点点头，他说，那我陪你一起去。

才英握住他的手，说，木犀，也许你从一开始就知道我要离开，所以我们才爱得如此甜蜜吧？

沈木犀听了，心里有些刺痛。

沈木犀说，才英，为我留下来吧。

我的工作在国内啊，才英幽幽地叹口气。

沈木犀鼻子一酸，他紧紧地抓住才英的手，不知道说什么。难道才英从来没有想过留到法国和他永远在一起？想到这里，他有些心痛。

才英，我想让你永远留下来。

才英望着他，感动得掉下泪来。

不管怎么说，我得回去一趟，春节后再回来，学习还没有结束呢，你是不是伤感得太早了。才英调皮地说。

在你回去之前，我想带你去欧洲的几个国家看看。沈木犀笑了，是啊，他的确伤感得太早，才英要在法国待一年，这才刚刚过去几个月。

才英调侃说，是贴身导游吗？

不光贴身，而且还贴心。沈木犀又笑了。

不管怎么说，才英要离开是事实。

一天，晚上睡觉前，才英洗完澡，裹着浴巾，突然说，今天有个法国男孩向我表白了。沈木犀有点吃醋，瞪着眼睛说，你没告诉他你已经有男朋友了？心里却想着，才英长得那么古典，那么有气质，是男人都会喜欢的。想着想着，心里越发酸溜溜的。

我告诉过，可是人家说，我不在乎。

沈木犀气呼呼地背过身子。

才英像小鱼一样钻进被子里，从后面抱着沈木犀。

好酸啊，被子里都是醋味。

沈木犀只温和地笑，才英啊，你是想让我被醋淹死吗？

木犀，你爱不爱我？

爱！

你爱不爱我？

我爱你才英！

才英好像听不够，每天趴在沈木犀的身上，总是反反复复问上几遍爱不爱我。沈木犀总是亲吻着她，不停地说，我爱你。那三个字就像迷药，才英说，这三个字包治百病。

木犀，让我们忘记离别，让我们珍惜在一起的每一刻。才英说。

一天中午，才英接了一个电话，是法国的警察打来的，问她认不认识莉莉，才英就感觉莉莉可能出事了。其实她和莉莉只住了两个多月，对她还是陌生的。沈木犀陪才英去警察局，警察告诉他们，莉莉和法国男友吵架后，出门被货车撞了，至今昏迷不醒，他们想通过才英找到莉莉的家人。才英和沈木犀急忙去医院看莉莉。莉莉的法国男友一次也没有来医院探望过，莉莉一直在沉睡，医生说，再不醒来，她有可能会变成植物人。

才英把脸埋到沈木犀的怀里，她颤抖着，痛哭着。才英说，莉莉根本没有她说得那么坚强，她每次都飞蛾扑火般地去爱，从来没有游戏过人生。

他们从莉莉的众多电话中找到了她的家人，谢天谢地，莉莉在家人的照顾下，终于醒了过来。

才英再去探望她的时候，医生告诉她，她已经跟父母回国了。

时间真快，巴黎的冬天已经来了。

巴黎的冬季要比中国北方温暖得多，但同欧洲多数城市一样，缺少阳光。九月刚过，秋天便来了，夏日灿烂的阳光逐渐被阴云遮挡，天空常常是灰蒙蒙的样子。才英一个冬天都穿着裙子，外面披着一件枣红色的羊绒大衣，才英穿上大衣的样子，让沈木犀迷醉。

这天，沈木犀开车带才英去郊外。

冬日的午后，他们去了一大片葡萄园。冬天的巴黎郊外不乏绿色，葡萄园周围寂静无人，偶尔传来阵阵鸟鸣声。沈木犀把车停到路边，葡萄树上只有枯叶残存，在冬日的阳光里显出一种沧桑的美。

才英穿一条深蓝色的布裙，裙摆下露出一双小靴子。才英的脚小巧，十分好看，夏天，她喜欢光着脚，偶尔还会带一条红色的绳子做脚链。才英披肩长发被风吹乱，沈木犀又帮她拢了拢。

黄昏了，他们在辽阔的葡萄园里慢慢地走。走到一棵形状独特的葡萄架下，才英要拍照，沈木犀拿手机给她拍照，他的手机里，现在全是才英的照片。

才英感叹，美好的东西在不断地流逝。

沈木犀捏了捏她的鼻子，说，美好又在及时发生。

沈木犀低头，紧紧地吸住了才英的唇，他喜欢才英口里的芳香。他们忘情地接吻，直到鸟儿飞去，直到鸟儿再度飞回。

才英，我想要你。

才英被他突如其来的话吓了一跳，她努力挣脱他的怀抱，小声说，你疯了……

沈木犀一把抱起才英，把她高高举过头顶，又紧紧捧在眼前。才英，我想你，为什么你在我面前，我还是那么想你？

他们打开了车子，他们亲吻，他们拥抱，他们忘记了所有。等他们醒来，夕阳西下，才英发现自己枕着沈木犀的腿，沈木犀正在深情地注视着她。

才英，我爱你，答应我，你还会来，会永远和我在一起！

才英捧着沈木犀的脸，就那样深情地凝望着。半晌，轻轻地吻了他一下，说，木犀，我肯定会回来，这个世界上只有一个你，也只有一个我，我们好不容易才相遇，我不想失去。

他们曾说过无数次关于长相厮守的誓言。

才英，明年春天，我们结婚吧？

这算是求婚吗？才英笑着。

是的，等我挑好戒指，正式求婚。

木犀，我想和你永远在一起……

才英，我也想和你永远在一起……

7

才英还有一个月就要走了，沈木犀一直在和妻子沟通离婚的事。他们像老朋友一样商量财产分割，妻子非常平静，自己应得的部分据理力争。终于在一个下雨的夜晚，他们在电话里商量妥当了。沈木犀拟好离婚协议，给妻子发了邮件，妻子说她会尽快给他答复。

没想到，第二天，他们会遇见妻子和女儿。

他和才英在街上走，才英说她回国后，准备辞职，会尽快回来，他们甚至都想好了要去定情的地方拍婚纱照。他还计划着，要去附近的小镇看一套小别墅，把未来的家安在人迹稀少的地方。才英说想生两个孩子，才英还说，要在花园里种满花草，那样可以在花间读书、喝茶、聊天……

沈木犀说，那我们周末去附近的小镇先考察考察，等你回来，希望有合适的房子。

红灯亮了，沈木犀吻了一下才英的唇，才英有些顽皮地踮起脚，咬了一下他的嘴唇，发出了咯咯咯的笑声。沈木犀将才英一把拉入怀里，他们开始接吻，绿灯亮了，他们没有分开，直到身后响起一串喇叭声。

他们过了马路。沈木犀打算带才英去吃帕尼尼，才英很喜欢吃帕尼尼。这种长条形的意大利三明治是意大利人继披萨之后，征服挑嘴的法国人的另一项简便轻食。才英吃过那家店以后，一直念念不忘，天天嚷着还想去吃。他们过了马路，走到一个街口，沈木犀突然停了下来，他看到，妻子拉着女儿的手，朝他走来，应该是偶然相遇。女儿看到沈木犀，飞快地扑过来，喊着爸爸。

才英一下子松开了沈木犀的手。

妻子盯着才英说，她就是你要离婚的原因吧？

才英转头看沈木犀。

沈木犀看到了才英复杂的表情。

沈木犀，我做梦也没想到，你也会欺骗我……

才英，回头我跟你解释，一切不是你想的那样。沈木犀说。

我以为我遇到了所谓的爱。才英说完，瞪着他看了足足一分钟，她的眼圈红了，泪水涌出来。妻子和女儿突然出现，对她绝对是晴天霹雳，她一直以为沈木犀是单身。才英从沈木犀手里拿过包，一路狂奔，很快消失在路口。

沈木犀追到才英住处，才英的门一直紧闭，敲门无济于事。沈木犀就坐在门口的台阶上给才英发短信，拨她的手机，想尽办法叫她出来，向她认错、请求原谅。但每次发短信都是拒绝回复，沈木犀知道，才英已将他屏蔽。

一门之隔，却如相隔千山万水。

沈木犀在门口对才英说。

才英，我真的没有骗你。遇见你之前，我们已经分居很久，正在离婚。你从来没有问过我婚姻的事，我也就没有和你说。才英，请你原谅我，我不能没有你……

才英一直沉默。

沈木犀能听到才英低低的啜泣声，他想才英应该听到了他的话。

沈木犀一直站在门口和才英解释，他给她讲这些年在法国的生活，讲妻子和女儿，讲自己的伪单身汉生活。

才英自始至终没有开门。

第二天，沈木犀又来才英楼下，不能发短信，他就在楼下站着，期待才英拉开窗帘看他一眼，听他解释。

第三天他来的时候，才英已经走了，才英一定恨死他了，她一定以为他是个感情骗子。房东说，才英退房的时候眼睛肿着，很憔悴。

才英走后的第七天。

沈木犀约妻子到了一家露天的咖啡馆见面。妻子看出了他魂不守舍，看出了他痛苦。

怎么，那个留学生她不知道你结过婚？

沈木犀不吭声，点了一支烟。

妻子也点了一支烟。

我看出来了，这一次你动真格的了，我并不是不想离婚，我有固定男友，这个你早知道。但是，孩子我必须自己抚养，不过你以后可以随时来看她。

沈木犀点点头。

妻子把目光转向远处的塞纳河。

知道我为什么拖着一直不想和你离婚吗？并不全是让你卖掉公寓，是因为，你从来没有爱过我。即使我给你生了孩子，你都没有爱上我……我以为你一生不会爱了，我甚至觉得你是个冷血动物……知道我最后悔的事是什么吗？就是我爱上你，还天真地给你生下了孩子，我奢望你有一天会爱我……

妻子终于停下了诉说，她眼角有泪珠滚落。

对不起……

沈木犀很诚恳地对妻子说，除了说对不起，他不知道还能说什么。

妻子突然笑了，她掏出烟，又点了一根，使劲抽了一口。

妻子在离婚协议上果断地签了字，离开前，说，既然你爱了，那你就像个爷们一样去追求你的幸福吧。

沈木犀一直目送着这个给他生孩子的女人离开，他给了妻子这些年他所有的积蓄，那些钱可以在巴黎再买一套公寓。

才英走了，沈木犀从此坠入了绝望的深渊。

沈木犀去学校问，学校说才英请假回国了。才英没有留下一个字给他，甚至没有道别，她就那样拖着沉重的行李，去了机场，她一定是哭着离开的。沈木犀眼睛直直地看着街上人来人往，他的心一下子空了，他整晚整晚睡不着，他自责痛苦，开始一包一包地抽烟。有时，他会去塞纳河边走，走到凌晨两三点，还不觉得疲倦。有时候，他会去他和才英初次见面的咖啡馆，到他们当初的位子上坐下，他会要一杯咖啡，一杯柠檬水，才英爱喝柠檬水。沉浸在咖啡的气息里，沈木犀看着柠檬水，设想着才英还坐在他对面，冲他微微地笑。

一个月前的深夜里，他在电脑前处理旅行社的事，才英还给他做夜宵，有时候，才英会给他按摩颈椎，然后，像小猫一样钻到他怀里，坐在他腿上，静静看他打字。夜里，她枕着他的手臂入睡，身体紧紧地贴着他，只要微微转头，他的唇会触到她的额头，她的气息仿佛还在，只是已经人去楼空……

他想着，心里依然疼痛……

沈木犀不认识才英的任何朋友，不过，他知道才英家里的电话。有一次，才英的家里打来电话，才英的手机突然没有电了，就用了沈木犀的电话。沈木犀疯了一样，去查他的通话记录，遗憾的是，时间太久，并没有查到那个号码。他想，如果才英想他，会来找他，或者会给他打电话。他的电话二十四小时开机，他把手机的铃声调到最大，因为时差的关系，他很担心自己睡着了，错过电话。就那样，在等待中煎熬了一个月，他瘦了整整十斤，连他们旅行社的几个小丫头都说，老大，你是不是失恋了？好憔悴哦！

沈木犀从没有把才英带到公司，所以，大家并不知道才英的存在。

沈木犀只是微微一笑。

才英走后，除了去公司，他整天待在家里，他再没有带团出去过，他害怕热闹，他想静静地待着，他不用照镜子都能看到自己消瘦憔悴的样子，他吃不下饭，也睡不着觉，他每天都会给才英写一封信。才英有几件没有来得及带走的东西，还落在他的车上，有才英的一个包，那是她从国内带来的。沈木犀本来要送才英很多礼物，才英都没有接受，只是有一次，他们去南部的一个小镇，看到手工制作价格适中的牛皮包，才英说，木犀，你送我这个包吧，我很喜欢。才英背了牛皮包，把原来的布包丢给沈木犀。

沈木犀当时还笑她喜新厌旧呢。

沈木犀把那个布包拿起来，他还记得，才英当时因为那个皮包，主动亲吻了他好几下，沈木犀坏坏地说，你再亲，我就要你了啊。

才英笑了。

那时候，爱如春风般醉人……

8

才英走后的一个月，沈木犀有一天打开手机，忽然看到日期，从才英来巴黎到现在刚刚好半年时间，他对才英说过，我要爱你五十年，是的五十年。他当时说，我马上四十岁了，如果能活到九十岁，我有生之年只爱你一个。才英听了轻轻地把他搂在怀里，他们久久地抱在一起。刚刚相逢，却已成为陌路，誓言都是如此地不可信。

他依然坚持每天给才英的电子邮箱里写一封信，信有时候很长，有时候很短，始终没有见到才英的回信。但他想象着，才英会看了所有的信，有一天会原谅自己。

日子一天天过着，漫长的黑夜永无止境，他被痛苦煎熬着。马上要过春节了，母亲意外地来到巴黎，说要陪儿子过年。

母亲来了，他努力调整好自己的状态，陪着母亲逛遍了巴黎的名胜古迹，他还把女儿接来，和母亲待了两天。血缘关系是最为牢固的纽带，女儿和母亲很快熟悉，祖孙二人很快打成一片。母亲得知他离婚，并不显得惊讶，从结婚到现在，他的前妻从未陪他回国看望过母亲。母亲每天都做一桌的饭菜，她想用可口的食物安慰儿子脸上的忧伤。

除夕夜，在塞纳河畔，听着震耳欲聋的爆竹，看着璀璨艳丽的烟花，母亲拍了拍他的肩说，孩子，一切会好起来。

沈木犀说，是啊，一切会好起来。只是，和才英在一起的每一天，依然历历在目。

春节过去，母亲也回国了。前妻说她要结婚了，请沈木犀参加。离婚不到两个月，前妻再婚，沈木犀为她感到高兴。前妻嫁给了一个法国人，是贵族后裔，婚礼很隆重，沈木犀牵着女儿的手，举着酒杯由衷地祝福他们。

前妻说，希望下次能参加你的婚礼，我们是永远的亲人。

沈木犀点点头。

万物再次复苏，沈木犀走过初春的巴黎，想起才英，心里依然会隐隐疼痛。如果从一开始告诉才英一切，也许结局大不一样。他怕失去才英，没有告诉才英他的现状，才让她误会如此之深。他早已看清这个世界，跟喜欢的人在一起才是目的，他只想和她静静厮守一生，如今，才英又在哪里？她会想起他吗？一定还在恨他吧？

有时候，他的耳边会幻觉般地响起，木犀、木犀，抱抱……

沈木犀恍惚间会想起才英的声音和温暖柔软的怀抱。有时候，沈木犀独自在房间里，对着才英留下的一些物品静静地发呆，不知不觉，天就这么亮了。有时候，夜深人静，他会独自在黑暗的花园中漫步，满脑子依然是才英的样子。开车的时候，他的车里永远只播放《若没有你》这首歌，那是他和才英都喜欢听的歌。

有时候，他甚至担心自己有一天会忘记才英，他永远也不想忘记她，他会每天看她的照片，他的手机里几乎都是才英的照片，都是随时抓拍的，有些表情并不好，可他都不舍得删除……

一个下雨的夜晚，沈木犀关灯打算睡觉，可怎么也睡不着，于是，站在窗边，点了一支烟，望着楼下出神。街道上灯光暗淡，偶尔有汽车驶过。突然，手机响起来，这么晚了，会是谁呢？是国内的电话……说不定又是哪个国内的朋友介绍来的，咨询法国旅游的。

沈木犀有点不情愿地接起电话，

电话里悄无声息，沈木犀愣了一下。

喂，能听到吗，怎么不说话？

电话里是低低的啜泣声。

沈木犀说，才英，是你吗？才英……沈木犀眼眶热了，眼睛模糊了，身体无法控制地颤抖。才英走后，他总是感觉一种情绪卡在喉咙里，吐不出来咽不下去，此刻眼泪狂涌而出，他突然轻松了。

才英，我已经办理了离婚手续，你知道吗？你离开后，我就像行尸走肉般……他已哽咽得不能说话。

才英更是泣不成声。

后来她幽幽地、低低地说：木犀，我忘不了你，真的，我试过各种方法，我忘不了你……

此去经年

1

许多童话故事的结局总有这么两句话，王子和公主结婚后他们过着幸福的生活，或者是王子和公主生了好多好多的孩子过着幸福的生活。沈齐齐现在终于明白，格林还有安徒生先生为什么不写婚后的生活，因为他们也都结过婚，知道王子和公主的幸福生活都在童话里，而结婚后就没有童话了。确切地说只要一领结婚证，那个童话梦就被惊醒了。

张小年和沈齐齐结婚半年才去领结婚证的，本来沈齐齐不想领，她想结婚一年后再领，张小年则无所谓，反正仪式都举行了，还怕别人不承认？可婆婆天天催他们去领结婚证，说什么结了婚哪有不领结婚证的，现在又不是旧社会。于是今天两个人各请了半天假，选了好日子，去了民政局，没想到两个人刚领完证就吵架了。领证时一切都很顺利，领完后两个人说说笑笑走出民政局，一切都很祥和。问题就出在张小年的那句话上。张小年开玩笑说："领证的时候，我一直在想我们是先上船后买的票！"没想到这句话却激怒了沈齐齐，"张小年，你什么意思？"

"我没什么意思，真的就开一个玩笑。"

“这不是个玩笑，你得说清楚！”沈齐齐往前一步堵住了张小年。

张小年看沈齐齐真生气，他就不笑了。他拍了拍沈齐齐的背：“走吧，亲爱的，我们吃饭去。”张小年说着拉起沈齐齐走，没想到沈齐齐哭了起来。

“如果你爱我，就不会说那样的话。”

张小年愣了愣，他说：“你看你就是敏感，喜欢把问题扩大化，我就开了个玩笑，我们都结了婚受法律保护了，你至于吗？”

沈齐齐还是哭：“你的意思，我结婚前和你同居不受法律保护，我贱是吧！”

沈齐齐的嗓门一下子大了起来。

“张小年，今天咱们把话说清楚？”沈齐齐用纸巾擦了一下鼻子说。

“就算我说错话了，以后我注意还不行吗，再说咱们本来就是先结婚后领证的啊！”

张小年拉沈齐齐，“你少拉我，你再动我一下试试？”沈齐齐打掉张小年的手。这一打，张小年火了，“你不走是不是？”

“我不走！”

“好，你不走，我走，我还丢不起这个人！”张小年扔下沈齐齐走了。

“张小年，你说，你什么意思，谁丢你的人了，你要是后悔了，我们现在就去离婚，……”沈齐齐什么也不顾了。

张小年看见沈齐齐那样，又跑过来给沈齐齐擦眼泪。

“老婆，好了好了，给个台阶了，赶紧下来吧，我肚子饿了，我们今天去庆祝一下！”

沈齐齐忽然又笑了，张小年真是不懂女人的心了，怎么说哭就哭，说笑就笑呢？这天他们玩到晚上快十一点了才回去。他们高高兴兴地进门，沈齐齐就见婆婆的脸阴沉着。婆婆正在洗碗，沈齐齐急忙跑过去：“妈，我来洗吧！”婆婆这才笑了，嚷着要看结婚证，而沈齐齐知道婆婆永远是婆婆。

认识张小年的时候，正是沈齐齐最失意的日子，她刚和左一飞分手，她毕业到深圳后不久就爱上了一个叫“左一飞”的上海男人，他们在一家商场里喜欢上了同一款CD机，而那个CD却只有一个，于是两个人开始争，后来说到激动处居然有点抢的架势，抢着抢着，两个人都笑了，不久他们坠入爱河。左一飞总喜欢穿一身白色的衣服，他的房间里干净整洁，没有女人的气息，到处都很清洁。他工作很忙，可有空他就给沈齐齐做好吃的，煲小鸡炖蘑菇、排骨汤等等美食，散步时他总是温柔地牵着沈齐齐的手，说话时他总是凑在沈齐齐的耳边温柔地说。沈齐齐一有空就缠在他的身上不肯下来，左一飞总是一边轻轻地吻她一边喊着“我爱你，傻女孩”！左一飞有诸多的好处，有一点却让沈齐齐受不了，他特别小心眼。沈齐齐接一个男同事的电话，他都疑神疑鬼，每次沈齐齐给他解释半天，他都不相信，解释的次数多了，沈齐齐就和他吵。为了证明爱他，沈齐齐和自己所有的男性朋友都不联系了，可是左一飞却说她有鬼，不然怎么连手机号码都换了。为此两个人经常吵架，吵了几个月，沈齐齐觉得自己太累了就提出了分手。没想到，左一飞却哭着抱住沈齐齐说，“齐齐，我是因为太爱你了，怕失去你，以后我一定改！”和好后不久，一次左一飞去接沈齐齐下班，看见她和一个男同事说说笑笑地出来，分别时那男的拍了一下沈齐齐的肩，左一飞立刻冲上去，当着众人的面，扇了她一耳光，恶狠狠地说：“我说你心里有鬼，你还不承认，你这个朝三暮四的女人！”

挨了那一耳光后，沈齐齐没有哭，很平静地和左一飞回到住处，第二天，她就离开了深圳，在火车上她才开始哭，她是个多么要面子的人，左一飞却让她无颜再待在原来的公司，甚至她连辞职的申请也没有勇气交给公司领导，她恨左一飞。

回到兰州，她很快在一个住宅区找了一间房子。她的一个朋友曾经在那里租过房子，她直接去了那里。沈齐齐就是在搬“家”那天认识张小年的，张小年是出租车司机，那天，他们两个都没有在意对方，只是最普通的乘客和司机关系，甚至没有多说一句话。张小年只是帮沈齐齐把行李从宾馆搬上了车，之后再开车把沈齐齐和行李送到指定的地方。

后来，沈齐齐回忆起那天，她只记得张小年那天穿着一件蓝格子的衬衫，牛仔裤，她上车后，只和张小年说了三句话，第一句说了去什么地方，到站后给钱的时候，说了一句“谢谢”，下车后，张小年也跟着下车，因为，那个车的后备厢不容易打开，张小年就帮她，将沈齐齐的一个大箱子提了出来。其实就是一个旅行包，包里就几件简单的衣物，然后沈齐齐就说了声谢谢，再见。

张小年说：“别客气！”

张小年说话的时候，沈齐齐只是冲他微笑了一下。张小年留给沈齐齐的第一印象是，他个子很高，有一点点驼背，皮肤白，不过是张很普通的脸，总体不帅也不丑。这都是沈齐齐后来想起的。没想到，第二天她又遇见了张小年。那天，她收拾了一天房间，想放松放松，就去了附近的一家酒吧喝一杯，而且她也想在那闹哄哄的空气里，忘记一切，忘记伤透了她心的左一飞。没想到，一进门，她就看到了张小年，她笑了一下，张小年冲她挥了挥手。沈齐齐在舞池里跟着音乐节拍，摇摆着身子。她穿着一件白色T恤，A字裙，长发甩着，看起来性感十足。沈齐齐感觉到一些不怀好意的目光正在一点点包围着她。就在那时张小年突然拍了一下沈齐齐的肩膀。

沈齐齐大声地喊着："没想到在这里遇见你！"

张小年把沈齐齐从舞池拉到座位上。就是那么一拉，沈齐齐就对张小年产生了好感，其实寂寞的沈齐齐内心深处一直渴望着有这么一个男人，很强悍很霸道地俘虏她。张小年和沈齐齐轻轻地碰了一下酒杯，说了句"你随意"，他一口气喝完了，沈齐齐则浅浅地抿了一口。

沈齐齐在昏暗的灯光下看着张小年脸上柔和的笑容，她突然有些感动。有人说世界上只有两种人，寂寞的人和不知道什么是寂寞的人。沈齐齐就是那个寂寞的人，张小年是不知道寂寞的人，他俩相遇注定会有故事发生吧。

沈齐齐放下啤酒杯说："我累了，想回去睡觉！"

张小年说："那，我送你回去！"

张小年放下酒杯，真就送沈齐齐回去了。

又过了几天，沈齐齐到新公司上班的那天下午，张小年又来找她了。他们像老朋友一样去吃了自助火锅，吃饭的时候随便聊天，开玩笑，气氛非常轻松。吃过饭，张小年又送她回去。这个时候，沈齐齐只知道张小年是出租司机，姓张，具体叫什么名字，她也没问，张小年也忘了说。而张小年也不知道沈齐齐具体叫什么。

晚上，张小年照常开车送她回家，到了楼下，天下起了小雨，张小年下车，帮沈齐齐打开车门，又帮她拿出后备厢的东西。他看了看天，说，我送你回去，这么多东西，你不好拿。他把后备厢里的一把伞拿出来，撑开递给沈齐齐。沈齐齐抬头一望，就看到了张小年洁白的牙齿。他穿着一件普通的浅灰色衬衫，衣服上有淡淡的汗味。到了门口，沈齐齐邀请张小年去她那喝杯茶。

他们到了房子里，放下东西张小年吞吞吐吐地说："我有点饿了，你这有没有什么吃的？”沈齐齐从柜子里拿出几包方便面，又洗了两个西红柿拿了几个鸡蛋去厨房煮面，张小年随手翻看起桌子上的书报，桌上还有她的毕业证和一份合同书，写着聘沈齐齐为某公司副总监。张小年才知道沈齐齐是大学生，是白领，当然，最重要的是，他终于知道了沈齐齐的名字。

厨房里的香气飘过来，面煮好了，沈齐齐看着张小年狼吞虎咽地吃，吃着吃着，张小年突然傻笑起来：“你这姑娘可真单纯，你就不怕我是坏人吗？”四目相对，沈齐齐突然心跳加快，她急忙转移话题，“你开车几年了？”

“跑了有五年，高中毕业就开了，我上学的时候天天打台球，不好好学习，我爸怕我学坏就让我学开车！”张小年说着以秋风扫落叶的速度吃完了面，他洗了碗还是没有走的意思。沈齐齐说：“要不喝点葡萄酒？”

张小年说：“好！”

“要不还是喝茶吧，不然待会万一不能开车耽误了你的生意！”沈齐齐说着给自己倒了一大杯酒。张小年端起来一口气喝完，他说：“没事，葡萄酒度数低，我这点酒量还是有的。”沈齐齐端起另一杯轻轻地碰了一下张小年的酒杯说：“为了今晚这么美丽的月光干杯！”沈齐齐一口喝干，顿时，她的脸如桃花般绽放开来，张小年犹豫了一下，又干了。沈齐齐喝到第三杯的时候，她突然哭了，张小年本打算安慰她，可又不知道从何安慰，他便抚摸着沈齐齐的头发，慢慢地他们紧紧地拥抱在一起。两个陌生的柔软的身体，在黑暗中像花朵般盛开……

第二天，张小年醒来的时候，天已经亮了，看到身边的沈齐齐，他是极慌乱的，真不知如何是好。沈齐齐反而镇定一些，她看着张小年有点狼狈地穿衣服，有点语无伦次地解释、道歉，后来，张小年说到了负责。沈齐齐听到“我会对你负责”这句话，她没有原因地用被子蒙住头大哭起来，这是她离开左一飞后唯一一次痛哭，她哭得肝肠寸断，哭得天昏地暗，哭得酣畅淋漓，她觉得好痛快，好舒服。一旁的张小年却在心里反复骂自己混蛋，他知道自己这样的条件是根本配不上沈齐齐的。可是他又不知道如何安慰！他唯一知道的是，自己一定要负责。

2

大街上从早到晚都很热闹，下了一夜的雨，街道被洗刷得很干净，路边梧桐树上的叶子，平时总是沾满尘土，软塌塌地低垂着，像刚刚失恋的男青年一样，毫无生气，写满了沮丧，可是经雨水那么一洗，立即生机盎然了。

春天的阳光洒在沈齐齐的脸上，暖暖的，痒痒的，很柔和。

沈齐齐为了赶时间，选择了走捷径，她穿过一条街，再拐过两条巷子，总算到了东方广场，沈齐齐看了看满脚的泥，长长出了口气，她有些后悔走小路了，她急忙掏出纸巾擦起鞋来。

她刚擦完，就听见有人喊她，而且喊声接连不断，她一抬头就看见了大学同学苏小婉，苏小婉挽着一个男人，一脸幸福的样子，正向她走来，为了不使自己太狼狈，沈齐齐急忙整理了一下自己的头发。

苏小婉看到沈齐齐打扮得像个非洲土著，编了一头的麻花辫，穿着低胸的T恤衫，好像要提前进入夏天，她笑了。

苏小婉和沈齐齐在大学里是最要好的朋友，就是那种经常穿同一条裤子的那种关系。苏小婉记得第一次见沈齐齐是在新生报到的那天，苏小婉和很多新生站在队伍里领床单被子，队伍里一直很安静，可是突然他们对面走过来一个让人惊艳的女生，性感匀称的身材，高挑的个头，一头黑发，犹如海藻一样垂下来，大大的眼睛，睫毛忽闪忽闪的，那个女孩就是沈齐齐。

苏小婉居然和沈齐齐分在一间宿舍，按理来说她俩的性格截然不同，苏小婉柔柔弱弱的就像诗里写的一样，“哀怨的如丁香一样”，小婉是土生土长的兰州女孩，喜欢纯棉的衣服，头发永远都是马尾巴的样子，永远都是那样有韵味。苏小婉喜欢古代诗词，整天手里拿的不是《诗经》就是《徐志摩全集》，而沈齐齐却活泼好动，整天逃课，上网打游戏，谈恋爱，考试的时候才临时抱佛脚。这两种风格的女孩，居然说话很投机，沈齐齐整天当着苏小婉的面，朗诵：

最是那一低头的温柔，
像一朵水莲花不胜凉风的娇羞，
道一声珍重，道一声珍重，
那一声珍重里有蜜甜的忧愁……

沈齐齐说，苏小婉就像水莲花一样，天天喊她水莲花，有时候还加个定语，喊她娇羞的水莲花，于是苏小婉经常追着打沈齐齐，两个人在一起时常是快乐的。

那时候追沈齐齐的男生应该有几支足球队，沈齐齐的美简直像闪电一样，把全校的男生都震晕了，只要沈齐齐一站在宿舍的阳台上，对面男生楼就轰动了，沈齐齐、沈齐齐……喊声就从四面八方涌来，这时候沈齐齐就得意地冲对面挥挥手，而苏小婉会把沈齐齐拉进宿舍，让她别再出风头了，不然为她自杀的人会持续增多。

那时候，体育系有一个帅哥，追沈齐齐追得很猛烈，今天送玫瑰，明天送蛋糕，还有什么布娃娃、毛毛熊、围巾、女装等都送，有一次，居然还送了沈齐齐一条铂金项链。沈齐齐来者不拒，一律留下了，当然收了人家的礼物，就得偶尔和人约会，所以，每次去都拉着苏小婉陪同。可以说，苏小婉给沈齐齐当了整整四年的电灯泡。不过沈齐齐约了无数次的会，居然没有正式地谈过一个，倒是把人家小男生的心伤了一大堆。

苏小婉看不惯的时候，就问："你不喜欢，干吗和人家约会？"

沈齐齐眨巴着她漂亮的大眼睛说："我如果不和某个男生约会，追求者会打扰我的生活，所以，我只能谈，你懂吗？"

"不懂，真不懂！"这是苏小婉的回答。

说实话那时候她真的不理解沈齐齐。

毕业后，苏小婉和沈齐齐自然就分开了，苏小婉喜欢比较固定的工作，留在上大学的这座城市，而沈齐齐却向往南方的生活，去了深圳当白领。不过她们经常打电话，后来沈齐齐的手机有一次丢了，自然也丢了苏小婉的电话号码，从那以后，两年多，两个人就断了联系。

现在见到了，免不了大呼小叫一番，叫完了，苏小婉指了指她身边的男人说："齐齐，我给你介绍一下，这是我老公。我们刚刚结婚！"

沈齐齐听了又是一番大呼小叫，她没想到苏小婉居然也结婚了。但她几乎没有顾上看一眼苏小婉老公。

两个人天南海北地说分别后这几年的变化，说笑了半天，苏小婉一看表，已经十一点半了，她拉着沈齐齐的手说："齐齐，怎么办，我们要去办点事，改天我们约吧！"

"告诉我，你的电话，小婉，回头我给你打电话，我们再叙旧！"这样，苏小婉和沈齐齐匆匆交换了电话号码，又匆匆告别。

沈齐齐看着苏小婉小两口的背影，她突然想到了张小年，那件事之后，沈齐齐开始忙着适应新的公司，她从没主动和张小年联系过。令人奇怪的是，沈齐齐一想到张小年，张小年中午就来她公司找她了。

沈齐齐刚下班，张小年的车就开过来了。

“哟，这么巧！”

“正好路过，我送你一程吧！”

“好啊！”

沈齐齐坐上车，睁着大眼睛，怪怪地问：“喂，我说，你是有预谋的吧？”

“谁有预谋了，我这是保护你！”

“那，谁让你保护我的？”

“我……”

张小年无言了。

坐在张小年的车上，沈齐齐无非是和他谈谈天气或者公司的事。对于那晚的事，沈齐齐绝口不提。

倒是张小年总想把话题引过去。

“齐齐，那天……”

“最近有没有新开的饭店，我们去吃点吧！”

沈齐齐这么一说，张小年就更觉得自己该负责了。

他们像老朋友一样处着，晚上，没事了，沈齐齐就和张小年开车去兜风。不过，他们之间再没发生那事，而且沈齐齐也很少喊张小年去她房间。

大约过了一个月，张小年正在一家饭店门口等客人，沈齐齐的电话就来了。

“张小年，你现在有空吗？”沈齐齐哽咽着说。原来，沈齐齐好久没有打开过电子邮箱，这天，她让一个客户把资料发到她的个人邮箱，就看到了左一飞写来的三十封信，左一飞正在疯狂地找她。看了那些伤感的道歉信，她的心很乱，她很想给左一飞打个电话，可她又怕，她就想到了张小年，就给他打了电话。

“出什么事了！”张小年见到她就问。

沈齐齐摇摇头，把她的大包扔到后面的座位上，自己坐到了前面。

“有事可别瞒着我！”张小年说。

“真没事，放心，我今天发了奖金，可以包你的车！”

沈齐齐说着微笑起来。

张小年也笑了。

“嗨，你笑了，我心里就踏实了！”

“怎么，你刚才心里不踏实啊！”沈齐齐问。

“说真话，我一接电话，心就悬着了。我真恨不得自己的桑塔纳变成飞机。一下子飞到你跟前。”

张小年说完这话，脸突然红了。他从来都没说过这样的话。

沈齐齐听了半天也没说话。她打开了音响，里面放着一首《牵手》的老歌，“因为爱着你的爱……”怀旧的歌声，总能让人想起很多过去的事。沈齐齐脑子里又浮现出了左一飞的温柔。或许她该给他一次机会。沈齐齐想着想着，眼泪就下来了。张小年看到沈齐齐哭了，他安静地把车开到公园附近，那里很安静。张小年递给她一张纸巾。沈齐齐擦了眼泪一把抱住张小年。她轻声说：“小年，你说我该怎么办！”

“傻瓜，说吧，看我能不能帮你！”张小年拍了拍沈齐齐的背。沈齐齐把头深深地埋到张小年的脖颈里。张小年知道此刻不需要语言，彼此的温暖是可以疗伤的。沈齐齐突然觉得张小年就是和他共度一生的人，尽管两个人差距悬殊，但是幸福的感觉似乎和这一切都没有关系。那晚，张小年留在了沈齐齐的房间里。

3

沈齐齐和张小年开始了他们的同居生活。

同居的日子是非常幸福的，张小年每天送沈齐齐上班，每天，他都会在沈齐齐公司楼下等她一起回家，有时候他还买好了菜等着她一起回去做饭。张小年几乎不怎么回家了，他白天跑出租，晚上陪沈齐齐一起去公园散步，沈齐齐经常会收到许多小礼物，夜里，沈齐齐枕在张小年的胳膊上安然入睡。沈齐齐生病了，张小年出租车也不开了，他会在家专心陪沈齐齐。可以说他们一开始就进入了婚姻状态，虽然相识半年，可是他们感觉已经离不开彼此了。

张小年父母知道儿子在外面和一个姑娘而且还是个大学毕业的高级白领住在一起，他们不断地催着儿子赶快结婚，还嚷着要见沈齐齐。张小年也不止一次地向沈齐齐求过婚，可是沈齐齐说如果我们同居一年，你仍然像现在一样爱着我，我们就结婚。沈齐齐不是抗拒婚姻的人，也不是害怕结婚，但她一定要考验考验他们的感情。

同居一年的纪念日，沈齐齐发现张小年爱她爱得更深更彻底了。张小年跑长途出租的时候，沈齐齐经常会因为想他而彻夜不眠，沈齐齐出差回来，张小年都会亲自去接，他们依然会紧紧拥抱，他们一天天熟悉对方犹如熟悉自己，一天天接受对方如同接受自己。终于有一天，张小年再次求婚，沈齐齐欣然答应了。不过张小年说，结婚后要和父母住在一起，他是家里唯一的儿子，他家还有一套一室一厅的房子租出去了，张小年说他长这么大没离开过家，结婚后也不想离开。当时，沈齐齐并没有把这事放在心上，她还觉得这样的儿子现在真不多了。

沈齐齐第一次见张小年的父母，是他们决定结婚的第二天。那天，沈齐齐一直沉浸在幸福中，当张小年说，要带沈齐齐去见他的父母时，一路上，沈齐齐都喊着紧张，可真正下了车，看到张小年家那栋陈旧而普通的家属楼，她的心一下子变得平静了很多，沈齐齐穿的旗袍引来很多老太太的目光，沈齐齐当时很尴尬。张小年握着沈齐齐的手走进暗淡的楼道，楼道里，他们谁也看不清对方的脸，只是那来自手心的温暖，给了沈齐齐很多信心。一进门，张小年一家见到如花似玉的沈齐齐都拥过来，沈齐齐的脸红了。

沈齐齐迅速地扫了一眼，房间不大，八十平方米左右，两室一厅，装修是九十年代的那种风格。沈齐齐在心里问自己，以后就要和他们一起生活了吗？

张小年的姐姐、姐夫，还有他妈都用一种透视的眼光打量着沈齐齐。但他们都很热情，尤其张小年妈，更是殷勤得不得了。不过，张妈妈在饭桌上笑眯眯地给沈齐齐说了一番话，说得沈齐齐的后背凉飕飕的。张妈妈的每一句话都不含糊，她说，我们家小年是张家三代单传，他从小就是家里的宝贝。事事顺着他，而且，她还把张小年开车的天赋大大地夸了一把，说楼上的谁谁学了半年都没考上驾照，而张小年考驾照只用了不到一个月。沈齐齐一直赔着笑，但她隐约地感觉到了，这个未来的婆婆不简单。不过，她也没有把那些话放在心里，谁家的孩子不是宝贝疙瘩。

结婚的时候，沈齐齐才带张小年去见她父母，她爸爸一听女儿要和一个只有初中文化水平的出租车司机结婚，气得心脏病发作住进了医院。而沈齐齐的妈妈语重心长地在电话里说，孩子，结婚是你自己的事，老公是你自己选的，好好过日子吧。你们之间的任何事都不要告诉我们，我们不想听，另外妈妈最后想说一句，妈妈对你很失望。均是中学教师的父母当然不能原谅女儿的荒唐举动，他们事先一点也不知道沈齐齐在和谁谈恋爱，沈齐齐每次回家掩饰得很好，说自己没有男朋友，看着她天真烂漫的样子，父母怎么可能怀疑。他们还反复劝说沈齐齐年纪也不小了，先谈上一个。所以当沈齐齐对他们宣布她要结婚的消息后，他们不知所措，他们完全被震晕了。沈齐齐早预料到父母那样的态度，她一滴眼泪都没有流，她知道，她让父母失望透顶了。走出家的时候，她就在心里发誓，从今往后，她和张小年的事绝对不告诉父母，他们一定要过得比谁都幸福，证明给父母看。

结婚那天，沈齐齐突然觉得一切很陌生。酒席上的嘈杂和喧闹，仪式的烦琐和夸张，这让她多少有点受不了。她的心还惦记着躺在医院里的父亲，她木偶般地在客人面前笑脸相迎。她的好朋友苏小婉一直陪着她。苏小婉捏了一下沈齐齐的手，她小声提醒，“新娘子，怎么了？”

沈齐齐突然想哭，她说：“小婉，我突然好害怕？”

“齐齐，你太紧张了！放松点！”苏小婉捏了捏她的手。

新婚之夜，张小年喝醉了，他白天敬酒的时候喝了不少酒，客人都走后他摇摇晃晃地进了卧室，紧紧地抱住沈齐齐，沈齐齐却说：“我累了，想一个人睡。”她很客气地把新郎张小年的枕头被子抱到了客厅。沈齐齐的新婚之夜是和张小年分开睡的，后来她经常想一句话，好的开始是成功的一半，而她和张小年的新婚之夜却是分开睡的，这也许就预示着他们的未来。

4

结婚之前，沈齐齐从没有考虑过什么门当户对之类的，更没有考虑张小年一个初中文化的的哥怎么可能和她一个堂堂大学生过日子的问题。可是，结婚不到半年，她发现婚后的生活远远不像她想得那么简单。母亲当时反对婚事的时候说了一句话，嫁人就是嫁给一家人，你看看那家人个个都难缠，你过去能不受委屈吗。沈齐齐现在终于体会到了母亲这句话的含义。

婚前沈齐齐的想法是非常单纯的，她以为结婚后就是两个人的世界，这个家里除了她就是张小年，她觉得爱情的小小天空容得下其他人。当张小年提议和他父母一起过的时候，沈齐齐没有犹豫就答应了，当时她认为他父母一天也不常在家，而且，未来的婆婆慈眉善目地对她也蛮好的，何况他们如果现在买房，是不明智的，张小年虽然开了这么多年出租，但也没有多少积蓄，和公婆一起住，虽然难免有磕磕碰碰的，但还是利大于弊，首先可以省房租，可以不交水电费，可以吃免费的晚餐。可沈齐齐住进公婆家不到一周，就后悔莫及了。

张小年的爸爸比较严肃，平时不怎么说话，可他特别喜欢看电视，每天从早上七点一直看到晚上睡觉，而且，音量也不小。经常沈齐齐会被公公的电视声吵醒。沈齐齐几次都想暗示一下公公，她甚至说想给公公的卧室里买台电视，没想到就被婆婆一口否决了，那多费电呀！而婆婆的嘴是刀子嘴，经常会冒出一些厉害的话教育儿媳妇。

沈齐齐是个懒散的人，结婚前，她不怎么会做饭，而且超级不爱做家务，在她们家她也只洗过几次碗。当时她妈开玩笑说："齐齐，以后你们有自己的小家了，还是得学做饭呀，总不能老是在外面吃呀。"没想到，结婚后她得天天洗碗做饭，还得洗公婆换下的脏衣服，婆婆还不知足，说洗衣机是给懒人用的，说衣服最好手洗那样更干净。沈齐齐听了只能忍受，刚结婚时沈齐齐还试图讨婆婆的欢心，她用手洗衣服。后来家里的衣服越来越多，她也不手洗了。婆婆也没什么可说了，只强调说浅色和深色一定要分开。

婆婆为人小气，张小年第一次去沈齐齐家，婆婆给了张小年五百元买礼品的钱，最令沈齐齐想不通的是张小年每个月的工资还要上交一大半，婆婆说是他们两个人的生活费。张小年把剩下的钱和奖金给了沈齐齐，那些钱还不够他的零花。再说张小年的姐姐张小雨几乎天天带着儿子小贝来娘家吃饭，婆婆却从来不提交生活费的事情。据说张小雨和婆婆关系恶化正在闹分家。沈齐齐从来不过问婆婆一家的家事，对张小雨也是客客气气的，沈齐齐想自己惹不起总躲得起吧，可有些事，却是躲都躲不掉。上个周末，她就和张小年因为小贝吵了一架。当然，小贝只是导火线，小贝五岁了，他吃饭还要人喂。

那天，沈齐齐把饭菜做好，她刚刚坐到位子上，婆婆却不经意间说出了一句："小贝今天让舅妈给你喂饭好吗？"小贝当然高兴了，拍手同意。小贝平时最喜欢舅妈了，沈齐齐不光经常给他买好吃的，还会给他讲童话故事，买小礼物。沈齐齐上了一天班，回家又做饭又洗衣服，累得立刻就想睡，说真的她不想做张家的保姆，更何况是伺候大姑子一家的保姆，沈齐齐很不情愿地坐下来，只说了一句，就惹恼了张小年，她说，小贝，来，舅妈教你怎么拿筷子，要学会自己吃饭，知道吗？

沈齐齐说完这句话，她就被张小年用脚踢了一下，她一转头，就看见张小年的眉头皱成了一根麻绳。她知道，这事吃过饭就得用吵架来解决，在饭桌上，沈齐齐极力地忍着。就因为这件鸡毛蒜皮的事情，他们开始吵架了。果然吃完饭，张小年就把她拉进了卧室。压着嗓门，沉着脸警告说："以后在我爸我妈面前，你别抱怨这抱怨那的，还有，你拉着脸给谁看啊！"

张小年这么一说，沈齐齐也生气了："你说清楚谁拉着脸了，谁惹你们家人不高兴了！我做错什么了。"沈齐齐的嗓门也越来越大，她是绝对不能妥协的。战火一旦开始，停下就难了。

沈齐齐气急败坏地抓起了梳妆台上的一个花瓶，随即是巨大的破碎声音。张小年愣了：“我就这么一说，你发那么大火干吗，好像谁委屈你了似的。”沈齐齐一听这话，她号啕大哭起来，她摔了靠枕，摔了化妆品，摔了茶杯，地上瞬间一片狼藉。这时候，张小雨在门外喊着开门。张小年一开门，还没等姐姐开口，沈齐齐抓起包，扭头出门，去了苏小婉那里诉苦。

苏小婉因为不和公婆在一起，他们小两口看起来非常甜蜜。苏小婉的家如今是沈齐齐的避难所。只要张小雨来娘家，沈齐齐就借口加班，在单位磨蹭很久很晚才回家。后来张小雨大概感觉到了什么，就很少来了。这让张小年有点记恨沈齐齐。

这天沈齐齐下班回家，刚走到家门口，就听见屋子里传来陌生女人的笑声，好像家里有客人。沈齐齐一进屋就看到了张小年和几个朋友说说笑笑，看见沈齐齐进来，都住了嘴巴。沈齐齐本来是笑脸相迎的，可她一眼扫过去就发现张小年肩膀上多了一双女人的手。那双手的主人很快站了起来，手自然挪开了。

“哎呀，白领嫂子来了！”

“这是唐菲菲，我的徒弟！”张小年是这么介绍的。

沈齐齐很客气地和大家打了招呼，她就进了屋。她的耳朵却没闲着，满屋子是那个唐菲菲的声音。沈齐齐忍不住从屋子里出来，她又看见了张小年的肩膀上搭了只手。沈齐齐很轻地咳嗽了一声，拿了果盘过去。

大家却都很客气地站了起来，告辞离开。送走张小年的朋友，屋子里一下子冷清了。沈齐齐很想听张小年解释一下为什么唐菲菲当着她的面这样。可她不想打破沉默。张小年不可能没有过去，但那过去到底是什么她也不知道。张小年很自觉地收拾了屋子，还帮沈齐齐洗了菜。

“还有需要帮助的吗？”

“没有了，你出去吧！”沈齐齐鼻子里哼哼着，明显地不高兴。

“又怎么了？”张小年有点不耐烦地问。

“你怎么了，你自己清楚，还问我？”沈齐齐刺他一句。

“好好好，我不和你计较，我走！”张小年说着要往外走。

沈齐齐堵住门，吼了一声，“你走了，就别回来！”说着眼泪就叭嗒叭嗒地掉下来了。张小年自然就不走了，他们再没说话。

5

说真的，沈齐齐做梦也没有想到，结婚后她会天天和张小年吵架，而且天天哭，她真的没有想到，婚前脾气不错的张小年，居然也有那么粗暴的一面。昨天他们吵得很厉害，沈齐齐受不了张小年突然对她冷淡的态度。他总是温温的，不体贴也不热情。

第二天，公婆去了亲戚家，家里就沈齐齐一个，她做了一桌的饭菜等张小年，她想两口子吵架也没什么，可张小年一进门就沉着脸，沈齐齐的一腔热情就顷刻间消失了。她扑过去，盯着张小年问：“你还爱我吗？”

张小年没理她，进了卫生间洗脸去了，冷漠一下激怒了沈齐齐。她大叫起来，拉着张小年进了卧室，她又问了一遍，“你还爱我吗？”

张小年看了她一眼，说：“我累了。”

沈齐齐气疯了，她随手拿起来他们的婚纱照扔在了地上，一阵玻璃破碎的声音过后，沈齐齐觉得心里很痛快，她忍着泪水，想着一切都完了，全完了。

沈齐齐提出了离婚，张小年看她表情一本正经，也慌了。张小年说：“你说，我怎么你了，你天天不是哭就是闹，日子本来就是平淡的，不可能天天像谈恋爱一样。我对天发誓，我没有做一件对不起你的事，我问心无愧，我……”沈齐齐听了，哭得更厉害了。张小年慌了，想尽办法哄她逗她。沈齐齐见张小年低头了，她梨花带雨地一边哭，一边挣脱张小年：“那你说，为什么结婚后你对我如此冷淡，我哪点做错了，你为什么要这么对我？”

张小年没有说话只是紧紧抱住她，沈齐齐哭得更凶了，张小年的眼圈也红了。“齐齐，我爱你，我永远爱你，求你不要闹了，现在和父母住在一起，我有时候还得顾及一下父母，所以有点冷落了你，以后我一定注意。”这个晚上，张小年和沈齐齐拥抱着睡着了。夜里，张小年醒来了好几次，他的双手从没有离开过沈齐齐，梦里还喊着她的名字。虽然沈齐齐是真伤心了，可听到张小年在梦中呼唤自己，就原谅了他。

第二天，他们又和好了，可心里都有个死结。接下来的几天，张小年一回来，不是和他的宝贝外甥玩，就是没完没了地看电视，沈齐齐忙这忙那，没有时间和他计较。这天中午，张小年出门的时候对沈齐齐说：“我今天晚上有事，不回来吃饭，我爸妈说他们自己先吃，你要么就把家里的剩饭剩菜热热吃了，别老让我妈一个人吃……”

张小年在说话时，沈齐齐正在拖地，她懒得和张小年争，张小年说家里的剩饭剩菜总是他妈一个人吃，她也不想和他争，因为自从她嫁过来，张小年妈就吃过一次剩饭还是她自己剩下的，其他都是沈齐齐吃的，人说话要凭良心的。张小年的话彻底伤了沈齐齐的心，他一出门，沈齐齐就进了厨房，把中午剩的米饭、剩菜全部倒进了垃圾箱，她在心里发誓再也不吃一口剩饭。

打扫完房间，沈齐齐坐在沙发上休息，手机响了，是个陌生的号码，她没接压掉了，可电话还响，她想可能是哪个朋友换了号。就接了，喂了一声就后悔了。“齐齐，是我，我找你找得好苦啊！”是她的前任男友左一飞的电话。沈齐齐听到左一飞喊她，她的身子僵住了，嗓子也哽咽了，曾经以为今生今世再也听不到这个声音，可再次听到这个声音，她才发现自己从来没有忘记过这个声音，从某种意义上讲，她内心是渴望这个声音的。沈齐齐拿着电话，半晌没有说话。她的心在狂跳，她不知道该说什么。

“齐齐，你还好吗？为什么不辞而别，我知道错了，你回来吧！我一直在找你，终于在你的一个同学那里打听到了你的电话。齐齐，我们重新开始吧……”

“现在说什么都晚了，我已经结婚了。”这是沈齐齐对左一飞说的唯一的一句话，说完，她就挂了电话。一下子，她的脑子乱了套，和张小年每天的大小战争，已经让她筋疲力尽，现在又冒出个左一飞。左一飞真是神通广大，他不光知道沈齐齐的手机，还知道她公司的电话。第二天下午他居然把电话打到公司了。沈齐齐一听是左一飞打来的，她的心就跳到嗓子口：“一飞，不要这样了，我真的已经结婚了！”

“齐齐，我知道你是跟我赌气才那样做的，我不怪你，我希望你能回到我的身边，求你了！”

“一飞，请你清醒一点，我已经成了别人的妻子，我现在要过平静的生活，如果你还念我们的一点点过去的情分，请你忘记我！”

“不，齐齐，我想见你，我做梦都想见你。”

“这不可能，我不会见你的。”沈齐齐说完，挂了电话。接着她有点慌乱地拨通了好友苏小婉的电话。此刻她急需苏小碗给自己出主意，想办法，否则她真的不知道怎么应付未来的各种局面，她们约好周末见面商量。

突然手机又响了，沈齐齐的身子本能地抖了一下，一看是张小年的才松了口气。坐在张小年的车上，沈齐齐神情恍惚。张小年今天话很多，滔滔不绝地一直在说：“今天，一个客人包了我的车，他出手也大方，给了三百元，还说下次还坐我的车……”如果是平时，沈齐齐一定会说：“老公，你真棒！”可她今天淡淡地应了一声。

之后几天，沈齐齐一听到电话响就像被电击了一样冲过去，她变得神经了。

张小年这边也不让她省心，也出了状况，他失业了，张小年开的那辆车被老板卖了，老板还欠了张小年一个月的工资，有两千多块。看张小年一夜之间失去精气神的蔫茄子样儿，沈齐齐决定帮他去讨工资。沈齐齐能顺利找到车老板得感谢唐菲菲。沈齐齐后来从婆婆那里知道了唐菲菲一直暗恋张小年的事。她也不担心什么，张小年的心从来没去过她那儿，现在更不会。这天她一出门就碰见唐菲菲，她如实把情况一说，唐菲菲说：“嫂子，还是我陪你去吧，那人不地道，我不放心呢！”因为有唐菲菲带路，沈齐齐很顺利地找到车老板，那老板是那种有点色的男人，他早就听说张小年找了个漂亮老婆，见了沈齐齐他很客气，很给面子，当场就把钱给了，还承诺说要把张小年介绍给他的一个朋友。果然几天后，那边就喊着张小年上班了，工资比原来还高。张小年尽管不情愿，但还是去了。有了新的工作，渐渐地，张小年也就不计较那事了。

当然张小年不计较，沈齐齐自然也就不计较了。不过她最近始终都提心吊胆的，因为左一飞自从往她的办公室打过电话后就再也没有消息了。

难道他就此放弃了，不，不可能，左一飞是个较真的人，他不会善罢甘休的。沈齐齐真的害怕那场未知的暴风雨，她想周末的时候找苏小婉聊聊。也许，她应该主动打电话给左一飞。

6

周末沈齐齐和苏小婉商量的结果是，沈齐齐必须见左一飞一面，否则事情万一让张小年知道那就麻烦了。当然苏小婉不赞成沈齐齐告诉张小年这件事，因为这件事和张小年无关，而且是认识张小年之前发生的，所以，沈齐齐没有必要让张小年难过。而且张小年知道了，事情就更复杂了。

就在沈齐齐鼓足勇气给左一飞打电话的时候，沈齐齐却发现自己怀孕了。

沈齐齐和张小年同居的时候，就怀孕过，因为那时候他们才认识不到三个月，张小年就陪沈齐齐去做了无痛人流，手术后，张小年无微不至地照顾沈齐齐，这样沈齐齐才没落下什么不好的病根。

沈齐齐发现自己怀孕后，她急忙给张小年打电话，因为她觉得这个孩子更不能要，那天她和张小年都喝了酒，而且是白酒。而且她和张小年那段日子心情也不好，天天吵架。沈齐齐原本打算把自己的身体调养好，张小年再戒酒半年后要孩子，没想到，她居然又怀孕了。

沈齐齐和张小年的避孕措施应该说做得一直不是很好。而当年和左一飞在一起的时候，沈齐齐从来没有怀孕过，他一直特别小心，而且很疼爱沈齐齐。

沈齐齐因为一直是被左一飞保护着，所以她从不知道保护自己，也从来不用去操心这些事情，可是，张小年毕竟不是左一飞，他只知道快乐享受，从不关心这事。现在沈齐齐才想起自己在一本杂志上看到的话，“所有的女人在没尝到后果之前，都不是很懂得怎样保护自己。”

沈齐齐通过两次怀孕明白了一个道理，怀孕这件事，过来过去都是女人受苦。沈齐齐怀孕的消息似乎没有带给张小年任何惊喜，因为她和张小年都清楚地知道，这个孩子不能要。因为那段时间，他们几乎天天在喝酒，而且沈齐齐还吃过减肥药。

沈齐齐第一次流产是无痛人流，虽然无痛，但她还是觉得特别恐怖，当有个机器在她的身体里，她别提有多痛苦了。这一次，大夫说，最好用药物流产。胎儿已经快两个月了。第二天一早，沈齐齐就和张小年去了医院。她躺在病床上忍受疼痛，那是一种源自身体内部的、完全找不到一个可以舒缓点的、像是某种东西在侵蚀着身体、从子宫开始向四周扩散着的痛，沈齐齐一直忍着，没有喊叫，也没有流泪。手术结束后，苏小婉来了，她推开门，看见沈齐齐痛苦的样子，她哭了："齐齐，为什么要受这样的苦，也许他很健康呢！"

"小婉，我知道，我扼杀了一个和我血肉相连的生命，我会受到报应的！"沈齐齐说着也哭了。

这个时候张小年从外面端着粥进来。

苏小婉说："张小年，照顾好齐齐，我走了。"

苏小婉夺门而出。她的心也受了伤。

沈齐齐抱着张小年在病房里，大叫着。张小年流着泪说："齐齐，我再也不会让你受苦了，齐齐，我不知道有这么痛苦……"

张小年给沈齐齐买了很多她喜欢吃的零食还有补品，还给沈齐齐熬老母鸡的汤。沈齐齐请了半个月的假。她像个木偶一样，不说话，也不动，躺在床上。

差不多半个月的时间，沈齐齐整个人也很消极，很安静，整天不说一句话。除了过多地流血，流产带给沈齐齐身体的伤害是她不曾察觉的。

这半个月，苏小婉去看过她两次，每次去了，沈齐齐就哭。苏小婉说：

“流产后不能流泪，不然就会留下后遗症。”

沈齐齐就不哭了。婆婆知道沈齐齐流了孩子后，很严肃地训斥了她。沈齐齐自始至终没有说一句话。沈齐齐听了训斥，心里反而好受一点了。

休假结束后沈齐齐一上班，刚进公司就有同事说，有客户在等她。沈齐齐转头就看见了左一飞。左一飞还是一身白衣，整洁而有风度，不过很憔悴。沈齐齐给他倒了杯茶，就忙起自己的工作来。快下班的时候，张小年打来电话，说他就在公司附近，问她什么时候下班。自从做了人流，张小年的表现比过去好多了。

沈齐齐撒谎说今天公司加班让他先回。打完电话，沈齐齐跟着左一飞去了他住的宾馆，是沈齐齐说要去宾馆的，其他地方，她不能去，张小年几乎无处不在。一进宾馆房间，左一飞一把从后面抱住了沈齐齐，沈齐齐感觉到了他的力量，还有他的思念，她也知道此时此刻她的反抗是无用的，说不定会刺激他。左一飞用脚重重地关上门，突然他停了下来，趴在沈齐齐的身上痛哭起来，他检讨着自己的过错，他骂自己是个混蛋，“为什么，为什么，为什么，我恨你，为什么不等我，不给我一个改过道歉的机会，为什么？”

沈齐齐的泪无声地流着。不知道过了多久，他们都冷静了下来。左一飞去卫生间洗了脸，出来的时候他给沈齐齐倒了杯水，之后是长久地沉默。夜色悄然降临。

“你还好吗，这些日子！”沈齐齐望着窗外，轻轻地问。

“你说呢？”说话间左一飞已经靠了过来。沈齐齐听到手机在响，无疑是张小年打来的。沈齐齐整理了一下自己的头发，低声说：“我得回家了！你多保重。”左一飞绝望地看着她。“你就不能和我坐会儿吗？我有好多话对你说！”

“我知道，可我真的得走了，明天再来看你。”

沈齐齐不知道自己是怎么从宾馆里走出来的，一进小区远远地就看见张小年在楼下徘徊的身影。沈齐齐流产后，他变得特别温柔，这让沈齐齐很内疚。这天晚上沈齐齐失眠了，想了一夜，她知道事情得解决，第二天她向单位请了假，去宾馆找左一飞，去往宾馆的路上，左一飞打来电话，沈齐齐压掉了，左一飞又打，她还是压掉，左一飞又连发了四条短信。沈齐齐明显地感觉到了他的急迫、焦虑不安还有盼望。沈齐齐知道今天注定有人受伤，沈齐齐刚进房间，她的手机又响了，沈齐齐和左一飞笑了，那种笑一看都让人伤心落泪。左一飞望着沈齐齐，突然他从背后拿出一束粉红色的玫瑰花说：“齐齐，你嫁给我吧，我不在乎你有没有结婚，我可以给他钱让他放过你！”沈齐齐始终没有接过玫瑰。

“是的，你不在乎，可是我在乎，承认当初离开你我是冲动，可是一切已经无法回头，覆水难收你懂吗？我老公是没有文化没有你优秀，可我既然已经嫁给他，我就要对自己的行为负责，一飞，你就死心了吧，回去吧，这是我们的最后一面！”

左一飞顿时抱着花失声痛哭。玫瑰花撒落一地。沈齐齐的心被他哭空了。为了让左一飞死心，她冷笑着说：“一飞，我是曾经爱过你，离开你以后，我以为自己再也不会爱了，可我还是爱上了我的老公，而且我对他的爱和对你的不同，我们爱得踏实！”

左一飞坐在地上绝望地说：“求你不要说了，我祝你幸福！”

沈齐齐看着他，突然很想给他一个拥抱，可她怕拥抱又给左一飞希望。她咬了咬牙决绝地夺门而出。沈齐齐跑出酒店，找了个僻静的地方，大声地哭起来，哭够了，心就舒服了。她知道这一次她和左一飞之间不会再见了，她了解他，他是个自尊心很强又很脆弱的男人。他现在已经在订机票。

沈齐齐不知道自己怎么走回家的，她一进门就用被子包住了头，开始思绪还很乱，后来居然就睡着了，她好久都没有睡过这么踏实的一觉了。

左一飞遵守诺言从此彻底消失。

7

张小年的体贴没有坚持一个月又回到从前的冷漠，他又失业了。他和老板为小事吵架，老板开除了他。就在张小年最失意、天天借酒浇愁的日子，沈齐齐发现自己又怀孕了，沈齐齐知道自己怀孕后非常慌张，才做完流产两个月，怎么可能又怀，晚上，沈齐齐把怀孕的事对张小年一说，没想到张小年非常高兴，他抱着沈齐齐转了几个圈，然后，他很欣喜地说，我一定要当个好爸爸。张小年还把怀孕的事告诉了父母。沈齐齐的婆婆却说现在张小年没有工作怎么抚养这个孩子，婆婆的话不能说没有道理，可孩子毕竟是个生命，很多人想都想不来，沈齐齐铁了心一定要，张小年也只好站在沈齐齐这一边。

张小年找了一个多月的工作都没有找到，后来他也不找了，天天在家喝闷酒，张小年喝了酒，压根也不管沈齐齐怀孕的事，照样借着酒精和老婆吵，而且每次吵完架，他就一夜不归。后来他干脆也不怎么回家了，一天到晚坐在酒吧里喝酒。沈齐齐实在忍无可忍就跑到酒吧，把烂醉如泥的张小年拖回家。一进家，公婆已经睡了，沈齐齐拿了一盆凉水泼向张小年，张小年就被泼醒了。

“你想干什么？”张小年问。

“我想让你清醒清醒！”沈齐齐说着把张小年的衣服撕烂。她简直疯了，她边撕边哭。这个时候，公公和婆婆不知什么时候站在了他们身后。

“你们还让不让人睡了！太无法无天了。”婆婆说。沈齐齐努力压抑怒火，强忍着回了房间。那一夜，沈齐齐和张小年谁都没睡，他们之间忽然隔了万水千山。第二天一天沈齐齐没回家，天黑了，她才犹犹豫豫地往家赶。她昨晚当着公婆的面砸东西，虽然公婆理亏没有责怪她，可她心里还是很愧疚。一进小区，就见张小年正在和唐菲菲说说笑笑，谈得投机。沈齐齐原本想绕着他们走，可被唐菲菲看到了。

“嫂子，我正说你呢，你就来了，刚下班啊！”

“嗯！”沈齐齐淡淡地打了个招呼，很勉强地笑了一下。

“你们聊，我先上去了！”

张小年看见一脸疲惫的沈齐齐，他的嘴巴动了动，答应了一声。沈齐齐刚进家，他就跟了进来。家里没有人。沈齐齐换了拖鞋直接进了卧室，她想躺一会。张小年则开了电视，电视的音量不大。沈齐齐想等她舒服点了得和张小年谈谈。晚上吃过饭，张小年仍去酒吧喝酒，沈齐齐突然胃疼，她给张小年打电话让买点胃药，结果，电话那头的张小年喝得话都听不清楚。半天只说一句话：“你是谁，大声点！”沈齐齐气得不知道怎么好了。她一下子冲出去，想告诉张小年的父母，走到客厅的时候又犹豫了。重新躺回床上，她翻来覆去无法入睡，内心的怒火燃烧着，她紧紧地捏着拳头，在狂暴中让她想毁灭掉一切。半夜十二点张小年才回来，他一进屋连鞋都顾不上脱，就往沈齐齐身上扑，沈齐齐把早就准备好的冰水泼了过去。张小年被激怒了，他把卧室里能砸的东西全砸了，沈齐齐很冷静地看着他砸东西，一句话也没说。

“这日子没法过了！”沈齐齐嘴里念叨着。

巨大的碎裂声吵醒了公婆，老两口赶过来的时候，沈齐齐提着行李打算要走。“怎么了，这又怎么了？”婆婆夺下沈齐齐的包。

“妈，你问张小年，问他为什么天天去喝酒，这日子还能过吗？”

沈齐齐哭着又要往外走。婆婆在门口拉住了她，不让她走。

“混账东西，我让你喝，我让你喝！”

公公随手拿了一把笤帚，朝张小年打过去。

张小年情绪激动：“我怎么了，不就是和朋友在外面喝酒了吗！”

“混账，你还说，我让你喝，你这不争气的东西，下了班天天去喝酒，放着这么好的媳妇不守着，我让你喝！”公公说着又打了几下，张小年的脸上、手上都青了。张小年的妈不愿意了，坐在地上哭了起来。沈齐齐也哭了起来，哭着哭着，沈齐齐的小腹剧烈地疼痛起来，她看见了裤子上渗出的血，她晕倒了。醒来的时候，沈齐齐发现自己躺在医院。

“孩子呢？”

“孩子没了。”张小年沙哑着嗓子说。

医生叹着气说：“你以后再想怀孕就难了。真搞不懂你们年轻人怎么这么对待自己的身体。”沈齐齐听了就再没有说话。她用被子蒙着头哭了起来。张小年在一边默默地守着她。张小年抱着沈齐齐往医院跑的时候，他在心里发誓再也不喝一滴酒了。可是他不想把这些告诉沈齐齐，他想通过行动证明给她看。

在沈齐齐住院的第二天，张小年的爸爸出事了，他过马路的时候被卡车撞了，送往医院的路上人就没了。沈齐齐后来才知道，老爷子为了儿媳妇流产的事和老伴吵了一架，去小酒馆喝闷酒一出来就出事了。

父亲的死，对张小年的打击很大，他悲痛欲绝，后悔不已，办理完他爸的后事，他再也没有心思管沈齐齐了，一天钻进酒馆里不出来，几乎天天醉。沈齐齐也感觉她和张小年走到了尽头。婆婆仿佛一夜之间老了许多，她说：“你们去那套旧房子住吧，我想一个人安安静静地陪你爸说说话。”

搬到了城西的小房子里，沈齐齐想着也许她和张小年能重新开始。果然一搬过去张小年的一个朋友帮他联系了个车。张小年有了工作，也不去喝酒了，一天早出晚归的，不过人沉默了很多，沈齐齐知道疗伤是需要时间的。沈齐齐感觉他们的日子又奔向幸福了，他们的心尽管都受过伤，但他们都想忘记过去，重新开始。几个月后，他们又过上了一起买菜、做饭、看肥皂剧的时光。周末他们一起去看婆婆，在那里待一天。或者不定期地喊老人到附近餐馆里吃饭。沈齐齐的日子被安排得满满的，连苏小婉喊她去逛街买衣服，她都没空去。不过自从他们搬过来，唐菲菲经常过来找她。虽然她每次来都有理由。

“嫂子，我妈做了泡菜给你带一点。”

“嫂子，我师傅呢？老板让我给他带个话！”

唐菲菲每次来都不是空着手，不是提着水果，就是提着包子或者凉粉之类的小吃。每次她一进门就喊着大家快来吃，他们一家子，总是边吃边说些不着边际的话。吃过饭往往是沈齐齐收拾残局，唐菲菲则和张小年聊他们车行的事。沈齐齐在厨房竖着耳朵听这师徒二人无聊的对话。收拾停当，她出来的时候，看见唐菲菲正对着张小年暧昧地笑。她大步走过去，很大方地坐在了张小年的腿上。

“你们聊什么呢，看把菲菲高兴的！”

“也没说什么，都是些你不感兴趣的事情！”张小年说。

“你怎么知道我不感兴趣，你们接着说！”

这个时候唐菲菲坐不住了。“师傅，我得走了，晚上有约会，我居然忘了！”唐菲菲一走，沈齐齐开始奚落张小年。

“小年，你这徒弟和你感情很深啊，现在这社会有这样的徒弟真是罕见！”

“她就是无聊过来和我们说说话，没什么的。”张小年说着打开电视，而沈齐齐则坐到沙发上织起毛衣来。

“得了，别掩饰了，越抹越黑！”沈齐齐说着一个人突然笑了起来。她想起了刚才唐菲菲慌张的表情，如果心里没鬼怎么可能就那么走了。不过那次后，唐菲菲就再也没有来过，沈齐齐想这姑娘终于开窍了。

年底的时候，沈齐齐和张小年终于过上了结婚后最幸福的时光，他们开始共同攒钱，还计划着年底给张小年买辆车，还规划着过几年买套大房子，一切似乎都很美好。沈齐齐的脸色也越来越好。公司的人都说她越来越漂亮了，还有人开玩笑说是老公滋润得好。

8

除夕那天沈齐齐带着张小年去她家过年，沈齐齐的父母也默认了这个女婿。两个老人还劝他们赶紧要个孩子，他们退休了可以帮着带。过完节回来，沈齐齐和张小年商量着和婆婆一起住，可婆婆说她一个人习惯了。正月十五那天，沈齐齐早上出门时和张小年约好，中午一起去狗不理吃饭，晚上去婆婆那儿吃汤圆过十五，可到中午不见张小年，打电话也不接。沈齐齐打算到公司楼下等张小年，一下楼，令她意外的是张小年已经在公司门口了。

沈齐齐兴冲冲地跑过去：“老公，你什么时候来的，是不是想给我个惊喜！”张小年一脸铁青地看着有点妩媚的沈齐齐和她一脸灿烂的笑，这个时候，公司大楼里的员工都陆续地出来去吃午饭。张小年一把拽住沈齐齐的衣领，恶狠狠地说了句：“沈齐齐，你太不要脸了，我们离婚吧！”张小年说完毫不犹豫地扇了沈齐齐一个耳光。沈齐齐的同事们都停下了脚步。

沈齐齐看着自己的生活顷刻间曝光，她也歇斯底里了，她也顾不得自己的形象了。

“张小年你混蛋，有什么事你不能在家里说，你要现在来闹，我受不了了。”

张小年大吼着：“你不要脸，还怕人知道？”

沈齐齐像一头受伤的狮子一样扑过去，拼命撕扯张小年的衣服。他们的心也跟着破碎了。

张小年恶狠狠地说：“你太不要脸了。”说完，疯子一样地开着出租车走了。

沈齐齐愣在那里，她不知道发生了什么事情。她周围聚集了很多人，沈齐齐吼了一声：“有什么好看的。”人群瞬间散开，沈齐齐拖着沉重的脚步，她突然想起了一句话：“乐极生悲！”她一个人在大街上走着，她想就那么一直走下去，希望那条路永远没有尽头。

不知何时天已经黑了，沈齐齐一抬头才发现，自己不知不觉间走到了苏小婉家附近。无处可去的时候，她总会把苏小婉的家当成避难所，当苏小婉打开门，看到披头散发、衣服也被撕破的沈齐齐的时候，她的嘴巴半天张着，不知道说什么。

“小婉，张小年，他打我！他在众目睽睽之下居然打了我！”

苏小婉拉着沈齐齐坐下，发现她脸上有团青紫。苏小婉急忙从冰箱里拿出一块冰，敷在她的脸颊上。

“来，先换上我的衣服，喝点水，慢慢说……”

沈齐齐喝了点水，这才平静下来，她已经没有了眼泪。这时，她的电话响了。苏小婉一看是张小年的号码问：“接吗？”沈齐齐摇摇头。电话还是响，过了一会儿，那头换了号码打过来，苏小婉接上了。

“请问，你认识张小年吗，他刚刚出了车祸正在医院抢救。”

交警说张小年酒后驾车，才出交通事故的。沈齐齐一听张小年出了车祸，她的腿一软，半天站不起来。苏小婉陪她去医院，她们赶过去的时候，张小年已经做完手术，人昏迷着。病房里只留一位陪护的亲属。沈齐齐让苏小婉回去，她一个人可以的。在张小年昏迷的这个夜晚，沈齐齐觉得时间过得格外漫长。虽然医生说张小年的手术很成功，没有什么后遗症，可看着面无血色的张小年直挺挺地躺在那里，她还是揪心地疼。

第二天中午，张小年醒过来，但他不和沈齐齐说话。洗张小年衣服的时候，沈齐齐看到了一封左一飞写给她的信。原来那天张小年去她公司，刚进门看门的大叔就说正好有封你老婆的信，你顺便带上。张小年一好奇就把信打开了。那是一封很长的信，左一飞几乎回忆了他和沈齐齐之间的所有故事，包括后来来兰州的点点滴滴。那封信写得很伤感，随信还寄了很多张他们一起拍的相片。沈齐齐看完信和那些相片，她知道她和张小年不会有明天了。上天和她开了一个很大的玩笑，她知道无论怎么和张小年解释，都是白费工夫。她已经做好了分手的心理准备。半个月后张小年出院了，出院后的张小年不和沈齐齐说话，也不碰沈齐齐，一个月后，张小年身体完全恢复，沈齐齐提出了离婚。张小年在沈齐齐提出离婚后，他张嘴说话了，他说他不想离婚。

沈齐齐说：“我是隐瞒了婚前的事，我对不起你！”说到对不起，沈齐齐流泪了。她突然意识到，张小年好像也对不起自己。张小年看着沈齐齐，这是他这么久以来，第一次这么看着她。他疼痛的目光，把沈齐齐的心彻底撕碎了。

“离婚吧，也许离婚对我们都是一种解脱！”沈齐齐说。

张小年听了，低下头，也不说话。

“给我点时间，也许，我们可以重新开始！”

“不可能了，张小年，我觉得不可能了。”

“为什么？”

“我们心上的伤口太深了。”

“试一试，就半年，可以吗？”

沈齐齐没有回答。

张小年望着窗外说：“其实，你婚前的事跟我无关，可是他来看你，你为什么不告诉我？我只求你一件事，在我妈面前不要表现出来！”

沈齐齐看着张小年绝望的样子，她蓦地心酸了，眼圈也红了：“你放心，我知道。“这天夜里，沈齐齐把她和左一飞的事全都告诉了张小年。她最后说：“他是来找过我，可是我对天发誓，我没有做对不起你的事！”自从张小年知道全部事情后，家里的空气就变了，张小年也变了，虽然他尽力地做出很宽容博大的样子，可他的确变了，变得越来越奇怪。沈齐齐原本以为她的坦诚可以让张小年不必猜疑，没想到却适得其反。张小年下班回来，总会一个人喝几杯酒解乏，喝酒的时候，电视的声音往往开得很大。喝完酒，张小年话就多起来，他常常会有意无意地挖苦沈齐齐，也会说起左一飞。

“左一飞炖的小鸡炖蘑菇很香吧！”

“你给左一飞织毛衣，为什么不给我织？”

左一飞的信和沈齐齐的讲述严重地伤害了张小年脆弱的心灵，使张小年又嫉妒又自卑。看张小年那么痛苦，沈齐齐多次动了离开的念头。一天晚上，沈齐齐正睡着，张小年悄悄地钻进了她的被窝。事后，沈齐齐以为他们的关系会回到从前。可是事实证明他们之间越来越远了，像两个陌生的房客。张小年依旧开车，喝酒，他们连架都不吵了。张小年不再叫她老婆，连她的名字也很少喊。他们彼此喊对方为你。他们之间没有拥抱，没有笑容，甚至去婆婆那儿也很少开玩笑。老太太好像也觉察出了不对劲，可是她也不知道到底儿媳妇和儿子之间哪里不对劲了。没有爱，就没有恨，何必这么折磨自己呢。沈齐齐总是这么想，她说："张小年，我们好好谈谈吧，我不希望我们的生活是这个样子。"张小年总说："我累了，不想谈这些！"

一向例假按时的沈齐齐，这个月，"好事"过了十五天还没来，而且她最近身体很累，也很烦躁，沈齐齐想可能是月经不调了，她利用中午休息的时间，喊上苏小婉陪她去看中医。她现在几乎有点依赖苏小婉了，一有时间，就给苏小婉打电话，也不诉苦，两个女人就像回到少女时代一样，谈着天南地北，海阔天空。

苏小婉把沈齐齐带到中医院一个老专家那里。她说："听我们单位一个大姐说，这个老中医看得特别好！你把情况好好说说，几付药就好了！"

中医慈祥地让沈齐齐坐下，把了把脉，微笑着说："恭喜你，你要当妈妈了。"沈齐齐听到后，坐着的她站了起来，连连说着："怎么可能呢，怎么可能呢……"

"怎么就不可能了，安全期都能怀孕，孩子是讲缘分的，我给你开几付保胎药，你的身子很弱，要多吃营养品！"沈齐齐机械地点头。脑子里飞快地转着。她和张小年已经很久没有在一起了，怎么可能怀孕呢。

苏小婉说："齐齐，怎么可能就不能怀孕呢？这次一定要好好听医生的话，你应该知道这也许是你最后的机会！"

沈齐齐听到最后的机会，她的心才静了下来。她突然想起了张小年钻被窝的那个晚上。她当着苏小婉的面，当着老中医的面流泪了。

"看把她乐的！"苏小婉急忙给老中医解释。

老中医笑了起来：“第一次当妈，我理解，孩子，回去好好等待吧。胎儿长得很好，脉搏也很有力！”

沈齐齐听了，哭着跑出中医院。等苏小婉交了钱，追出去，沈齐齐已经没有了踪影。沈齐齐的手机也关了。她想一个人静一静。她记得上次流产时医生说过的话。你可能再怀孕就难了。沈齐齐一个人去了公园。公园里很多小孩在草坪上跑着。沈齐齐是那么喜欢孩子。她摸着肚子，心如刀绞。她首先想到的是，那天，张小年喝酒了没有，思前想后的结论是，那几天，张小年一直在他妈那吃饭，破天荒地没有喝酒。沈齐齐想到这急忙给苏小婉打电话。苏小婉急忙把取好的保胎药送过来。

沈齐齐说：“小婉，答应我，不要告诉任何人我怀孕的事情，尤其不能告诉张小年！”

苏小婉本来想问为什么，可是她看到沈齐齐的眼泪，就什么也没有问。她只是拍了拍沈齐齐的后背，轻轻地安慰她：“齐齐，孩子是上天送给你的礼物，你一定要珍惜！”

沈齐齐点点头：“小婉，我一定要生下这孩子，这是我唯一当妈妈的机会了。”

沈齐齐做的第二件事是去医院做了B超，医生说胚胎发育得很好，鉴于沈齐齐有流产史，给她开了一些安胎药，做了些营养指导。沈齐齐从医院出来，去了超市，她买了很多有营养的东西。她精心地安排起了自己的一日三餐。

张小年喝酒她也视若无睹，她不生气，也不想别的。她一天好吃好喝，她花钱也不像以前那样了，每个月的工资她存一大部分。爱睡懒觉的她现在不睡了，每天七点她按时去附近的公园散步。回来后张小年还在睡觉，她会喝一杯牛奶和果汁才去公司。

一天晚上，张小年醉醺醺地进门，沈齐齐正在听胎教音乐，对进门的张小年视若无睹。张小年却凑过来和她说话。“今天我一个哥们过生日，回来晚了！”

“哦！”

“怎么你不想知道是谁吗？”

“不想！”沈齐齐锁着眉头，用手扇了扇那扑面而来的酒精，坚决地说。

“是唐菲菲，她还说要和我好呢！”张小年笑着说。

沈齐齐好久没有抬头看过他了，她一抬头，就发现了张小年左脸上的一个口红印。沈齐齐一把推开他：“滚开，你这个混蛋。离婚、离婚、离婚……”

“好吧，那就离婚吧，离了大家都解脱了……”张小年说着蹲在地上痛哭起来。沈齐齐关了卧室的门，她强迫自己不哭，可是还是哭了。沈齐齐摸着自己的肚子，低声说：“宝宝，对不起，对不起，妈妈不能给你个完整的家，不过妈妈发誓，一定会双倍爱你。”

9

第二天一早，沈齐齐和张小年去办了离婚手续，出了民政局，张小年说我过两天就搬到我妈那去，沈齐齐没有说话，她不想说话。她想安安静静地离开。下午沈齐齐去公司递交了辞呈，因为这天正好是发工资的日子，公司这个月还特别发给她两千元的奖金。之后她去了火车站买票，买票的时候，她才发现自己居然不知道自己要去哪里。她只想着要远远地离开这里，离开张小年，她就要了一张去云南大理的火车票。出了火车站，沈齐齐给妈妈打电话：“妈，你还好吗，我公司要派我去云南学习，得一年，你要和爸爸保重身体，我会常给你打电话的。妈，我想你和爸爸！”沈齐齐说着说着，眼泪就流下来了。她知道再说下去母亲会发觉的，她说，“妈，我手头还有一大堆的活，先这样啊。记得别偷懒，天天锻炼，知道吗？”

“知道，知道！注意安全，到了给我来电话……”

沈齐齐挂了电话，她感到前所未有的轻松。晚上，沈齐齐去了苏小婉家。苏小婉给她冲了一杯牛奶，看着沈齐齐喝完，苏小婉看着她说：“齐齐，你想好了吗？”

沈齐齐点点头。

苏小婉说：“你这一走，我们还不知道什么时候再见面，答应我，不管发生什么事情，你都要和我保持联系！”

沈齐齐说：“谢谢你，小婉，这么久以来，我就把你的家当成我的避风港，每次遇到难处，第一个总是想到你。”

“齐齐，说什么呢，你能想到我，我很高兴。”

沈齐齐说要去超市买些东西，苏小婉就陪她一起去买。这一路，她们回忆起大学时光，那些一起做疯丫头的自由时光，两个人都觉得彼此都老了很多。说到老，两个人都哈哈大笑起来，笑得眼泪流了出来。从超市出来，晚风轻轻地吹着。苏小婉和沈齐齐拎着大包小包，在人行道上慢慢地走，静静地走。

沈齐齐有一句没一句地说她和张小年从认识到离婚的这两年日子，说他们在一起时的快乐、争吵，还有感动，说那些永远回不去了的日子。苏小婉静静地听着，沈齐齐说着说着哭了，苏小婉也不打断，她只是握一握沈齐齐的手。

那些爱和痛如今都过去了不是吗？

哭完了，苏小婉拥抱着沈齐齐说了很多很多句：“保重、保重……”

第二天沈齐齐离开家的时候，张小年在沙发上睡得正香。离婚手续一办，张小年就主动睡到沙发上。他打算这两天收拾东西搬回母亲那里，他想让沈齐齐住这套房子。沈齐齐提着旅行包走出家门的时候，她很认真地看了一眼熟睡中的张小年，她很想最后再亲吻一下这个和她共同生活了两年零三个月的男人，可是她最终没有俯下身去。她把一封信放在了张小年的车钥匙下面：

“张小年，此去经年，一别两宽，今生今世，我们永不相见，我们谁也不欠谁的，希望你过得幸福！”

沈齐齐走出家门，沈齐齐摸了摸肚子，这孩子也许永远也见不到他的爸爸了。想到这她有点悲哀，可又一想宝宝将生活在没有争吵的幸福环境里，她又欣慰起来，坚强起来。苏小婉送沈齐齐去车站。两个女子站在清晨的阳光下，泪光盈盈，那一刻所有的语言都化作了祝福……

沈齐齐显得很平静，她很有信心地拥抱了一下苏小婉：“小婉，请放心，为了肚子里的孩子，为了我自己，我会好好活着……”

苏小婉说：“保重，到地方了给我打电话！有什么事了要告诉我，如果那边不顺利要回来，这里有你的爸爸妈妈还有我，知道吗？”

“知道，一定要为我保守秘密！”

“放心吧！”

火车开走了。

沈齐齐奔向了她未知的全新的生活。

10

沈齐齐走后，张小年开始以为沈齐齐出差去了，可是，给公司一打电话，才知道沈齐齐已经辞职了。张小年这才紧张起来，他疯了一样开始四处寻找沈齐齐。张小年甚至还把电话打到左一飞的公司，问左一飞知道不知道沈齐齐的去向。左一飞这才知道沈齐齐过得并不幸福。他激动地在电话里骂张小年。“齐齐说你很爱她，所以我才放弃了，现在我终于明白，你是个混蛋，你不配做男人，我真恨不得砍死你，如果齐齐出什么事，我不会放过你！”

张小年没有挂电话，左一飞骂他，他才知道自己早该就被这么臭骂一顿了。他终于清醒了。

沈齐齐走后，张小年的生活彻底发生了变化，不是小变化而是大变化。

张小年本来想等自己和沈齐齐都平静一段时间了，再好好谈一次。可是他却又一次伤害了沈齐齐。他知道这一次沈齐齐是伤透了心，他担心自己找不到她了。

张小年一个人走在大街上，看着天上白晃晃的太阳，有点恍然如梦的幻觉，他潜意识里还是希望沈齐齐在和自己赌气，在这座城市，只是暂时藏起来了，可是那只是希望。应该说他一开始并没有没意识到事情的后果有多么严重。他拿出手机，反复给沈齐齐打电话，可是手机始终关机。沈齐齐走后，张小年拼命一根接一根抽烟，他要让自己平静下来，然后好好想想沈齐齐能去的地方，再去找沈齐齐道歉。他知道，只要能见到沈齐齐就好了，只要诚恳地说几句好听的话，然后抱一抱她，或者说几声“我爱你”，然后对她发誓，从此好好过日子，再也不计较过去，事情就会过去了。

张小年找遍了兰州的每个角落。他找了整整一个月，他去了公园的小土坡，去了常和沈齐齐散步的步行街，去了电影院，还去了几家沈齐齐平时爱逛的商场，还有几家咖啡屋，可是，一个地方也没有看到沈齐齐，沈齐齐就像蒸发了一样，她会去哪儿呢。

张小年给苏小婉打电话，他怎么没有想起苏小婉呢，苏小婉可是沈齐齐最好的朋友啊，她肯定知道沈齐齐去哪里了。为了替沈齐齐保守秘密，苏小婉假装不知道。张小年断定沈齐齐肯定住在苏小婉家里，苏小婉却一口否认，本来沈齐齐就没有住在苏小婉的家。张小年不信，就每天跟踪苏小婉，他不信就见不到沈齐齐。

苏小婉老公知道后不乐意了，他找到张小年，对他说，沈齐齐走之前给苏小婉打过一个电话，她说要去一个没有人认识她的地方，说是给苏小婉告个别。没等苏小婉说什么，她就挂了电话。张小年听了，彻底疯了，他怕沈齐齐寻短见。一个没有人认识的地方，那不是死吗？他去报社登寻人启事，他去电台录寻找沈齐齐的节目。可是一个月过去了，两个月过去了，依然没有沈齐齐的消息。

一天晚上，张小年喝醉后，跑到苏小婉家里哭诉，他说："你们知道我多爱齐齐吗，我不理她，是我觉得配不上她，我不该那样对她，我对不起她，她现在是死是活，我都不知道，我恨透了自己。"

苏小婉说："张小年，你如果是男人就不该喝酒，更不该跟自己的老婆过不去，即使沈齐齐以前有过男朋友，那都是以前的事。你不该那样对她。"

"我知道我错了，可是，我现在改了，沈齐齐又看不到，我还不如醉着，这样我就不想了。"张小年痛哭着。

"不，你错了，你改好了，我相信，你终有一天会见到她的，说不定她在某个地方关注你呢。说不定你们还有机会，一切都有可能。"苏小婉说。

从此张小年彻底改好了。

他再也不喝酒了，这两年他一直和母亲生活，唯一不同的是，他现在开的车是自己买的。后来，张小年遇见过几次苏小婉，他本想打听打听沈齐齐的情况可总张不开嘴，他知道自己愧对沈齐齐，他没脸再见她。苏小婉见到“浪子回头”的张小年，她总是欲言又止，可她答应过沈齐齐不说孩子的事，于是他们总说些客套话，从来不提不该提的。

11

时光悄无声息，一晃而过。

两年后，夏天的一个傍晚，张小年像往常一样开着出租车，正在大街上寻觅客人。车外热风吹得他满身大汗，他没有开空调，油价不断地上涨，他想能省点是一点。

这时候，街边有个人招手，张小年的车停了下来。后面的车门被拉开，一个小女孩先被妈妈抱了上来，接着，戴墨镜的女人也上了车。

“雁滩公园……”

好熟悉的声音，张小年不由回头，这时女人也摘下墨镜。张小年的眼睛准确无误地碰到了她惊讶的目光。

“齐齐……”

沈齐齐微微地笑了一下，她尽量让自己保持平静。

“你还好吗？”

沈齐齐还是微笑。

“你结婚了吗？”

沈齐齐没有回答，反问了一句：“你呢？和唐菲菲结婚了吧？”

“噢，我嘛，还那样，一个人混着过，菲菲人家都当妈妈了，你还没说你呢？”

“妈妈，妈妈，我们要去哪里呀？”

“当然是小婉阿姨家！”

张小年本能地转头望了一眼，那是个非常可爱的小女孩，张小年这一望便呆住了，他看到了一张眉宇间酷似自己的小脸。张小年的眼睛潮湿了。“你叫什么名字？今年多大了？”

“我叫沈乐儿，妈妈说我一岁半了……”清脆的声音回答。

张小年再次转头望向沈齐齐，目光久久凝望，久久不分开，他的心剧烈地疼痛，一股热泪顷刻涌出。张小年的手颤抖着轻轻地抓住了小乐儿的手。小家伙居然没有拒绝，而是很顺从地任张小年轻轻拖起，抱住，紧紧抱在怀里，那个小小的身体的温度顷刻传递过来，那体温让张小年更加揪心。他闭上眼睛，两股热泪，汹涌奔腾，孩子在他的怀里挣扎着，喊着：“妈妈、妈妈……”

车子里突然变得很安静，连窗外和煦的风也像在做梦……

等太阳升起

1

微风吹过，银杏叶飘飘洒洒，落了一地。如兰怔怔地看了一会儿，又快快地扫起脚下的树叶。公园外面，枯黄的叶子铺满人行道，密密匝匝。一个早班，如兰要来来回回扫五六遍。落叶飘飞，扫了又落，落了再扫……

霜降以后，是如兰最忙碌的时候。每天凌晨四点起床，四点半上班，中午十二点下班。上班早高峰前，她要将片区清扫干净。她每天累得筋疲力尽，夜里做梦，路上都铺着厚厚的“黄金甲”。

今天，如兰记不清扫了几遍，是第六遍还是第七遍？

如兰将落叶扫到一起，运垃圾的牛师傅一铲铲把落叶装进清运车，再运到垃圾中转站。如兰和他打了个招呼，落叶多，大家都忙。过去，牛师傅每天来两趟，早上一趟，下午一趟，一入秋，每天跑五六趟。

中午交班的时候，如兰满身汗，她和接班的李大姐说了两句话，忽然，一阵寒风呼啸，几片叶子又落到了地上。如兰擦了擦沁满额头的汗珠，笑着说：“早上我扫了好几遍，你看又落下了。”

路中间也飘了几片叶子，如兰看四下无车，急忙跑到马路中间，迅速地把落叶扫到簸箕里。

李大姐说：“你快回家吧，这些放着我来扫。”

如兰走过自己清扫干净的人民路。这条路，只有每天傍晚和周末的时候热闹，平常车辆寥寥，行人稀少，冷冷清清。手机突然响了。如兰看到是大哥打来的，她没有马上接。前面有两辆车开过来，除草的声音震天响。如兰快步走过皇冠酒店，吵声小了，如兰才拨了过去。

大哥着急地说：“如兰，你下班了吗？”

“刚下班。”如兰说。

“那你快过来，妈又和你大嫂吵架了，家里闹得鸡犬不宁，你大嫂回娘家了，她说要和我离婚。妈也闹着要离家出走，你看能不能让妈在你那儿先住一段时间。”

“妈在哪？”如兰问。

“在家里，你打个车过来，我给你报销车费。”大哥说。

“那你也得等我换身衣服。”如兰放下手里的扫帚说。

“别换衣服了，赶紧过来。我怕妈想不开，真的离家出走……”大哥看来是真着急了。

如兰一身的汗，头发都湿透了。幸亏她戴着帽子，不然准要头疼的。她拍打了几下身上的灰，拖着扫帚急匆匆地往前走，经过公共卫生间，她进去洗了一下手，早上吃了一个饼，一个鸡蛋，没有喝水，汗倒流了好几身。她最近明显感觉自己又瘦了。

公厕管理员张卫国看到如兰，把手里的桶子放到地上。

“如兰，我昨晚回去包了饺子，给你带了一盒，你中午回去下了就能吃，正想给你送过去。”张卫国说。

如兰点了下头，急匆匆地说：“我的簸箕和扫帚先放你这，我妈和我嫂子又吵架了，我哥让我赶紧过去。”

“那你把饺子带上。”张卫国说。

“不了，我没时间吃，早上一直扫树叶连水都没顾上喝，本来想回去喝杯水，你看我这命……”

“那你等着，我去给你倒杯水。”张卫国说。

如兰摆摆手：“没时间，那边锅都炸开了。”

如兰急急忙忙开了一辆电动自行车，大哥家在甘南路，骑电动车一刻钟就到了，比打车还快。

如兰骑车，上了金雁大桥。金雁大桥向东不远处是城关黄河大桥，向西是雁滩黄河大桥。如兰天天能看见这贯通南北的三座桥。如果不是去看母亲，她很少过桥。她住黄河北，母亲和大哥住在城里。

桥下清凌凌的黄河水缓缓东流，太阳白晃晃的，桥上寒风阵阵，如兰穿着厚厚的绿色工作服，倒也不觉得冷。往常去大哥家，如兰都要换身干净的衣服，现在也顾不了那么多了。

如兰买房那年，还没有金雁黄河大桥，黄河北是兰州城的偏远地带，全长六百多米的大桥，两岸却是城乡差别。如兰当时就想远离城区，她的钱也只够买偏僻地区的房子。

如兰很庆幸自己离婚后第一时间就买了房子，不然连个安身之所都没有。

如兰的父亲五年前心梗去世，母亲跟着两个哥哥轮流住，前半年住二哥家，后半年住大哥家。母亲本来有房子，那个老房子是父亲厂子里分的，厂子虽然倒闭了，可房子位于城中心，变成了学区房，那房子一下成了香饽饽，房价比兰州高档小区的价格还高。两个哥哥为了争那套房子，差点打官司。当初，他们争着抢着要母亲，一个比一个孝顺，一个比一个殷勤。后来哄着母亲把学区房卖了一百多万，哥俩和母亲三人平分房钱。母亲本来想买一间小房子养老，可两个哥哥都抢着让母亲住他们家。母亲只好在两个儿子家轮流住。两个嫂子开始也孝顺母亲，她们想尽一切办法，花光了母亲身上的三十多万。大哥的儿子上大学，二哥的闺女要游学、要出国、要报班，母亲手里的钱哗哗地往外流。钱花得差不多了，两个媳妇都不搭理母亲了。她住在老大家，半年够了，老二不来接，她住在西安的老二家，老大连个电话也不打。兄弟两个都怨恨对方，骗了母亲的钱，去年春节，大哥和二哥差点在饭桌上打了起来，当时，如兰不知如何安慰抹眼泪的母亲。

从那之后，大哥二哥互相不打电话，他们有事，都给如兰打。

这后半年，母亲一直住在大哥家，如兰去过几次，每次家里都闹哄哄的，不是大嫂组织家庭聚会，就是大嫂约的几个中年妇女在客厅里打麻将。母亲永远在厨房里忙，不是在摘菜，就是在揉面。看到母亲总是劳碌，如兰很心痛，大嫂这是把母亲当保姆使。如兰劝母亲少干点家务，母亲说，不干点什么，她着急。见到女儿，母亲总是拿出水果、糕点让如兰吃。如兰从来都不吃，她的日子虽然艰难，可她不想大哥大嫂看不起她。大嫂已从企业内退，家里的大小家务她都不管，每天晚上还要去跳广场舞。如兰看过她跳广场舞的样子，舞池中的她激情澎湃，兴致高昂，像换了一个人。如兰给母亲带了自己做的牛肉辣椒酱，她嫌家里吵闹，经常会把母亲喊到楼下，在楼下花园里，和她聊一会儿，吃的用的递给她。母亲每次都要把如兰送到小区外面的公交车站。

如兰劝母亲："要不你去我那住些日子？"

母亲摇摇头："我在这里挺好的，你照顾好甜甜。"

如兰知道，她没有分到家产，母亲不想给她添麻烦。

八月初，母亲做饭的时候，在厨房里被菜叶子滑倒，小腿骨折了。二哥说，母亲是在大哥家出的事，他不管，电话里的他还气呼呼的，不问母亲身体怎么样，就想把大哥打一顿。大哥把母亲送到医院就犯难了，他工作那么忙，大嫂又回了娘家，这可咋办，只好给如兰打电话。

当初分家产的时候说好的，不给如兰分任何东西，如兰也不用管母亲，他们给母亲养老送终。可是，母亲住院后，如兰能不去吗？

母亲刚七十，身体一直挺好的。母亲没读过什么书，只有小学文化，父亲去世后，她一直郁郁寡欢。母亲一住院，如兰心急如焚，急忙把甜甜安顿给邻居曹大妈，马上赶到医院。母亲被确诊为小腿错位骨折，医生及时安排了手术，手术很成功，手术后，母亲非常虚弱，医生说，一定要精心护理。

手术后，母亲身上插着导尿管，带着氧气罩，腿上打着绷带，手上打着点滴。看着母亲难受，如兰心如刀绞。如兰掉着眼泪，紧紧地握着母亲的手，一遍遍安慰母亲。

母亲虚弱地问："甜甜呢？"

如兰说："曹大妈帮我看着，你不要操心，要好好休养，医生说，你的手术很成功，过两个月，就和过去一样能走路了。"如兰说着眼泪唰唰流下来。

母亲十分坚强，术后几天，她疼得冒冷汗，可她一声没吭。

那段日子，如兰给环卫站请假，她每天把甜甜早早送到曹大妈家，再乘一个小时的公交车，给母亲送早餐，在医院陪母亲打针输液，陪母亲说话、给她喂水倒尿。母亲住院的时候，大哥偶尔才来一下，他工作一直很忙。大哥请了个护工，又丢给如兰五千块钱。他说大嫂因为母亲的事，天天和他闹，他工作压力又大，都快崩溃了。

如兰安慰大哥，一切会好的。她整整在医院陪了母亲半个月。如兰和护工在轮流守护母亲，如兰守白天，护工守夜里。母亲邻床的老太太，儿子是个领导，前来看望的人络绎不绝，营养品堆得像座小山。母亲床前冷冷清清，如兰看到母亲忧郁的眼神，她更不放心，坚持把母亲陪到出院。母亲心疼她，让她回去睡觉休息，女儿甜甜在电话里，想妈妈想得直哭，可如兰还是坚持天天陪母亲。

曹大妈把甜甜照顾得很好，那个月，如兰给了曹大妈一千元。那段日子太难熬，就是那段日子，张卫国帮了她不少忙。她很感激。

母亲住了半个月，出院前做了检查。大夫说，术后恢复得非常好，可以出院。出院后，大哥又把母亲接回去了。母亲的主治医生悄悄对如兰说，你母亲没什么大碍，这次住院把她的一些老毛病也顺便治了治，你们要多关心老人，人老了，就像小孩子，需要更多地关爱。如兰点点头，医生的话，大哥也听到了。出院那天，大嫂没来，整个住院期间，如兰从来没有见过大嫂。当初为了让母亲拿钱给儿子交学费，大嫂对母亲殷勤得就像五星级酒店的门童。

伤筋动骨一百天，母亲在床上躺了两个多月，大哥请了保姆照料母亲的生活起居。那段时间，大哥一直住在老丈人家。如兰一有空，就带着甜甜去帮母亲按摩，帮母亲做点喜欢吃的。上上周她去的时候，母亲可以拄着拐杖到处走动了，她辞退了保姆，说可以自己照顾自己。过了几天，如兰听说大嫂搬回来了。

如兰把电动车停好，匆匆上楼。大哥家新装修的房子，三室两厅，一百五十平方米，房子无人打理，家里乱糟糟的，地上有许多灰尘。

母亲看到如兰，眼睛立即有了神采。

母亲就说：“这里我待不下去了，要么你们把我活埋了，要么把我从这里接出去。这里我透不过气来。”

大哥没有吭声，他一直在叹气。

如兰擦了擦额头的汗，她穿得太厚。

“妈，你这好端端的，又干什么，大嫂不是回来了吗？”

“她一天到晚吊着脸，恨不得让我早点走。”母亲很不客气地说。

看来大哥家，母亲是真的住不下去了。之前，母亲从来没表示过，要搬去和如兰一起住，如兰也知道，自己的房子条件差，和母亲现在住的高层阳光房是不能比的。如兰看着母亲的可怜样，她能怎么办呢，母亲眼巴巴地，再闹下去，有个三长两短，后悔都来不及。如兰喘着气，给自己倒了一杯水，喝了一口，对大哥说：“我去收拾一下东西，麻烦你把妈送到我那边，我那没有电梯，你帮我背上去。”

大哥点点头。

如兰进了母亲的屋子，地上堆着两个大纸箱，两个撑得鼓鼓的编织袋，母亲把她所有的东西都打包好了，看来母亲是有准备的。

“妈，你怎么自己收拾，骨头刚刚长好，你就这么不小心？”

母亲看着如兰，什么也没说。

“没事，东西不多。我几下就装好了。要是你也不想让我去你那儿，你们就直接把我送到华林山火化算了。”母亲说话一点不留情面，她还憋着气呢。

如兰急忙呸呸呸。

“妈，我一直让你过去，还能帮我看看甜甜，甜甜最喜欢你了，天天盼着你去，你知道的。”

母亲一听甜甜，立刻笑了。

大哥背着母亲，到了如兰的楼底下，这是大哥第一次上如兰家。如兰以前的家，大哥就去过一次，是给如兰送水果。大哥在市直单位工作，以前逢年过节，好多人送水果、特产。大哥吃不完，就给父母、如兰送一些。

一般是如兰去母亲家取，那次好像是两大箱苹果太重了，大哥顺道开车给如兰送到门口。大哥从小学习好，在北京上的重点大学，如兰一直很崇拜他。后来大哥想留北京，父亲坚决让他回兰州，为此大哥一直怨恨父亲。大哥回来后，可心高气傲的他一直很不得志。

如兰的家在黄河北的一个旧小区，是二十世纪九十年代初盖的多层楼房，小区门口是个菜市场，大门口的墙面几乎被五花八门的小广告霸占了。小区院子倒是整洁干净。住的都是药厂的老职工。小区就怕下雨，由于地势低洼，排水不好，一下大雨就积水，居民进出都得蹚水走。

如兰住在靠街边的一栋，房子两室一厅，只有五十平方米，当初买的时候，屋里的墙皮脱落，窗户也漏风。如兰把原来房主的东西全部给收破烂的，自己花了两万多简单装修，换了塑钢玻璃窗，把卫生间和厨房重新铺了瓷砖，全部换了新的洁具和厨具，地上铺了木地板，墙面也重新粉刷了，又买了新家具、新窗帘，屋子焕然一新。房间非常紧凑，第二个卧室非常小，只有九平方米。

在路上，如兰想着让母亲住大卧室，大卧室光线好，她和甜甜住小卧室。大哥停下车，他的车已经七八年了，当时算是好车，现在满大街都是宝马奔驰，大哥的车也不那么突出了。

楼道里的灯坏了，黑乎乎的，大哥背着母亲缓缓上楼，如兰听见他喘着粗气。如兰摸出钥匙，打开门，一缕阳光照在客厅里，显得温馨又干净。三人座的橘色布艺沙发，一个玻璃茶几，墙上挂着电视，窗台边的小书架上放满了书，窗台上养着几盆盛开的海棠花。

大卧室有一张一米八的床，一个大衣柜，一张小书桌。小卧室放着一张一米五的床，一个床头柜，床上放着几个芭比娃娃和毛绒熊，都是甜甜的玩具。屋子小，容不下太多的东西。能拥有这间小屋，如兰很满足。如兰搬进来后，母亲来过几次，因为没有直达的公交车，如兰不放心，经常是她去看母亲。

大哥把母亲放到沙发上，看了一眼屋子，转身对如兰说，下午单位要开会，说完就走了。如兰让母亲先休息，她把小卧室收拾了一下，又给母亲的大卧室铺上干净的红格子床单、被罩，阳光照进来，屋子温暖而舒适。

“以后我和甜甜住小的这间，你住大的那间，那间光线好，不靠街，晚上不吵。”母亲说行，让甜甜和我睡，你那屋太小了。

“等腿好了，让甜甜陪你睡。”如兰笑着给母亲换了拖鞋，脱了外套，倒了一杯水，打开电视，如兰让母亲看看电视，她去做点饭。

如兰做了两碗汤面，炒了两个素菜，一刻钟的时间，两个人都吃完了。折腾了一早上，如兰累得快散架了。

她说：“妈，我们去睡一会儿，四点半，我还要去接甜甜。”

一转头，如兰看到母亲抹眼泪。如兰知道，母亲在大哥家受了不少委屈。以前父母住的虽说是老房子，但老街坊老邻居都相熟，后来父亲去世，老房子也卖了，母亲像朵浮萍，四处漂荡。母亲说，她这辈子最后悔的事，就是把老房子卖了。

“妈，别难过了，以后，这里就是你的家，你永远的家。”如兰说着从后面半搂着母亲，拍了拍母亲的手，母亲又笑了。

如兰和母亲睡了个午觉。

直到四点的闹钟响，她才被吵醒。如兰关掉闹铃，手机又响了，是张卫国打过来的。张卫国说他下班了，在如兰楼下面，他买了点水果，让如兰下楼拿一下。人到楼下了，如兰不好推辞，就答应了。

出门的时候，如兰对母亲说：“妈，你可千万别乱动，你的骨头好不容易长好了，等腿好利索了，我天天陪你去马拉松公园转。”

母亲说："放心吧。"

2

张卫国穿着深蓝色夹克和浅蓝色衬衫，看起来精神。他浓眉大眼，轮廓分明的国字脸，一米八的身高，中年刚过，两鬓就全白了。张卫国说起话来慢吞吞的，他是个厚道淳朴的人。平常上班的时候，张卫国穿着半新不旧的蓝色工作服，戴着帽子，如兰经常见的是他穿工作服的样子。

他递给如兰一包水果："你先拿着上去。我去帮你接甜甜。"

如兰看了看时间，快四点半了。她没让张卫国去接孩子。她和张卫国仅仅是普通朋友。她知道张卫国对自己有意思，但他们俩谁都没有明说。

如兰是两年前的冬天认识张卫国的，那是如兰最艰难的日子，甜甜还不到一岁，如兰经常背着甜甜扫马路，那时候，她每天上下午班，她把甜甜放到小推车里，中午十二点上班，下午八点下班。夏天的时候，甜甜很乖，自己在车里睡、车里玩，可一到冬天，就很麻烦。人民路上有间很大的公共厕所，那年冬天，张卫国成了公厕管理员，两个人天天见面，见了经常打招呼，后来渐渐熟了，张卫国就让如兰把孩子放到他那里。如兰工作的时候，张卫国就帮忙看甜甜。甜甜也很喜欢张卫国。为了感谢张卫国，如兰经常给他中午带一顿饭。有时候，如兰会带上饭，他们三个一起吃。

张卫国说："如兰，我比你大八岁，你以后就喊我哥吧。"

如兰说："我还是喊你张卫国吧。"

六年前，张卫国的老婆出了车祸，一直瘫痪在床。那几年，他要上班，还要照顾卧病在床的妻子和上高中的儿子。三年前，他老婆病情恶化，去世了。张卫国大病了一场，休息了几个月，就找了公厕管理员的活儿。今年，他儿子马上大学毕业了。他说那五年没睡过一个好觉。为了让儿子有个好的学习环境，他每天都把家里收拾得干干净净，家里闻不到一点异味。那几年，他压力大，心里苦，可是他从来不在孩子面前流露，儿子也争气，考了好大学。

张卫国说他本来是个技术工。

“那你为啥来看厕所？”如兰吃惊地问。

张卫国说，他来看的不是厕所，看的是厕所边的黄河。张卫国说过去几年，除了给人安装管道，要么跑医院，要么在家照顾妻子，要么给孩子做饭、洗衣服，他忙得像一只陀螺，喘不过气。如今孩子也毕业了，他就想静静的一个人待着，顺便挣点工资。

“那孩子估计也不会回兰州。”他叹了口气。

“我也不指望他给我养老，上学的时候，家里有个病人，儿子显得特别懂事，一放学不是帮忙洗碗，就是帮我照顾他妈。也怪可怜的，我就想让他飞得远远的。撞伤老婆的车是一个单位的公车，赔偿了六十万，老婆花掉了一半，剩下的留着给儿子结婚。”

如兰说：“你年纪也不大，又没负担，可以再找个伴啊！”

话一出口，如兰有点难为情了，自己是个离婚的女人，实在有点毛遂自荐的嫌疑。如兰急忙借口去看甜甜醒了没有，岔开了话题。甜甜正躺在张卫国的小床上睡午觉。

这是一间规模比较大的公共厕所，男女厕位很多，中间是一间休息室，一间仓库。张卫国爱干净，他说他老婆卧病在床几年，每天都干干净净、整整齐齐，身上没生过一个褥疮。他说，外国的厕所和厨房一样干净，厕所干净，人的心情也好。张卫国每天打扫两遍厕所，不打扫的时候，他也进去拿水冲一冲，或者点支卫生香，去一下味道。几次突击检查，张卫国看的公共厕所是城关区最卫生的，为此他还多次得到上级表扬。

如兰扫完一遍马路会休息半小时，休息的时候，她会和张卫国聊几句。他们坐在马路边的道牙上，一边说话一边看着黄河。马路下面是濒临黄河的马拉松公园，河对面是体育公园，马路对面是会展中心的大广场。这里是兰州风景最好的地方，夏天一到，公园里绿树成荫、花草飘香，园内各色花卉一起盛开，大片的马鞭草像一片紫色的花海。

断断续续，两个人的情况各自都了解了。公厕管理员的收入和环卫工人的差不多。去年夏天，有一次，如兰打扫完卫生，坐在马路牙子上休息，张卫国在他的屋子里摆了两盘菜，喊着如兰一起吃，烈日当头，街上没有一个人，如兰就进去了。张卫国倒了两杯酒，如兰忙了一早上，有点口渴，她端起杯子，一口把酒喝干了。几杯酒下肚，她的脸就像一朵花，话也比平时多了，她和张卫国滔滔不绝地说了一大堆过去的事，说着说着痛哭起来。张卫国也和她说自己的事儿，说着说着也眼圈红了。

张卫国说，他老婆死后，他把他们住的房子重新收拾了一下，又换了新的家具，把房子租了出去。张卫国说他受不了那个小区的环境，所有的人都知道他们家有一个瘫痪在床的老婆，所有的人见了他，都向他投来同情的目光。

张卫国说，他前段时间搬进了新房子，是以前他爸住的老房子拆迁分的房子。他父母都没等到住新房子就去世了。

张卫国说着说着哭起来，如兰也听着掉眼泪。

如兰不知道自己喝了几杯酒，她晕晕乎乎地站起来，摇摇晃晃想拿扫帚，可她一点力气也没有。旁边就是张卫国的小床，如兰就躺倒在床上。

张卫国说：“那你睡一会，放心，一会儿我帮你去打扫。”

张卫国边说，边给她盖了一个小毯子。恍恍惚惚之间，如兰突然一把抱住了俯身下来的张卫国，她晕晕乎乎地说不要走，张卫国就一动不动地让如兰抱着，直到如兰沉沉睡去。

如兰酒醒，后来一想起那件事，她的脸就红红的。好几天她都没敢和张卫国说话，从那以后，张卫国对她就不一样了。

有一次，如兰家的马桶坏了，如兰没办法，只好找张卫国帮忙，他帮她换了一个新马桶，又帮她换了厕所里的灯，那灯一闪一闪有一段时间了。那天忙到天黑，如兰做了几个菜，留张卫国吃饭。吃完饭，张卫国陪甜甜玩了一会儿，甜甜很快睡着了，他还没有走的意思，如兰只好陪他看了一会儿电视。如兰和他说了许多甜甜的事，张卫国几次欲言又止，晚上十点，他才走。分别的时候，两个人都笑了笑。

张卫国说："以后还欢迎我来吗？"

如兰说："以后我做了好吃的，一定请你来。"

张卫国又深深地看了一眼如兰，如兰急忙转头躲开那千言万语的目光，孤男寡女的，以后不能让他来家里，如兰想着。

如兰和张卫国一起走出小区。小区门口就是公交车站，她看着张卫国上了公交车。如兰去幼儿园接甜甜。幼儿园门口聚着不少人，如兰一扭头，就见李大姐走过来。李大姐眼睛红红的，像是哭过。可能又受儿媳妇的气了。她儿子结婚后，没钱买房子，和她们一起住在四十平方米的房子里，听说小两口天天吵架，天天闹。

如兰冲李大姐招了招手，李大姐看到如兰，微微笑了一下。

甜甜马上要出来了，如兰想着明天再安慰她。甜甜穿的粉色碎花的小裙子裙摆上全湿了。早晨扎的两个小辫子，也乱糟糟的。不过甜甜看到妈妈，高高兴兴地跑过来。如兰一把抱起甜甜，不用问，甜甜又玩水了。小孩子都喜欢玩水，甜甜给老师挥了挥手，如兰扭头一看，张老师衣衫整洁，和早晨见到时一样。

甜甜睁着大眼睛:“妈妈，我刚刚吃了一个小点心，一个小橘子。”

甜甜的眼睛漂亮极了，如兰忍不住亲了亲她的小脸。

“那你晚上还吃饭吗？”

“嗯，我晚上当然要吃饭。”甜甜能明确表达所有想法。

“姥姥来我们家了，你欢迎吗？”

“太好了，能见到姥姥了！”甜甜说着，两个小手鼓起掌来。

“甜甜见了姥姥，要当面欢迎，知道吗？”

甜甜点点头:“我喜欢姥姥，因为姥姥做的饭是世界上最好吃的。”甜甜的小脸，说到饭，兴奋得红扑扑的。

甜甜刚刚三岁，如兰一直认为这孩子是上天送给她的礼物。三年前的秋天，如兰刚开始当环卫工。一天早晨，她扫完第一遍，掏出口袋里的饼打算吃。突然，不远处传来孩子的哭声。天还没亮，这么早怎么会有孩子的哭声？如兰迎着哭声走过去，在不远处的银杏树下看到了一个纸箱子，纸箱子里有个包裹，包裹里躺着一个婴儿。如兰急忙把孩子从纸箱子里抱出来，箱子里还放着一封信和一些婴儿用品，信里就一行字，写着孩子的出生日期。如兰望了望四周，空荡荡的路上没有一个人，这孩子是什么时候放到这里的，谁也不知道。如兰脱下自己热乎乎的外套把孩子包裹起来，说也奇怪，如兰一抱，孩子瞬间不哭了。

昏暗的光线中，孩子亮晶晶的眼睛闪着光。如兰急忙把孩子抱回家，给孩子喂了点热水，小嘴几下就喝完了。孩子是个女婴，如兰请了半天假，带孩子去医院做了检查。医生说孩子是个很健康的宝宝。如兰把孩子抱回家，从此，当了孩子的妈妈，她给孩子取名甜甜。甜甜的到来，让如兰获得新生。虽然她日子过得苦。可如兰的心特别踏实，甜甜一天天长大。辖区的派出所给甜甜登记了户口。

如兰省吃俭用，给甜甜买奶粉，买吃的用的。尽管省吃俭用，但每个月基本都存不上什么钱。

如兰离婚不久，母亲便托亲戚和邻居给介绍对象。如兰被迫见了几个，都不中意。如兰就是那时候在小区里听李大姐说，他们环卫站在招环卫工，那段日子，如兰只想静一静，就去应聘了，没想到当场被录用。环卫工大多都是中老年人，如兰这样年轻的，是最受欢迎的。

如兰收养了个弃婴，对母亲打击很大，她天天打电话，让如兰把孩子送到孤儿院。如兰看着甜甜清澈的眼睛，她怎么舍得呢？甜甜一会要妈妈抱，一会儿闹着要出门，有时候哭，有时候笑。如兰抱着这团粉粉的肉，怎么抱也抱不够，她一直以为，自己这辈子都当不了妈妈了，没想到上天给了她这样一个惊喜。

为了甜甜，如兰差点和家里翻脸。大哥二哥也都反对，他们都认为，如兰领养了弃婴，再婚就难了。离婚后，如兰就没想过再婚。她已被婚姻伤透了心。如兰每天带着甜甜去上班。冬天的几个月，她把甜甜托付给楼下的曹大妈，每个月给她五百块钱。曹大妈本来不收钱，如兰知道，那点钱其实少得可怜，现在干保姆一个月都收入三千多。

刚开始，如兰干环卫工只想躲开城里的人和事，躲开她前夫，躲开她认识的人。她本来想干一阵子，攒点钱自己开个店，或者再换一份别的工作。后来有了甜甜，一时半会儿她也顾不上换工作。一晃，环卫工已经干了三年多。后来，亲戚朋友认可了甜甜。每年春节，母亲都给甜甜一个红包，开始甜甜去姥姥家，总怯生生地躲在如兰后面，如兰和母亲说几句话，甜甜就拉着妈妈要回家。后来，母亲一见甜甜，就给她好吃的，甜甜就不怕了。

母女俩唱着儿歌。不知不觉就到家了。母亲见到甜甜，眼睛笑成了一条缝。甜甜给了姥姥一个大大的拥抱，母亲笑个不停，甜甜亲了一下母亲的脸，母亲的心化开了。

3

刚到家门口，一股香气扑鼻而来，母亲已经做好了饭。如兰一进屋，母亲一边接过她脱下的外套，一边给她递上热毛巾。

如兰给母亲说了说马拉松公园发生的事，母亲笑眯眯地听着。

母亲说："那个前几天给你送水果的男人，啥时候带来我看看？"

如兰说："哦，你说的是张卫国啊，他在我那个片区看公厕，经常帮我照顾甜甜，人挺好的，也不容易。"

"他离婚了？"

"没有，他老婆三年前去世了。"

"我说呢。"母亲点点头又问，"他多大了？"

"刚四十四，他结婚早，儿子今年大学毕业了。"

"哦，比你正好大八岁，人家帮你那么多，你有空带他来吃饭，我给他做几个菜。"母亲说。

如兰说："行，现在你在，我请他过来也方便。"

吃过晚饭，如兰洗完碗，就打算睡了，她每天四点起床，晚上九点就得睡觉。累了一天，眼睛都快睁不开了。

如兰刚哄甜甜睡下，手机响了，是小欣。

小欣说："如兰姐，周末我请你和甜甜吃饭。"

如兰说："恐怕不行，我把我妈接来了，她的腿刚刚好，还不能出门。"

小欣说："那我周末带着虾去你那做，都一样，哪里见面都一样。"

如兰说："也行，就是我这边条件不好。"

小欣说："呵，你那是我的港湾，我的天堂……"

如兰忍不住笑了。

小欣身材高挑，眼睛像弯月，皮肤白净，是个很漂亮的女孩。她在银行上班，今年二十八岁，比如兰整整小八岁，小欣是如兰救过的女孩。如兰在黄河边救过两个人，一个是晨练中发作心脏病的大妈，一个是小欣。

两年前的夏天，如兰正在河滩上捡塑料瓶子，看到不远处有个女孩在烧纸。黄河边常有人烧纸。有人说，在路边、河边烧纸，就好像去邮局汇钱，钱比较容易送达，故去的亲人方便收钱。想必是亲人去世的忌日，如兰在远处看着，她想等着那女孩烧完了，过去打扫。燃烧过的灰烬四下飘散，容易引起火灾，要尽快打扫。一到清明节、七月十五、十月初一，黄河边都是烧纸的，用树枝画个圈，在里面泼洒吃的喝的，烧一堆纸钱。

如兰也在路边给她父亲烧过纸，磕过头。但她知道，这些都是烧个心安。女孩烧了一个小时还没有烧完，如兰凑近一看，那女孩烧的不是纸钱，好像是笔记本。女孩烧完日记，静静地在灰烬旁边站了一会儿，又整理了一下衣服，梳了梳头发，突然，她扭头就往黄河里走。如兰蒙了，眼看女孩已经到了水边，千钧一发之际，如兰冲了过去，拽住了她。女孩拼命挣扎，两只脚站在河里，如兰死死地拽着她。

"妹妹，别想不开，有什么大不了的事情，你先上来。"如兰说着，把女孩一点一点从水里拉上来。

黄河暗流多，漩涡多，年年都有淹死的人，每隔一段时间就会出事，黄河边有救援队，如兰手机里存着电话，但跳进黄河里的人，基本上都活不了，尤其汛期的河水太凶险了。

小欣就是去寻死的。那天小欣烧了男朋友写给她的情书，烧了她的所有日记，她被青梅竹马的男友抛弃了，她肚子里的孩子也流产了。万念俱灰的小欣决定一死了之。小欣平静下来，如兰帮她拧干了裤腿。把鞋和袜子都脱了，晒在石头上。她就坐在小欣身边，听小欣讲自己的委屈。

小欣和她男友是高中同学。两人十七岁就私订终身，小欣不顾家人反对和男友一起考到兰州，在同一所大学读书，毕业后，两个人一起奋斗了六年，终于有了积蓄，买了房，准备结婚。半年前，男友突然背着小欣在深圳找了新工作，还背着小欣把房子卖了，说要创业。小欣在银行上班，业务繁忙，天天加班，也顾不上深圳的男友。偶尔飞去深圳，一起和他过个周末。小欣不想丢下她在兰州的工作，她刚刚干到中层，很不容易。上个月，男友突然在电话里提出了分手。小欣同时也发现自己怀孕了。她本来打算为了腹中的孩子，放弃打拼来的工作，去深圳找男友，小欣伤心欲绝，摔了一跤，孩子也流产了，她就不想活了。

那天如兰一直开导小欣。晚上不放心，还陪着小欣去了她的住处。如兰不得已讲了讲自己的事。小欣听了才平静下来。如今，小欣把如兰当成了亲姐姐，她又有了男朋友，听说是名牌大学毕业，搞科研的，如兰看过照片，那男孩看着踏实。

周六下午，小欣买了虾，买了其他菜来到如兰家，她不让如兰进厨房，更不让如兰母亲进厨房。她做了白灼虾，说是刚刚跟银行的同事学的，又做了土豆丝和香菇油菜，土豆丝是专门给甜甜做的，甜甜不喜欢吃菜，但她喜欢吃土豆和鸡蛋。

如兰和母亲边吃边夸小欣的手艺好。吃过饭，母亲抢着去洗碗，她说，吃多了，不然不消化。

如兰和小欣坐下来说话，如兰削了一个苹果，小欣说，她和男朋友正在买家具，小欣还说，下周要去拍婚纱照。

如兰说，结婚是大事，你一定不要太计较小事，仿佛她是个婚姻专家似的。

小欣点点头，以前，小欣隔三岔五就来如兰家吃饭，若是晚了，就留下来，住一晚。

“如兰姐，以后，我还能来你这里住吗？”

如兰笑了：“当然啊，我是你的姐姐嘛。”

小欣抱着如兰的胳膊：“如兰姐，其实我也很害怕，可是我又没有勇气一个人过一辈子。”

“你这是典型的婚前恐惧症，结婚挺好的。”如兰若有所思地说。

“遇对人，结婚真是挺好的。”如兰又说。

“如兰姐，我也希望你能遇见一个合适的人。”小欣说。

如兰笑着说：“我有甜甜就够了。”

4

如兰不知道是不是有爱情这种东西。她上初中的时候，就有男同学给她递纸条、写情书。如兰不漂亮，但是到了人堆里却一眼能看出她的不同，她生来就瘦，中等偏上的个头，在女生中算高个子了。本来她可以过一世安稳的日子，只是，造化弄人。

如兰上学的时候，没谈过男朋友，不过据说，学校里有几个暗恋她的人。

如兰从小成绩优异，原本梦想考北师大，将来做一名老师。她的两个哥哥也成绩优秀。大哥考到北京。二哥考到了西安。他爸和他妈商量，家里供两个孩子上大学，日子艰难，再供如兰读大学，那真得砸锅卖铁。他们让如兰考厂里的技校。如兰是个懂事的孩子，她很自觉地报考了厂里的技校。为此，如兰的老师还专门跑到家里劝说父母，让如兰读高中，上大学。当时，父亲和母亲都没有吭声，如兰只能偷偷抹眼泪。

如兰读了两年技校就毕业了。毕业后，如兰到了厂里上班。那时候厂子的效益还能维持，全家的收入加起来，满打满算刚够供两个哥哥读书。如兰一发工资就全部交给母亲，只给自己留一点点零花钱。两个哥哥毕业后，又面临着找工作。大哥在父母的要求下回了兰州，二哥留在了西安。他们又面临着结婚和买房，如兰的父母根本没有喘息的机会。

如兰的母亲虽没有工作，但也没闲着。如兰读小学那年，母亲开始在路边卖早餐。寒来暑往，刮风下雨，整整十几年，母亲一直推着她的小推车，每天天还没亮就出门，一直卖到十点。母亲本来可以去厂里做临时工。但临时工收入太低。想来想去，只有卖早餐，收入稳定，又没啥技术要求。

如兰的父亲和母亲感情很好。每天下班，吃过晚饭，父亲就帮母亲准备第二天的早餐。母亲卖的是菜夹饼，父亲最擅长蒸荷叶饼。生意好的时候。母亲每天能卖掉两百多个荷叶饼。因为家里两个儿子。父母早早地开始做打算。他们攒够了钱，先买了一套二手房，给如兰大哥结婚用。为此，二哥一直说父母偏心大哥。二哥结婚的时候，父母只给他了买房子的首付，大哥工作后，母亲就不卖早餐了。

如兰婚后第二年，厂子倒闭了。那年父亲已经退休。他的工资没受影响。如兰没了工作，母亲劝她也卖早餐。可如兰面子上挂不住，小时候，母亲卖早餐的摊位，摆在她去学校的路上，所有的同学都知道她母亲是卖菜夹饼的。如兰很自卑，上学的时候经常绕着走。

工作没了，还有家，如兰的老公魏小明当时很爱她，那时候如兰对未来有期待，厂子倒闭，如兰和魏小明都下岗了，魏小明领了两万多块钱买断工龄，如兰领了一万多，她们彻底告别了国有企业。魏小明在雁滩家具厂找了一份安装工的活儿。如兰在超市找了一份收银员的工作。干了三个月，魏小明说，想要挣大钱，还是要自己干，魏小明当时踌躇满志，如兰也支持他，他们借了十几万，在电脑城卖电脑和U盘，当时他俩都决定先不要孩子，没有钱，怎么养孩子。

卖电脑的第三年，如兰意外怀孕了，因为如兰收了两张一百元的假钞，魏小明和她吵了一架，如兰一生气，动了胎气，流产了。当时魏小明一直道歉，又带着如兰去医院调理，如兰休养了半年，又怀孕了，第二次怀孕，两个人都非常小心。如兰安心养胎，可是她一直肚子疼，去医院检查，医生说是宫外孕。医生说，幸亏发现及时，不然性命都有危险。如兰提心吊胆地做了手术，左侧的输卵管被切掉了，医生说以后再怀孕就难了。果然，手术后，如兰再也没有怀孕过，如兰不知自己吃了多少中药，后来没办法，他们决定去做试管，做了三次，都失败了。那几年，如兰整个人都崩溃了，她的眼泪都流干了。

魏小明也压力大，他动不动就瞪眼睛，发脾气，有时喝醉了，一回来就摔东西，如兰一直忍着。她天天去医院，身心疲惫，又治疗了两年还没有起色，婆婆急了，那时候公公已经去世，婆婆开始话里话外地暗示如兰离婚，让她放过自己的儿子，如兰本来就愧疚，可是魏小明不同意，他说我和你离婚，别人会说我没良心。可魏小明的妈不依不饶，有一天，如兰刚回家，魏小明妈扑通就给如兰跪下了。如兰当天就搬了出来，她和魏小明提出了离婚，魏小明哭着答应了。他们十年的婚姻结束了。刚结婚的时候，魏小明也说过海枯石烂永不分离的誓言。那又怎样呢？不过都是应景的话，凡事都是此一时彼一时。

如兰太相信魏小明，店里的钱都归魏小明管，她要用钱就问魏小明要。离婚的时候，魏小明说，房子是我父母当初买的，我们这些年就存了四十万，原本能多点，你天天去医院，钱都花医院了。魏小明说的是实情。他们平分了钱。离婚比起要孩子简单多了，没咋闹腾，就分手了。

离婚后，如兰提着自己两大包衣服，搬到了黄河北简易的出租房里。她没有流一滴眼泪，每天早出晚归，四处看房子，她手里也有点积蓄，加起来二十多万，当时兰州房价已经涨起来了，那点钱在城里是买不了房的。半个月后，如兰按揭买了一套五十平方米的房子。买好了房子，她才告诉家里离婚的事。

如兰也有过轻生的念头，在黄河边住着，一只脚踏进去，就没有烦恼了。离婚前，万念俱灰的如兰在黄河边坐了一天，她不知道该恨谁，好像谁都不该恨，她翻来覆去想了一整天，还是决定活下去。她死了，也许没有人记得她，可她太对不起自己，她活了三十年，唯一对不起的人，只有自己。

如兰很久没有哭过。她的眼泪在三十二岁之前流干了，三十二岁那年。她没有家，没有孩子，没有爱人。为了怀孩子，她不知道上过多少次手术台。她和魏小明办手续的那天，魏小明的眼睛红红的。如兰没有流眼泪。哭有什么用？哭能保住这个家吗？离婚后，魏小明很快买了一套三室两厅的大房子，娶了个小十岁的女人，一年后他生了一个儿子。

如兰搬进自己的房子后，有一天，她提着一包建筑垃圾，下楼时，不留神，一脚踩空，从楼梯上摔了下去，衣服都摔破了，头也摔破了，同一个小区住的环卫工李大姐恰好上楼，遇见倒地的如兰，热心地扶着如兰去了门口的诊所包扎，如兰在家里躺了整整一星期。那一周，她一直昏睡着，醒来喝口粥，继续睡。身体恢复后，李大姐介绍她当了环卫工。

在黄河边，如兰遇见过一次魏小明，那是今年夏天，魏小明开着一辆白色轿车，他老婆抱着儿子走下车，魏小明接过儿子，看了看黄河，教他儿子说话。

“看，那是黄河，我们去看黄河好不好。”

“好。”稚嫩的童音传过来。

如兰没有看清魏小明的老婆什么样，她只盯着魏小明看，毕竟是十年的夫妻之情。如兰听到魏小明的笑声眼泪瞬间就下来了。如兰站在一棵大树下面，看着魏小明一家走到河边。她穿着工作服，戴着口罩，扶着树，泪如雨下，她相信，即使她从魏小明身边走过，他也认不出她。

这是离婚后她第一次遇见他。还记得相亲的时候，如兰第一次见他，他穿着牛仔裤，一件绿格子衬衣，说话语速缓缓地，如兰也很腼腆，他们门当户对、郎才女貌，很快就定了亲，那时候，厂子效益好，下班后，两个人经常去看电影，一起去滨河路散步。魏小明隔三岔五给她带好吃的，如兰被他感动了。谈了八个月，他们就结了婚。新婚的房子，是魏小明家的旧房子，是一套一居室，带卫生间，有厨房，只有三十多平方米。小小的空间，两个人都不觉得苦。过日子离不开油盐酱醋，他们的工资不高，魏小明的爸爸是糖尿病，他们每个月省吃俭用要给魏小明爸爸买药。粗茶淡饭，有时候连买水果都没有钱。现在想想，那段时间虽然清苦，但他们过得很幸福。下班一起做饭，一起说笑，有事你商我量，常常分吃一个苹果，抢喝一碗面汤，夜里魏小明喜欢搂着如兰。如兰当时以为她和魏小明会一辈子那样过下去。可惜，那样的日子只过了两年。后来他们下了岗，开了店，再后来忙着怀孩子，去医院，再后来，为了要孩子，相互怨恨、吵架、冷战，不知不觉，他们消耗掉了所有的情意……

听母亲说，刚离婚的那段时间，魏小明曾经去家里找过她，母亲没让他进门。母亲说，是魏小明毁了如兰，她恨不得和他拼命。

如兰扫完最后一遍回来的时候，发现轿车不见了，魏小明他们离开了。

那天见到魏小明，如兰尽管很平静，还是想起了很多往事，这都是命嘛！如兰不恨魏小明，她谁都不恨。

那天，如兰坐在马拉松公园的凳子上。远处几个老人也坐在凳子上，安静地晒着太阳。天很蓝。黄河像一条开阔的黄绸带，在风中缓缓柔滑地飘荡。如兰想，如果兰州没了这条河，这里还会聚集这么多的人吗？

5

如兰放下自行车，抬头看了看家里的窗户，灯是亮着的。

初冬时节，楼下冷冷清清，对面商店的电视正播《甄嬛传》。如兰每次去店里买东西，电视里都播着《甄嬛传》。开店的阿姨不知看几遍了。见了如兰就跟她讲，这女人斗起来真是可怕。

如兰只是笑笑，她都不记得自己上次看电视是什么时候了。她没时间看电视。如兰把自己的旧自行车放到车棚里，又把去超市买的一大包菜取出来，她午睡起来，去了一趟超市，超市的菜晚上都打折。每次去买，感觉像占了大便宜似的，能省不少钱。

如兰提着菜刚走两步。就听见有人喊她，一转身，是邻居曹大妈。

“去买菜了吗？”

如兰说：“曹大妈，你啥时候回来的。”

曹大妈前段时间做了个大手术，出院后，如兰提着牛奶和水果去看过她两回。曹大妈的女儿很孝顺，几乎天天过来看她妈，后来两边跑太累，直接把她接到自己家里去住。

“我今天早上回来的。”曹大妈笑着说。

甜甜刚抱回来那阵子，如兰经常向曹大妈请教带孩子的经验。曹大妈给她的儿子和女儿都带过孩子，甜甜小的时候，每年冬天，都是她帮着带甜甜。

曹大妈拽住如兰：“我正好有事要跟你说。我的一个远房亲戚，人很老实。是地质勘探方面的，收入高，前两年，他媳妇得病死了，有个女儿，一直在丈母娘家里。年纪比你大两岁，我想把你介绍给他，他爸他妈都不错……”

如兰笑了，摆了摆手。

她从来没有想过再婚。对婚姻她心如死灰。她有甜甜，有母亲，人生已经很知足了，她就想着甜甜健健康康，母亲也健健康康。

“大妈，谢谢你，我现在有甜甜就行了，这事儿以后你就别操心了。”

“这个人条件真不错，他听说你把收养的孩子带得那么好，很佩服你。”

如兰笑了笑，直接上楼了，走到门口，门就开了。

甜甜奶声奶气地问：“妈妈，你怎么这么慢？我等你等得天都黑了。”

如兰花放下大包小包，把甜甜抱到怀里。

“你在等妈妈吗？我的小心肝，想妈妈吗？”如兰抱着甜甜转了两圈。

甜甜笑得像只小鸽子，在如兰怀里扭来扭去。

“快说说你怎么想妈妈了？你哪里想妈妈了？”

甜甜立刻抱住如兰的脸，在右脸颊上亲个不停。母亲走出来。如兰把甜甜抱到母亲跟前，甜甜很聪明，扭头亲了两下姥姥，母亲发出呵呵呵的笑声。

“真是个有良心的孩子，刚才趴到窗台上，一直在看你，看到你上楼来，非要给你去开门。”

母亲洗了衣服，暖气也来了，屋子里暖暖的，湿漉漉的衣服晾在阳台上，花绿绿的。

如兰劝母亲："妈，以后扫地拖地挂衣服的活儿，你不要干，千万不要累着，骨头刚长好，还是要小心。"

母亲答应着。

母亲熬了稀饭，炒了两个素菜，如兰吃得很知足。甜甜早就会自己吃饭了。三个人，看着电视，把两盘菜吃了个底朝天。吃过饭，如兰去洗碗。母亲教甜甜读古诗，甜甜读了两首古诗，又给她的芭比娃娃换了两套衣服，就睡了。

母亲的腿好以后，大哥一家请母亲和如兰吃过一次饭。母亲听大嫂也去，她一万个不愿意去。如兰说，都是一家人，早晚都要见面的。好说歹说才把母亲说动，他们在附近的一家餐厅吃羊肉。

大嫂一见母亲就说大哥最近要提拔，母亲嗯了一声。

甜甜把脸埋到如兰的脖子里，偷偷地观察着，她好久没有见大哥大嫂，有点怕生，不知大哥要提拔什么官儿，飞扬跋扈的大嫂居然连性子都软了下来。如兰有点纳闷。大哥在市上工作，大哥当上科长那年，围在大哥身边的人就不少，大哥经常在外面有应酬。

饭桌上，大哥眨着眼睛说："既然妈的腿好了，还是搬回去吧。那边房子有电梯……"

母亲本来正给甜甜喂菜，一听大哥的话，放下筷子，摇了摇头。她把甜甜抱在怀里，说："我就住在如兰这里，黄河边空气好，我住着也舒坦。"

母亲说话的时候，大嫂的头一直低着。甜甜要吃豆沙饼，大嫂连忙把豆沙饼递给母亲，母亲理都没理。饭桌上因为甜甜，大家吃得还算融洽。大哥知道母亲还在生气，他始终说话赔着笑，声音也比往常小了。大嫂脸上的表情也很丰富，她笑得十分勉强，如兰看着她的脸都想笑。如兰一点也不生大嫂的气，自己的父母要自己疼，大嫂和母亲只要见面不吵架，就万事大吉了。

大嫂每说一句话，都要看一眼大哥，大哥一边说一边看母亲的脸色。直到吃完饭，母亲始终没有主动和大嫂说过话。接母亲回家的话，大哥也没有再提，如兰知道，那就是客气一下。她也不想再让母亲回去过寄人篱下的日子。

下了一场雪，如兰下班前，才把厚厚的积雪全部铲完，累得出了一身汗。

张卫国喊了好几声，她才听见，张卫国给如兰带了鸡汤，鸡汤用保温杯装着。

“我在鸡汤里放了当归，你不是头疼吗？”张卫国说。

如兰最近有点头疼，可能是那天洗了头，一早就出来扫马路，受了风。如兰休息的时候，随口给张卫国说了，张卫国就带着放了中药的鸡汤和艾灸盒来了。如兰喝了鸡汤好多了。

不想今天张卫国又来送鸡汤，被提前来上班的李大姐遇见了，如兰有点尴尬，急忙接过汤。

张卫国也有点不好意思解释着：“我给甜甜送点吃的。”

李大姐说：“我看出来了，你是真疼那孩子。”

说着李大姐深深看了一眼如兰，张卫国借口有事先走了。如兰不自在地笑笑，不知说什么。偶尔李大姐也撞见如兰和张卫国说话，每次，张卫国都客客气气地和李大姐打招呼，李大姐隐约感觉到张卫国对如兰有意思。

有一次，她对如兰说：“我觉得张卫国人不错，对甜甜也好，干脆你和他凑合着过吧。两个人总比一个人好。”

如兰听了，笑道：“你开什么玩笑，我一直把他当哥，我这辈子不会再结婚了。”

后来张卫国来找如兰，遇见李大姐，李大姐便装糊涂，含含糊糊地打个招呼。

前段时间，李大姐又忍不住提了一次：“如兰，你真的考虑考虑张卫国，听说他家条件不错，两套房，一套还在出租，听说他还有技术呢。”

如兰笑笑，什么也不说。

“如兰，你就是顾虑太多，其实生活没那么复杂。”

如兰看了看远处的黄河，生活的确没那么复杂，可是也不简单啊。

6

小雪一过，母亲就催着如兰买几斤羊绒毛线，她说要给甜甜织毛衣毛裤，给如兰织一件羊绒毛衣。母亲劝如兰再找个工作，环卫工再不能干了，起得太早，太辛苦。母亲担心如兰落下病根。如兰说，环卫工虽说要早起，可就上半天班，下班后自由，还买五险一金。如兰本想让母亲不要织毛衣，怪费眼睛的，可又一想，白天她去上班，甜甜去上幼儿园，母亲一个在家，肯定会很闷，很无聊，那就织吧，如兰在淘宝上买了毛线，她没时间去逛实体店，她都不记得上次逛商场是什么时候了。

如兰上班的时候，母亲很少打电话，母亲打电话，一般都有事。

如兰刚刚把扫帚放到工具箱，母亲就来电话了，母亲问：“下班了没有，我下面条了。”

如兰问：“要不要我带点什么东西？”

母亲说："甜甜有点不舒服，可能昨晚饺子吃多了一个，你给买包山楂丸。"

如兰出门的时候，母亲和甜甜还在睡觉。母亲的睡眠一直好，如兰出门轻手轻脚，很少吵醒她。如兰买了山楂丸，回到家，见小欣也在。桌子上放着一个蛋糕，如兰才想起，今天是自己的生日，小欣张罗着晚上去外面给如兰过生日，如兰摆摆手。

母亲说："外面就不去了，我炒两个菜。"

但小欣坚持要去外面吃。如兰不好拒绝，小欣让如兰先去睡一觉，起来了，再去外面吃。如兰睡了两个小时，醒来看到，小欣学母亲织毛衣。如兰洗了个澡，感觉精神多了。小欣给如兰看了她拍的婚纱照，又说了准备结婚的一些事，如兰真心为她高兴。

晚上，如兰接上甜甜，她们去了楼下的一个川菜馆，小欣点了几样菜，如兰担心她破费，减掉了两个菜。小欣又从包里拿出了一瓶红酒。菜还没上来，张卫国的电话响了。

"如兰，你在家吗，你下楼来，我带了些东西给你。"

张卫国经常给如兰带东西，什么亲戚家送他的苹果、梨，还有羊肉，张卫国人好，又热心，他乡下的亲戚，每次从老家来，都给张卫国带东西。

如兰说："你还没吃饭吧，过来一起吃饭吧，我们刚到门口的川菜馆。"

张卫国一听如兰在外面吃饭。

他有点犹豫："怕你们不方便吧？"

"没啥不方便的。我们和小欣一起，小欣你也见过。"如兰笑着说。

几分钟后，张卫国来了，他手里提着个蛋糕，一个纸袋子里好像装着一件衣服，看到母亲和小欣，他有点窘迫。

如兰惊讶地看着，张卫国咋知道自己过生日？可能是李大姐顺口说的。下午李大姐打电话问如兰一件事，如兰随口说，她今天过生日。

母亲笑眯眯地站起来，接过张卫国手里的东西。小欣偷偷冲如兰眨了眨眼睛。她喊来服务员加了碗筷，又加了一个菜。菜很简单，酸菜鱼、牛肉炖土豆、蒜蓉油麦菜、拔丝山药。

如兰第一次在饭馆里过生日，而且收到了两个蛋糕，母亲兴致很高，小欣怕张卫国买单，菜一上来，悄悄用微信付了钱。几个人喝光了一瓶红酒，母亲也破天荒喝了两杯，她是真高兴。

小欣悄悄对如兰说："如兰姐，张大哥人不错，这下我不用操心你的终身大事了。"

如兰叹了口气，说："你还是先操心你的终身大事吧。"

小欣说："打起精神，如兰姐，我觉得你得换个工作了，扫马路，以后甜甜上学，接送不方便。"

如兰幽幽地说："换个能买五险一金的工作可不容易的。"

小欣说："我帮你留意着，如果工资高，社保也可以自己交啊。"

张卫国和母亲聊得热火朝天，他们开始不过是聊天气，聊最近的新闻。后来就聊张卫国的事，聊了几句，张卫国的情况母亲都知道了。张卫国说到车祸瘫痪的妻子，母亲还跟着掉了眼泪。嘴里不停地夸张卫国，是个好人。母亲又顺带着骂了如兰的大哥二哥没良心，把她的钱骗光了，现在连个电话都不打。一会儿是母亲安慰张卫国，一会儿是张卫国安慰母亲，他们一见如故，如兰根本插不上话。

那个生日，是如兰过得最开心的一次，甜甜嚷着她也要过生日。

如兰笑着说："等甜甜过生日的时候，妈妈也买蛋糕送你。"

小欣说："小姨也给你买蛋糕。"

张卫国说："叔叔也给你买。"

“哇，我过生日，会有三个蛋糕，太好了，太好了。”甜甜拍着手，乐开了花。

大家都哈哈笑着，突然，如兰的眼里涌出了一股热泪，她好久好久没有这么开心过了。

吃完饭，张卫国和如兰送走小欣。

张卫国说：“我们去河边走走吧。”

如兰点点头，天黑了，还不太冷，黄河沿岸的灯都亮了。一路上，他们好像各怀心事。如兰想着张卫国今天对母亲说的话。张卫国也若有所思，不知他在想什么。他们沿着黄河边走了半圈，到了一处僻静处，四周静悄悄的，公园里就几个散步的老人。

张卫国和如兰坐在公园的长椅上，不知过了多久。

张卫国说：“要不，上我那去喝一杯茶吧。”

如兰摇摇头：“太晚了，改天吧。”

如兰看了一眼张卫国的眼神，她的脸一下子红了，她急忙低头。

张卫国突然喊了一声：“如兰。”

如兰抬头看他。

“如兰，我后半生是真心想疼你，好好待你。”

如兰半靠着张卫国，她听了，浑身一颤。

如兰点点头，张卫国的目光是那样真诚，张卫国宽厚的大手握着如兰的手。两个人都没再说话，旁边的一棵松树上，好像一只喜鹊在叫。

7

如兰上完早班，去幼儿园看了一眼甜甜，甜甜昨天晚上有点发烧。如兰有点不放心。如兰看到甜甜正和几个小朋友在教室里玩捉迷藏。她没有喊甜甜，悄悄和老师嘱咐了两句，就出来了。

幼儿园楼下，有家建设银行，如兰去银行还了贷款，她每月十八号还贷款，这是雷打不动的，如兰的工资每月三千元，每个月还一千五百元的房贷，如兰最大的开销就是房贷和甜甜的学费，甜甜上的私立幼儿园，一年学费六千元，日子精打细算还是能过的。

还完贷款，如兰去牛羊肉店里买了一斤牛骨头，她打算回家给母亲熬骨头汤。母亲身体虽然恢复了，老年人还需要补钙。如兰熬的骨头汤，没有腥味，母亲和甜甜都爱喝。

一进门，如兰看到桌子上放着几盘菜，菜都用碗盖着。如兰喊了一声母亲。母亲没答应，如兰走到卧室，又喊了一声妈，母亲才回过神转过脸。母亲穿着虽然很瘦，精神很好，鼻梁高高的，眼睛也很有神。如兰看到母亲眼角微微带着泪痕，她在抚摸着自己的紫色寿衣。父亲去世后，母亲让如兰带着她去了寿衣店，买了那套寿衣，母亲说，你爸走了，我说不准哪天也就走了，还是备着吧。

“你怎么把这件衣服拿出来了？”如兰问。

母亲笑了笑，把衣服叠起来，装到了一个纸盒子里，阳光打在母亲脸上，母亲把纸盒子放回柜子里。

“我没事儿，就是拿了个里面装着的东西，我没有难过……”母亲说。

如兰松了口气，洗完手，换了衣服出来，母亲已经从厨房里端出一碗拉条子。如兰从小喜欢吃面条，最喜欢吃的是母亲做的拉条子。

如兰边吃边说话：“还是我小时候吃过的味道，妈，我最佩服你，多少年做饭的味道从来没变。”

母亲看着如兰吃完。

把碗端到厨房，母亲又问，“甜甜怎么样了？”

如兰说：“嗯，今天不发烧。我去幼儿园的时候，老师说，甜甜今天玩疯了。我让老师给甜甜中午再吃一次药，估计下午就好了。”

母亲点点头，突然问：“如兰，你的房贷还有多少没有还完？”

如兰正在擦桌子，有点诧异地抬头看母亲，母亲怎么会突然问这个？如兰想。

剩下的房贷，如兰算了算，还有六万多。当初买这套房子的时候。房子才二十八万，如今房子涨到了五十多万了。

“嗨，妈，你一天尽瞎操心，我的房贷不多了，还剩六万多，压力也不大。一个月就还一千多元，放心吧，我的这点工资，过日子还是够的。”如兰拿着抹布一边擦桌子，一边笑着对母亲说。

“我不是还有八百块钱嘛！还有你大哥二哥每个月给的一千块，过日子是够。”母亲每月能领八百元的养老金。

如兰知道，母亲经常给家里买菜，给甜甜买零食，母亲的那点钱，全都贴进来了，母亲转身从桌子上拿起一个存折。

“这些年，你两个哥哥又是结婚，又是买房，你爸的工资，全都花在他们身上了。后来你结婚。我们没有帮你什么，你也知道，我没有什么收入。你两个哥哥以前不给家里一分钱，前些年你爸还在，我们把你大哥和二哥叫到家里开了个家庭会议，让他们每个月必须给我们老两口每人五百块钱，那时候你刚结婚。他们给的钱我都偷偷存着，后来你爸的工资涨了点，每个月我也偷偷地存一点。你爸每天都要吃药。他们也都知道。你大哥其实还是有点孝心的，就是你大嫂管得太严。过去他经常出差，有时候他见了我，经常多多少少给我一点钱。你二哥是真的没良心。小时候他身体不好，我在他身上花的心思比你们谁都多，我摔了，这半年他都没问过我，他忘了本，但我现在也不怪他。当初卖了老房子，我们每人分了三十万，江江上大学，小美上补习班，去夏令营，我的那三十万明明白白地花光了。幸亏当年你爸给我交了点社保，不然连现在八百块钱的生活费也没有。”

母亲说着重重地叹了口气。

“孩子，你心里别怨恨我和你爸，当初分卖房钱的时候。他们都说要给我们养老，我想你没分，你也没负担。没想到事情会变成这样。都是我身上掉下的肉，没想到，他们成家以后会这样，你把这些钱拿去，先把房贷还了，我的心里也会安稳一点。这两个存折我一直藏在寿衣里，你大嫂嫌晦气，从来不翻那个盒子……”

母亲说着递给如兰存折，如兰一看，存折上有二十万。如兰吓了一跳！母亲怎么会有这么多钱？她的钱明明被大哥和二哥瓜分了。连大嫂和二嫂都觉得母亲没有一分钱了。如兰不相信母亲有这么多钱。她以为自己眼花了，又看了一眼，没错，上面的确有二十万。母亲说着，又递给如兰一个存折，那个存折上有三万块钱。

如兰摇摇头：“妈，我把你接过来，不是为了你的钱，你们当初分家产，大哥和二哥明明白白地说没有我的份。我是姑娘，嫁出去，就是泼出去的水。”

如兰说着心里酸酸的。

母亲卖掉房子分家产的那天，大哥二哥让她去旁听。如兰没有去。一样的兄弟姐妹，如兰知道，如果她打官司，法律也会多少给她分一些家产。毕竟，父母的学区房卖了很多钱。

那天如兰去了黄河边。在桥上，她看着滚滚流去的河水，想明白了一些事，分了又能怎么样呢？父母兄弟为了点钱打破头，一辈子不来往，还是算了。母亲被接到大哥和二哥家，如兰照常每周去看一次，就像分家产之前一样。

“你爸早知道两个儿子靠不住，所以当初让我问他们要了点生活费。如今。你大哥二哥每人每个月给我五百块钱，我每个月吃药就花三百多，他们心里明白。我身上已经被他们搜刮干净，他们不知道我还藏了点钱，这些钱你拿去把房贷还了，剩下的你存起来，万一我哪天病了死了，你留着和甜甜用。”

如兰的眼圈红了，她从没想过母亲有一天会给自己钱。在如兰的记忆里，小时候，母亲最疼的是二哥，其次是大哥，如兰是母亲意外怀上的。生完如兰，母亲的身体一直不好。母亲有点儿不喜欢她，母亲经常给大哥二哥每人一块钱零花，如兰从来都没有。父亲永远在忙，他对三个孩子都差不多。

小寒那天，如兰还了所有房贷，把剩下的钱存到银行卡，把存折交给母亲。母亲说，还是你拿着吧，我现在老眼昏花，丢了就麻烦了。如兰只好把银行卡放入柜子里。母亲让如兰又取了五千块钱现金，放到家里，以备急用，如兰照做了。

8

母亲腿彻底好了，她每天负责接送甜甜，如兰一下子感觉轻松了不少。如兰每天都能睡个午觉。连甜甜都看出来，如兰白了、胖了。醒来也有时间干家务，快过年了，她想着把屋子里里外外打扫一遍，再把厨房和厕所彻底清洗一下。

张卫国说要来看母亲，如兰一直没有答应。这天如兰接甜甜放学回来，一开门就看到母亲正在和张卫国聊天。母亲说，张卫国来送羊肉。张卫国的亲戚又给他带了半只羊，张卫国全带过来了。

张卫国走的时候，母亲再三叮咛："要常来玩儿，改天你过来，我给你们包羊肉饺子吃。"

张卫国笑眯眯的："那我可真来吃了。"如兰打着哈哈，她假装什么也没听懂。

母亲一边收拾碗筷一边说："我看张卫国人挺好的。和你属相也合，一个女人过日子太难了，何况你还带着甜甜，虽说甜甜不是亲生的，可她也想要个爸呀。"

如兰看了一眼母亲，她一声没吭。

张卫国走后，甜甜也睡下了，如兰也准备要睡了。母亲走进来说："张卫国也喜欢甜甜，他们处得不错，我看就让他给甜甜当爸爸。"

如兰笑了："妈，你还是多关心关心你的身体，我的事你就别管，再说张卫国有儿子，我怕我当不好后妈。"

"这个事儿。张卫国今天跟我说。他儿子大学都毕业了。他儿子也完全赞成他的选择，张卫国还说他儿子放假回来要请你吃饭呢。"母亲说。

如兰又笑了笑："妈，还是早点睡吧。我明天四点钟要起来呢，明天下午，我陪你去逛逛街，给你买套春节穿的衣服。"

母亲摇摇头："再别给我买衣服，我的衣服这么多，还是给你和甜甜买件新衣服。"

冬至这天，张卫国约如兰吃饭，他从没有这么正式地约过如兰。如兰下班回来洗了澡，睡了一觉，精神好多了，就是她的脸，被寒风吹得粗糙不堪，脸上也有了深深的皱纹。她穿了一条毛绒格子裙，黑毛衣，那还是她刚结婚的时候买的，现在还能套上，这些年，唯一没变的就是她的体重。

母亲听说，张卫国请如兰吃饭，高兴得连说了几个好。

天上飘着雪花，张卫国站在餐厅门口，如兰有点不好意思地冲他招招手，进了门，张卫国把如兰领到窗口的一个位子，那个位子旁边有暖气，一个很帅气的男孩站起来和如兰打招呼。

“这是我儿子张远，现在在上海的一家贸易公司工作，过完年就要派驻非洲了，临走前想见见你。”

如兰心想，张卫国怎么事先不说呢，她都没给张远带什么礼物，再说她和张卫国的那层纸一直没有捅破，现在坐在这里，算怎么回事？

老板非常热情，又是亲自端菜，又是过来和张卫国聊天。

张卫国说：“这是我最好的朋友曹斌。”

曹斌看着如兰说：“你找我这兄弟可有福了。”

张卫国说：“你别胡说。”

“老张，你那厕所别看了，干脆到我店里来帮我，我保证你生活无忧。”

张卫国说：“我看厕所是为了休息，这些年我太累了。好吧，春节后，我看还能干点啥，你生意不错，回头也教教我，怎么开餐馆。”

张卫国转头对如兰说：“曹斌是和我一起长大的，他是转业军人，为人仗义，我前几年装修那个新房子的时候，他二话不说就给我五万，这些年都是他帮我，我都不好意思了。”

张远打开红酒，他落落大方，没有什么不自在，好像对如兰一点不陌生似的。

“阿姨，这杯酒我先敬你。你和我爸都不容易。我知道这样见你，十分冒昧。可是我这次出国，可能要两年以后才回来。我就想走之前见见你。这样你也放心，我也放心。我上高中我妈就瘫痪了。这些年我爸不容易，我曾经对天发誓，以后要好好孝敬我爸。我走了，我爸一个人孤孤单单的，我不放心他，阿姨，你们就一块过吧，我知道你的事，你也不容易……”张远说着眼圈红了。

“以后，等我挣了大钱，会孝顺你们的。”张远又说。

如兰不知道该说什么，她举着杯子，在空中停了半天，轻轻地和张远碰了一下。

“见到你很突然，我和你爸还没有你想得那么好。我们就是普通的朋友。有时候你帮帮我，有时候我帮帮你。你的话，我明白，可我从没往那方面想过。不过我谢谢你，你是个孝顺的孩子，到了国外要照顾好自己。”

张远点点头。

曹斌亲自下厨红烧了一条江团，又端来一碗酸辣夹沙，又问张远：“你还想吃什么，和叔叔说。”

张远站起来，给曹斌敬了一杯酒。

张卫国脸上一直在笑。

“如兰，趁着孩子在。我也想对你说点儿心里话，我们认识三年了，你是什么样的人？我是什么样的人，我们都很了解。今天孩子在，我也给你交个底。说说我的经济情况。嗯，家里现在有两套房子。一套房子，一直在出租，租金供张远读大学，如今张远毕业了，他的经济也独立了，我想以后过自己的生活。那套出租的房子，就给张远以后结婚用，我自己住的是拆迁补的新房子，以后你们搬过来，我们一起住，那房子是电梯房，阿姨住在那里也方便。”

如兰不知道说什么：“我们先吃饭吧。”

吃过饭，张卫国送如兰回去，雪越下越大，如兰从包里拿出一把伞。她撑开伞，张卫国接过伞，如兰第一次和张卫国靠得这么近，如兰有点不好意思。

“你回去吧。”

“我送你回去。”张卫国说。

“今天，不好意思，事先没有告诉你孩子要来。”

如兰朝张卫国笑笑，张卫国高高大大的，挨着他，真的有种踏实的感觉。

“如兰，你知道你最大的问题是什么吗？”张卫国忽然说。

“什么？”

“你呀，就是太善良，想得太多。”张卫国说着用左手把她的肩膀搂住。

雪天，行人稀少，谁会在意这两个亲密的人呢？快到家了，昏暗的光线给了张卫国一点胆量，张卫国忽然停下来，紧紧地握住了如兰的手，如兰把手抽了回来。

“张卫国，谢谢你请我吃饭，今天我真的很感动，只是我的情况你知道。我不光有甜甜，如今我妈也和我在一起，我不能拖累你，你好不容易能过安稳日子，还是找个没拖累的女人吧。”

张卫国把如兰的手，放在了自己的胸口。

“如兰，你在我的这里，说真的，我出去，随便找一个安装工的工作，收入比看厕所要高几倍，知道我为什么没去吗，就是因为你。”

如兰把自己的手抽了回来。

“对不起，我真的不能拖累你。”如兰说。

“为什么要说对不起，如兰，别想太多，我们吃了那么多的苦，看明白了生活，我们能不能后半辈子过得轻松些？”

如兰摇摇头。

“哪有轻松的人生呢？谢谢你张卫国，我真的谢谢你为我做的一切。”

雪花纷纷，如兰把伞留给张卫国，她转身跑向小区，雪花落在她的脸上，身上，在雪中，她流下一串滚烫的热泪，她早已分不清脸上是雪水还是泪水了。

新年一过，一场雪接着一场雪。

小欣要结婚了，她穿着红色的羽绒服一大早来看如兰，手里提着两包东西，说一包是超市里买的零食，一包是给甜甜买的礼物。

如兰停下来，眼前的小欣，眼里闪着光，她最近又升职，又加薪，婚事又在眼前，真是好事一桩接一桩。这是那个曾经对她号啕大哭、憔悴不堪的小欣吗。如兰想起她第一次见小欣的样子。如果知道有这样的未来等着她，小欣当初还会痛不欲生吗。

小欣想让如兰给她做伴娘，如兰死活不答应，大笑着："你见过三十六岁的伴娘吗？"

"明星三十六岁当伴娘的多了，何况你现在是单身啊。"小欣狡辩着。

如兰说："还是喊你公司的小姑娘吧，这活儿我干不了，放心，你结婚那天，我寸步不离地陪着你。"

"那好，如兰姐，下周日中午，你一定要来啊。"

如兰说："我一定去。"

"你要带上甜甜和阿姨，你们都是我在兰州的亲人。"

如兰点点头，如兰看着小欣打上车，看着车子远去，如兰竟高兴地落下了眼泪。

小欣结婚那天，如兰请了一天假，那天，她洗了澡，也给甜甜和母亲洗了头，她们换上最好看的衣服，如兰还用吹风机吹了头发，化了淡妆，如兰也帮母亲吹了头发，给母亲脸上擦了点粉，母亲看起来也很精神。她们给小欣包了个红包。化了新娘妆的小欣是那样美丽，新郎也很精神，站在门口迎接客人，真是郎才女貌，一双璧人。小欣的爸爸妈妈也从外地赶来参加女儿的婚礼。婚礼环节很多，婚礼现场气氛热烈，在亲朋好友的掌声中，小欣拿着话筒哭出了声，如兰相信，小欣一定会幸福，因为如今的她，可以面对一切。

第二天，天气特别冷，如兰一下班，就匆匆回家。

手机响了半天，她才听到。

大嫂在电话里哭着说大哥被带走了。大嫂说，大哥被人举报做假账，昨天晚上大哥被人从家里带走了。大嫂说，这事今天都上新闻了。如兰急忙打开手机，一搜大哥单位的名称，原来大哥单位带走了好几个领导，新闻上说涉嫌贪污受贿，挪用公款。看了新闻，如兰才知道，大哥刚刚当了副局长，这事她和母亲都不知道。

大嫂哭着说："以后还有什么脸活下去。"

如兰说："大嫂你别急，也别告诉我妈，我先去他们单位问问。然后，我去探视一下，给大哥送点换洗的衣服。"

如兰打电话给母亲，说不回去吃午饭了，她要去城里办点事，让母亲去接甜甜。在路上，如兰给二哥打了电话。

二哥在电话里幸灾乐祸的口气："我说他胆子大，小时候我就觉得他胆大，你看看，应了我的话了吧。"

大哥和二哥一年没说话了，看样子二哥还记恨大哥。

如兰说："这时候了，不说别的了，我们都是一个妈生的，你必须得帮忙问问。"

"我谁都不认识。"二哥说着气呼呼地挂了电话。

如兰又给张卫国打了电话。

张卫国说："你先去他们单位问问情况，我有个表弟在省检察院工作，我让他打听打听。"

如兰刚刚到大嫂家，张卫国就托检察院的表弟问出了大哥的下落，说那边现在不让大哥见人，正在调查，让如兰别担心。

大嫂憔悴不堪，心急如焚，哭着说就是倾家荡产也要把大哥救出来，过了几天，检察院的还到大哥家里核实情况，如兰也被喊去问了话。如兰得知，大哥有张卡里存了三百多万，大哥还有一套房产来路不明。张卫国那边一直托人打听情况，一有新情况，他马上告诉如兰。大家都瞒着母亲。一个月后，张卫国来电话说，大哥被放出来了，大哥被降职处分。据说，没收了一些财产，那套来路不明的房子也没收了。

大哥放出来后，如兰去看了一次，大哥看到她，抱头痛哭。

“放心吧，妈不知道。”

大哥点点头。

“是我对不起大家。”大哥哽咽着说。

如兰没敢和母亲说大哥的事。有一天，天气特别冷，大哥和大嫂来了，大哥提了很多水果，大嫂给母亲买了新衣服。母亲看起来很高兴。大哥要接母亲回去，这次他态度诚恳，大嫂也唯唯诺诺地给母亲道歉，母亲的态度也平和了许多。

母亲说：“我在你妹妹这里挺好的。”

大哥说：“我另外还有一套房子，是电梯房，要不你们搬到那里去住，这个房子让如兰租出去。”

母亲听了，不置可否。

大嫂说：“是啊，那房子本来是给江江结婚用的。”

“这么说你们有三套房子？”母亲问。

大嫂点点头。母亲没有再说话。大哥走后，母亲长叹一声：“他们那么有钱，还逼着我卖掉老房子，人心不足蛇吞象。现在他觉得是孝顺我，殊不知说出来，我的心更寒。”

9

母亲请张卫国来家里吃饭，她拌了三个凉菜，张卫国在厨房帮忙，如兰醒来看到张卫国，有点惊讶。

母亲说："是我喊张卫国过来的。"

母亲让如兰过来帮忙，厨房有点小，平常最多站两个人。如兰一进去，母亲就说这厨房太小了，我还是带着甜甜下楼去买点醋，家里没醋了，你们多包一点。如兰有点不好意思，她刚睡醒，脸红红的。张卫国看了一眼如兰。如兰的脸瞬间变得通红。

母亲下楼后，张卫国腼腆地说："如兰，过段时间我们把证领了吧。"

如兰愣住了，这算是求婚吗？

张卫国说："我实话和你说，其实我看厕所，一开始就想换个环境，休息休息，后来遇到了你。就一直没舍得走。那时候，你背着甜甜在那儿扫马路。我真的挺想帮你的。慢慢地我们俩也熟悉了。甜甜这孩子也挺喜欢我，我也真心想给她当爸爸，我寻思着，过完年，我们就在一块过。厕所我就不看了，你也别干环卫工了，你天天那么早起床，扫马路，实在太辛苦了，我手里有些积蓄，我们开个水果店，现在人生活好了，听说卖水果挣钱，我这边现在没有经济压力。如果你不嫌弃我，我们就一起过。"

张卫国说着，从口袋里掏出一个漂漂亮亮的小盒子，打开，是个铂金戒指。

"昨天，我在商场转了好几圈，不知道买啥，就给你买了个戒指。你先戴着，以后给你再买个钻石的。"

如兰眼眶一热，她没有接过那个盒子。

如兰说：“谢谢你，张卫国，我除了说谢谢，真不知道跟你说什么。如果三年前我认识你。那时候我一个人，我会毫不犹豫地答应你。可如今……”

“我不觉得拖累，你收养甜甜是积功德的事，以后就让我给甜甜当爸爸。我们一家人快快乐乐。”

如兰眼圈红了：“我实在是怕拖累你，怕你后悔。”

“我们俩都年轻，以后的日子还长着呢。”

如兰停下擀皮，张卫国又一次紧紧地握住了她的手，如兰的脸又热又红，她不是难为情，而是突然听到张卫国如此正式地求婚，她有点激动。

“如兰，回头你跟阿姨也说一下。我去好好做准备。我那边房子里也没啥家具，哪天我们一起去家具城看看，过完年，你就和甜甜还有阿姨一起搬过去。听说那边也有所好学校。甜甜以后上学也方便。”

“让我想想……”

张卫国一直在等如兰点头，可如兰始终没有点头。

甜甜不知什么时候站在了门口。

“妈妈，饺子包好了吗？”

张卫国急忙松开如兰的手。

甜甜突然扭头问：“你要当我的爸爸吗？”

张卫国抱起甜甜，深情地看了一眼如兰。

“我给你当爸爸好不好？”

“嗯，我喜欢张叔叔做我的爸爸。”

如兰笑了：“快去外面等着。饺子马上就包好了。到时候我们甜甜多吃几个好不好？”

“好。”

如兰听见甜甜再给母亲说：“姥姥，张叔叔要做我的爸爸。”

母亲呵呵呵地笑着。晚上，张卫国走后，母亲对如兰说：“你和张卫国结婚了，我就先住在你这个房子里，甜甜也和我一起住，你们一起好好过。我带着甜甜，你有什么不放心的。”

如兰说：“那怎么行。”

“怎么不行。我说行就行。”

“妈，我不想再结婚了，回头我和张卫国把话说清楚。”

母亲以为她是不好意思，如兰知道，她真的不能拖着张卫国了，她得把话说清楚。离婚后，如兰克制着自己，不想往事，这天晚上，往事一幕幕浮现在眼前，如兰想起自己走过那弯弯曲曲的路，那堆得像小山一样的中药，她的心又撕裂了，若是她当初嫁的不是魏小明，她的命会不会好一点。现在回想起来，除了心酸，连后悔都没有。人啊，走什么路，一定要想好。可是，谁年轻的时候走在路上，会想那么多呢，都是懵懵懂懂，糊里糊涂的。

夜里，如兰做了一个梦，她梦到张卫国笑着看着她，甜甜趴在地上哭，如兰想抱起甜甜，可她怎么也够不着。第二天，如兰头脑昏沉，上班差点迟到了，扫地的时候，一会儿想张卫国的话，一会儿又想甜甜。中午，张卫国打电话，如兰没有接。如兰想了整整一天一夜，还是觉得不能和张卫国领证。晚上，母亲睡了，甜甜也睡了。

如兰拨通了张卫国的电话。

“对不起，张卫国，我不能和你领证，我们不合适……”如兰哽咽着。

那边张卫国哦了一声，就没声了。

“别为我担心。这都是我的命，我希望你一切都好。我，挺好的。”如兰平复了一下，想了半天说。

张卫国说：“早点睡吧。”

如兰说：“那你照顾好自己，以后我就不打扰你了，谢谢你以前为我和甜甜做的一切。”

如兰带着哭腔说。

张卫国沉默了半天说：“睡吧，都十二点多了。”

挂了电话，如兰泪如泉涌，如兰知道。张卫国很快会找到合适的女人。他是个好人，会有个好的结果。

母亲一连几天不理她。母亲说她是蚂蚁背大象死撑，张卫国那样的好男人，打着灯笼也找不到，何况甜甜也喜欢他，你真当自己是黄花大闺女呢？

如兰的心情也不好，这几天，她都是绕着张卫国的厕所走。张卫国打电话，她也不接，打了几天，张卫国就不打了。有一天，李大姐说，听说张卫国不干了。如兰一下子蒙了。她想着，张卫国不至于连招呼都不打就辞职了吧？可是她又是他的什么人，要给她打招呼，是朋友吗？好像也算不上，是亲人吗，非亲非故。如兰心里翻江倒海。她尽量克制自己，她手里的扫帚也在微微地颤动。

李大姐说：“我原本想张卫国对你有点意思，看来是我看错了。听说他要开水果店，正在装修店面，他是好人啊，苦尽甘来，再找个老婆，日子就更好了。”

如兰一声不吭，她忽然不知如何是好。夜里，如兰躺在床上听着母亲的呼噜声，她想起了张卫国的笑，张卫国每次看她的眼神，还有他热乎乎的手心。

下了班。如兰特意去公厕看了一下。果然打扫厕所的人不是张卫国，是个五十多岁的胖老头。如兰心刺痛着，她松一口气，如释重负。这样也好，不然以后见面多尴尬。没想到，第二天，如兰亲眼看到了张卫国，远远地，张卫国站在厕所门口，一个三十多岁的女人在和他说话，那个女人披着头发，穿着绿裙子，手里提着一个很时尚的黑色小包。张卫国背对着如兰，两个人聊得很开心。女人咯咯咯地笑着。张卫国也在笑。如兰没见过张卫国那样地笑，他在她面前，总是一副老大哥的样子，一板一眼的，老成持重。

“你收拾好了没有？”女人问。

看来张卫国是来收拾他的东西，如兰远远地看着，张卫国和那个女人肩并肩渐渐走远。如兰想，这个男人恐怕再也见不到了，蛮好的一个男人，估计他的好很多女人都知道吧，她拒绝他不过半个月，他就找了别的女人了。走了也好，不然以后见面真不知怎么打招呼了，客客气气的也别扭，眼不见最好。如兰自我安慰着，可是一想到永远也见不到张卫国了，心里一下子空落落的。张卫国辞了职，是要彻底躲开她，她何必再纠缠呢，最后一次通话，话都说清楚了。

如兰心里酸酸的，她很想给张卫国打个电话，只说声感谢，以往，她们经常凑在一起吃饭，她感冒了，张卫国给她熬中药，他不知道帮过她多少忙，她欠张卫国太多了。如兰拿着手机，反复地看着张卫国的手机号码，可是那个号码始终没有拨出去。

那天晚上。如兰约了小欣，她们一起吃了饭。小欣知道如兰心里有事，她什么也没问。吃完饭，如兰和小欣在马拉松公园散步。冬天的公园静悄悄的，天特别冷，转了一圈，如兰担心小欣感冒，就让她回去了。晚上，如兰喝了半瓶家里剩下的红星二锅头，喝完倒头就睡，她想，睡一觉，醒来就没事儿了。如兰本来想把张卫国的电话拉黑。后面又一想，张卫国毕竟和魏小明不同，她若拉黑了，显得有点小气了。

10

下了雪，路上的行人都很欢喜，有人还专门开车到黄河边赏雪。可大雪天，环卫工人最辛苦。雪后路滑，清理积雪是最累最苦的。如兰每天一早出门，回家累得倒头就睡。母亲心疼她，劝她换一份工作。

如兰说：“过了年看吧，现在去哪里找工作。”

下了雪，她没送甜甜去幼儿园，母亲和甜甜在家里待着。

如兰全身武装，铲雪、扫雪，天气冷，她戴着手套，手还是冻肿了。

又下了一场大雪，像往常一样，如兰去上早班。如兰快走到人民路的时候，就看见李大姐站在公交车站旁，李大姐最近家里有事，和另外一个大姐换了班，也上早班，李大姐扶着栏杆，一动不动，如兰喊了两声，李大姐都没有回头。街上没有人，没有车，很安静，按理，李大姐马上会笑呵呵地喊如兰。

如兰又喊了一声，李大姐突然倒了下去，如兰跑过去，李大姐身上都是雪，看样子是摔了一跤，路灯下，李大姐嘴唇发紫，不能说话。开铲雪车的牛师傅恰好经过，听到如兰的喊声，停下来，他们立刻打了120，如兰抱着李大姐。李大姐呼吸很微弱，已不能说话，如兰一遍遍地喊着。救护车终于来了，李大姐的儿子也来了，李大姐被救护车拉走了。

这天，如兰一直心神不宁，为了防止再结冰，她一边扫雪，一边撒盐，一边在心里祈祷。雪铲得差不多了，如兰又开始路段保洁，直到下班，她才忙完，撒盐加铲雪，如兰的胳膊累得酸疼，抬起来都费劲。

下午，如兰打李大姐的手机，手机是关着的。如兰急忙给环卫站打电话，环卫站的人说，李大姐是脑出血，抢救无效，一到医院就去世了。如兰不知道是怎么走回家的，她一边走一边哭。李大姐那么好的人，就那么走了，为什么上天要带走一个好人。

回到家，母亲给她端来一碗热气腾腾的面条，如兰看着面条，泪如雨下，母亲问她怎么了？

如兰说："李大姐早上没了。"

母亲摇摇头，叹着气："人这辈子啊，有时候，就是莫名其妙地来，糊里糊涂地走。"

如兰抱着母亲放声痛哭，这是她离婚后第一次在母亲面前痛哭。

春节前，小欣有一天中午突然打电话，说她们银行要招一个保洁，工资每月比如兰现在要高六百，每天早上七点上班，中午下班，让如兰去面试。

如兰本来不想去，又一想，甜甜过几年要上学，要报兴趣班，她现在的工资肯定不够。如兰就去了。很顺利，她通过了面试，银行说，春节后就来上班。

过年前，大哥给母亲给了三千元，母亲让如兰拿着去买年货，如兰的工资也发了。她给母亲、甜甜里里外外在淘宝上买了两套新衣裳，她自己什么都没买。母亲让她买件羊绒大衣，如兰笑了，她早就不在乎穿什么了。

大年二十八，在母亲的再三要求下，如兰去环卫站辞了职。

大年三十，大哥一早送来年货。二哥一家破天荒地的给母亲打了电话拜年。如兰有二哥的微信，她看到二哥一家去了海南，一家人在三亚度假，二哥微信上发了全家的照片，二哥和二嫂搂着他们的女儿小美，一家人看起来很幸福。如兰没有给他点赞。如兰也没给母亲看二哥一家的照片。大过年的，她不想让母亲心情不好，二哥两年没来看母亲了。偶尔他会给母亲打个电话，通话时间一般不超过两分钟，除了问问母亲的身体，他就在电话里骂大哥，或者抱怨西安的房价贵，女儿的花销大。

如兰把家里的床单被套都换了，窗户上贴了福字，门上贴了对联，电视开着。如兰感觉此刻的日子，丰衣足食，心里牵挂的人，都在她身边。母亲在厨房包饺子。甜甜穿着新裙子，跟着电视里的歌舞跳来跳去。此刻张卫国在干什么呢？如兰忽然想。快一个月没有他的消息了，如兰又摇摇头，咬着嘴唇，暗自对自己说，你又想多了。

正月十五，母亲带着甜甜去了表姑家，表姑一直在上海给女儿带孩子，过年前才回来，几年没见了，母亲说："我去看看她家的电梯房，听说很阔气。"

如兰本来要去的，没想到她感冒了。如兰昏睡了一天，傍晚时分，她随便吃了点中午的剩菜。母亲打来电话说，吃过晚饭，表姑的儿子会送她们回来。

天黑了，母亲又打来电话，再三嘱咐："如兰，你起来收拾一下房子，别老睡着，自己也洗个澡，精神点。"

如兰答应着，可浑身没有一点力气。她头疼，浑身都疼，她爬起来洗了碗，收拾了一下房子，又倒在床上，继续昏睡。门铃响，如兰很想去开门，可是她就是没有力气起来。

门开了，是甜甜的声音，接着是母亲的声音，还有一个熟悉的男人的笑声。

如兰晕乎乎的，没有睁眼。朦朦胧胧中，如兰的手被人握住了。那不是甜甜的小手，也不是母亲绵绵的手，是一双有力的大手，如兰努力地睁开眼睛，她看到了张卫国，不是做梦吧，如兰想。

"你不是有对象了吗？"如兰小声问。

张卫国笑着。

"你看见的那个女人，是我水果店的房东。那天，我是故意让你看的……”

如兰的眼圈红了，泪顺着脸颊落下来，她想抽回手，却被大手握得更紧了。

“你回去吧！”如兰背着身说。

“不，今晚，我不走了，我要和你一起等太阳升起……”张卫国说。

如兰只好任由那只手握着，一股春天般的暖意扑面而来，把如兰冰封的心融化开了，耳边传来电视里的歌声，如兰依旧闭着眼睛，她知道这不是梦，可她愿意相信这是梦。如兰听着张卫国絮絮叨叨地在耳边轻声说话，她想着，明天，或许是个晴天……

浮生若梦

1

秦嘉卉打开便利店的时候，不早不晚，刚刚七点。周围的店铺一般八点以后才开，她每天起得早。开门早，挣钱早。勤快一点是没错的。生意要兴旺，得老老实实地守着。

便利店门面很小，只有二十平方米，位置也不算好。就一点好，朝南，有阳光。门前的人行道上有健身器材，右手是麻辣烫店，左手是个药店。人气倒是挺旺的。住在这一片的大人孩子都爱来店里买东西。孩子们愿意上来，还因为她店里养着一只两个月大的猫。她经常把猫拴在门口，小猫在门口跑来跑去，时而眯着眼睛晒晒太阳，真是奇怪，大家都喜欢这只猫。猫自然成了秦嘉卉的招财猫。春节期间店里光卖礼盒就把一年的房租挣回来了。

秦嘉卉打开音乐，泡了一杯红茶，给店门口刚刚发芽的蔷薇浇了点水。

她统计了一下需要补的货，每天的工作都一样。便利店卖的主要是日用百货、生活用品、零食、关东煮、水，这些销量一直很好。开了八年，她的生活就是看店、上货、吃饭睡觉，生活如同钟摆般规律。一年到头，秦嘉卉休息的日子是固定的几天，去给父亲扫墓的日子、大年三十、去看中医的日子。

几场浩浩荡荡的沙尘暴刮过后，兰州的春天才算来了。清晨，微风轻拂垂柳柔细的枝条，像妙龄少女在梳理流泻的发丝。花园里有含苞待放的玉兰，草丛中有星星点点的蒲公英，路边柳树上的两只喜鹊在谈情说爱，健身器材边聚了好多人，大家说说笑笑一天不知不觉就过去了。

可昕的电话来了。

可昕说，中午，我来找你，给你带午饭，我们一起吃。你得开导我，不然我快活不下去了。

秦嘉卉笑着说，还是要活下去，你不是有我吗？

她和可昕认识二十二年了，从小学开始一直同班，经常一起做作业，一起吃零食，一起回家，走在路上也要手拉着手。偶尔可昕会到秦嘉卉的家里留宿。可昕的妈妈也认识秦嘉卉的妈妈，但关系不像两个孩子。

秦嘉卉出事后，除了父母，可昕是最伤心的。如今，可昕在一家事业单位上班，工作悠闲，她最近有烦心事儿，几乎天天打电话，有时候一天打好几个。

秦嘉卉接完电话，有人推门进来，她打开收银机。客人选了中老年核桃粉，还想买牛奶，不知道选什么好，秦嘉卉经常被问到这样的问题。她总会说，各有各的好，都是大企业，是放心奶。

秦嘉卉说放心的时候，十分心虚。这是一个让人放心的时代吗？苏丹红、吊白块、三聚氰胺、毒蘑菇、地沟油……谁敢说自己一点没吃过？现在买什么都觉得提心吊胆。秦嘉卉从来不进小供货商的东西，她不信任他们。她的两个店里有专门的绿色食品货架。货架上有绿色牛初乳、放心大米、各种粗粮、豆浆粉，还有纯粮酿造的白酒，专柜贴着一个标签，“有了健康的身体才能拥有一切”。绿色食品销量一直不错。生活好了，大家都更注重健康。

客人买了特仑苏，刚出去，又推门进来一个男人，秦嘉卉认识这个人，他是芒果的爸爸。秦嘉卉和他不熟悉，却和他的女儿芒果很熟悉。芒果刚满四岁，几乎每天都来找秦嘉卉玩儿，她眼睛亮晶晶的，每次来，都挨挨挤挤到秦嘉卉身边缠着她讲故事。小孩子有一种特异功能，她凭感觉就能分辨谁对她好，谁是好人。

看样子芒果爸爸一夜没睡。他穿着白衬衫，牛仔裤，一双深蓝色运动鞋，加上微笑的单眼皮，是偶像剧里男主的样子，根本不像是结了婚的人。秦嘉卉不知道他叫什么名字，只听说离婚了。秦嘉卉从没见过芒果妈妈，听母亲说，那个女人跟着她的老板去了澳大利亚。在一个楼梯里，他和她常常打照面，却从来没有说过话。倒是母亲每次见了芒果都要抱一抱。最近芒果的奶奶中风住院了，芒果爷爷天天跑医院，母亲还去医院看过一次，回来直摇头，说人老了最怕中风。芒果是她爷爷奶奶带大的。芒果的爷爷奶奶都不喜欢讲话，却极和善，偶尔还会送些吃的给秦嘉卉母女，端午节送粽子，三伏天送绿豆粥，偶尔还送老家带来的小黄米，弄得秦嘉卉过意不去。

有一次芒果的衣服掉到了一楼秦嘉卉家的护栏上，芒果爸爸匆匆跑下来拿，恰好秦嘉卉刚洗完头发，坐在阳台上边晒太阳边看书。他看了一眼秦嘉卉，脸一下子红了。

给孩子吃方便面不好！结账的时候，秦嘉卉脱口而出。

芒果的爸爸拿了三包方便面，又拿了火腿肠和鸡蛋。他抬起头，看了一眼秦嘉卉，一下子没回过神，笑了一下，略微羞涩地说，这是我吃的，芒果早餐吃面包，我昨晚一夜没睡，赶个活儿，客户催着要，吃碗面就睡觉去了。

芒果去幼儿园了吗？

刚送去，我才来买吃的。

秦嘉卉立刻感到自己多此一举了。幸亏店里来了买盐的阿姨，才算把她从尴尬中解脱出来。

芒果爸爸付了钱，抓了零钱匆匆走了。

母亲提着早餐来了。早餐很简单，一个煮鸡蛋，一碗粥，一碟泡菜。

秦嘉卉想让母亲中午看一会儿店，她打算去超市买点东西，顺便给她和母亲各买件裙子，买几件内衣裤，兰州的春天很短暂，一眨眼就到夏天了。

收音机里传来王菲的歌，秦嘉卉跟着哼唱“你渴望，我期待，美好灿烂的未来，不完美，也要精彩”。她的声音继承了母亲，清澈婉转。上学的时候，同学们都说，她不学音乐可惜嗓子了。

母亲把货架上上下下都擦干净了，说，今天我要和你小姨去趟市里。你一个表姨的女儿结婚。

秦嘉卉点点头，心想只能改天去超市了。那你们好好玩，红包包好了吗？

母亲说，包好了，三百块。

秦嘉卉觉得母亲去散散心也好。

那你中午吃碗牛肉面，我晚上就回来了。母亲说。

放心吧，不会饿着的。秦嘉卉说。

秦嘉卉生病的头几年，家里的亲戚除了小姨忙前忙后，其他的都退避三舍，生怕她们借钱。这几年，亲戚们的红白喜事全都请她们。母亲说过去亲戚们看不起我们，现在日子好了，也对我们好了。

秦嘉卉说，那是因为钱好，看我们家挣钱了。

秦嘉卉的哥哥在上海一家外企做经理，也是亲戚里干得最好的。

母亲提着碗筷回家收拾去了。

秦嘉卉站起来，把拐杖放在一边，这根拐是她春节的时候从淘宝上新买的。拐杖很轻，能防滑，长度自由调节，夜里有LED灯光，方便实用，还有报警器，这根拐是她左腿的重要支撑。自从能拄着拐站起来走路，她感觉世界都美好了。

十八岁那年春天，成绩优异的秦嘉卉梦想着考入人民大学新闻系。一天下午放学回家，她被一辆疾驰而过的大货车撞飞。车祸造成脊椎栓裂，又引发骨髓炎、血液病、皮肤病等一系列并发症，先后进行多次手术，最终一条腿瘫痪。司机肇事逃逸，后来被公安部门抓获，但那个司机一穷二白，根本无力负担医疗费用。

车祸后，不要醒来该多好！秦嘉卉有几年一直抱怨老天爷给她留了一条命。

她生活不能自理，躺在床上。父母为了给她看病，卖掉了市区的大房子，用房款的一半在小姨住的小区买了个小户型，其余的钱都用来给她看病，供哥哥秦嘉浩上大学。祸不单行，那一年，父母同时下岗，每月只领二百元的生活费。父母只能打零工维持生活。

不能参加高考，所有的亲朋好友都替她惋惜。她们搬了家，离开了熟悉的生活。她每天躺在床上，分不清白天黑夜，烦躁的时候，她会哭着说：“我怎么还不死啊！我把你们都拖累死了。”

有段时间，秦嘉卉几乎不说话，整天像幽灵一样，呆坐着静静地看窗外的风景，沉默得好像已经死去。很多次她想到割腕结束自己的生命，可她连下床拿刀的力气都没有。她只能躺在床上，听着广播，绝望又浑浑噩噩地活着，有时像在云雾中飘浮，有时在荒漠里流浪。直到做完第二次手术，两条腿奇迹般地可以动了，秦嘉卉才看到了活下去的希望。

经过三年不懈地治疗，秦嘉卉能站起来了，她要学的第一件事就是走路，她拄着双拐，每天在院子里练习，摔过无数次跤，流过无数次血，她当时想自己要独立，绝不能再拖累父母。后来，父亲又送她去康复医院，做了很多恢复性的训练，直到她能拄着一根拐杖走路。

那时她离开学校已经四年了，父亲曾劝她重新参加高考，秦嘉卉看了看父亲的一头白发，她打消了这个念头。上了大学又能怎么样，健康的大学生找工作都难，谁会用一个残疾人？再说上大学，又是一笔大开销，父母更加难以承受。秦嘉卉放弃了这个念头。如今她的右腿机能全部恢复，只是左腿还不能用力，需要拄着拐杖。

2

秦嘉卉生在兰州，长在兰州。兰州有山有水，黄河穿城而过，古往今来，在这条狭长的河谷里演绎了多少人情冷暖、湮没了多少悲欢离合，没人说得清。兰州地处交通要道，火车通过兰州，才能去更西更远的地方。从这里，有去广州打工的，有去新疆摘棉花的，有去西藏旅游的，有去北京读书的。兰州的南北两山有树，都是几代人辛辛苦苦种的。黄土高原上，一棵树活下来是很难的。依山傍水，兰州的人生活得踏实热闹。一城的人喝黄河水，吃牛肉面。秦嘉卉也喜欢吃牛肉拉面，今天早上，她幸亏吃了一碗牛肉面，不然忙活了一上午，早就累趴下了。一上午，她都没顾上喝口水。

中午的时候，小燕来了，小燕是她另外一家店的店长。那个店不大，但地段好，已经开了三年，收益可观。小燕戴着白碎花口罩，她花粉过敏，嘉卉姐，我想去看大夫，这几天我都快毁容了。

说着她摘了口罩，的确很严重，一脸的红疹子。

去吧，挂个专家号，看大夫怎么说。

小燕转身想走，突然又回过头来，吞吞吐吐地说，嘉卉姐，那个店能不能再雇个人，我们每人半天看店，这样也有点自己的时间。

秦嘉卉看了一眼小燕，这丫头已经是大姑娘了，像她一样，一个人守一整天店是不可能了。

秦嘉卉笑笑，你再坚持一下，我正在物色人。

小燕说，其实我有个表妹初中毕业后一直没什么事干，人老实内向，想找个工作。秦嘉卉看了一眼小燕，她看不穿这个只有二十二岁的姑娘。

你哪天带她来看看，如果合适你们俩就每人半天。不过你的工资可能会受影响了。

小燕的工资秦嘉卉是底薪加绩效还有年终奖。

小燕说，没事儿，我就是想要点自己的时间。

中午，可昕来了。

先吃饭吧，吃完说！秦嘉卉说。她怕可昕一说事儿，就吃不下饭。

可昕去后面取碗筷，她提的牛肉土豆饭和茄子豆角饭，都是秦嘉卉喜欢吃的。她们会分享这两个菜。可昕熟悉她这里的一切，摆好碗筷，支起折叠桌椅，两个人坐在店外的蔷薇花下。

可昕说，怎么这么热！我还是把外套脱了。

秦嘉卉说，你怎么穿这么多？

生完朵朵我一身的火气没了，现在特别怕冷。

电话里还要死要活的，此刻蔷薇花下的她，大大的眼睛里充满了迷雾，俏皮可爱的瓜子脸带着憔悴的美。

秦嘉卉把饭菜一扫而光，她端着碗筷去后面的水池子洗，可昕摸了一把她的腰，你这曲线赶上明星了。秦嘉卉说，没办法，是我爸遗传的，怎么吃都不胖。

可昕眼泪汪汪地说，那个王八蛋说要和我离婚。他说早就不爱我了。这么多年是因为女儿才和我凑合过，现在他说遇到真爱了，要为自己活！

秦嘉卉给可昕倒了一杯红茶。

不怕，那就离，你这么漂亮喜欢你的帅哥排着队呢！

我和你都三十岁了，哪有什么帅哥啊！可昕叹着气。

可不，我们都三十岁了。秦嘉卉点着头。

三十岁的秦嘉卉比同龄的人要成熟许多，她经历了比死亡更可怕的事，十八岁那年，她命运的华彩乐章戛然而止，剩下的是一个又一个的真实，一个又一个的无情，直到她经济好转，可以随意买一些东西的时候，她才感觉活着并不可怕。

命运推着人走，容不得你有半点选择的权利。

可昕和她老公王辉是大学同学。王辉相貌一般，他爸做建材生意。谈恋爱的时候，王辉经常开着家里的车，带可昕去看电影，参加朋友聚会。秦嘉卉当时劝她，富二代还是留点心吧！可昕哪里听得进去。可昕在大学里就和他偷食了禁果，这么私密的事儿，她第一时间告诉了秦嘉卉。工作后，可昕烫了头发，穿了职业装，每次来，都让秦嘉卉觉得她们已经在两个世界了。秦嘉卉觉得世界是分好多层的。有钱人在有钱人的世界，穷人在穷人的世界。有段时间，秦嘉卉故意躲着她。可昕却对她始终如一。

婚后可昕两口子磕磕绊绊，经常小打小闹，把离婚放在嘴边。女儿朵朵出生后，王辉开始不着家。可昕发现他和一个女同事关系暧昧，便提出离婚，搬到了娘家，王辉拿着刀威胁可昕说如果她不回家，他就自杀。可昕觉得王辉还是爱她的，于是原谅了她。后来，王辉当了行长，收入和脾气剧增，找女人毫无顾忌。

王辉过去常和可昕来店里，那时候，他胖墩墩的，戴个眼镜，很斯文，待人很有礼貌，看起来值得托付终身，现在他更胖了，胖得五官都变形了，上次秦嘉卉去找可昕，王辉给她开的门，嘘寒问暖，秦嘉卉觉得他有些虚伪了，钱可以让一个男人欲望膨胀失去自我。秦嘉卉当时就想，可昕不服输的性子可能忍受不了他的虚伪。

王辉说财产一人一半，但孩子得归可昕。他说孩子不能离开妈妈。其实他是不想要朵朵，他想和狐狸精再生一个。我说离婚可以，第一我也不要孩子，第二他净身出户。可昕咬着牙说。

秦嘉卉说我行动不便，不能帮你什么。不过，我觉得你先和他谈谈比较好，毕竟朵朵才三岁。

说到朵朵，可昕眼圈红了。

秦嘉卉拍了拍她的后背，算是安慰她。

你就当上辈子欠了王辉的，人家这辈子来报复你。

我就是咽不下这口气，我一定要让他净身出户。

她们又聊了一个小时，都是可昕在说，她语气豪迈，好像已经得到了有利的证据，把王辉撕成了碎片。秦嘉卉看得出来，可昕现在很矛盾。可昕走后，秦嘉卉也变得有点无精打采，她想靠着躺椅打个盹。

3

五月底，便利店门口的蔷薇开了。一起风，花香飘溢，花瓣在风中飞舞。这花当初是姨夫送来的，他栽到了店外的空地上。

蔷薇花满墙满架。有时候乱蓬蓬的，毫无章法，秦嘉卉就拿剪刀修剪一下，把剪下的花送给顾客，也会插一把到店里的花瓶里，鲜花会带给人好心情。

芒果哭着进来的时候，小燕带着她的表妹胖丫刚刚走。

胖丫初中毕业，胖乎乎的，眼睛笑起来眯成一条缝，一看就是个善良简单的女孩。她是小燕的表妹，两个人好沟通，秦嘉卉当场答应让胖丫来。秦嘉卉和胖丫签了协议，也和小燕重新签了协议。她知道小燕偶尔会有一些隐瞒。但有些事大家心知肚明，不需要说破。不要做得太过分就好。秦嘉卉说，你们好好干，年底都有大红包。两个姑娘高高兴兴地走了。

芒果的身体充满无限活力，红扑扑的小脸蛋上，长着一双亮晶晶的眼睛，头发黑而柔软，扎着两个小辫子，她的小脸儿像个初绽的粉色花瓣。这么漂亮的孩子，提什么要求都是不能拒绝的。

芒果哭着说，爷爷不给她买小熊娃娃。

秦嘉卉不知道怎么安慰她。秦嘉卉站起来，看到马路对面的芒果爷爷冲她招了招手。秦嘉卉也挥了挥手，意思让他放心，她会看着孩子的。

芒果手里捏着一块钱。

秦嘉卉说，小芒果，你想吃什么自己拿吧，千万别哭了，不然小脸就不好看了。

芒果点着头，眼泪止住了。

每天来买东西的孩子很多，但秦嘉卉真没有跟小孩打交道的经验。母亲说，你一个人太久了，说话硬邦邦的，表情也呆板。秦嘉卉照照镜子，的确，她的目光是灰色的。

这两年，她突然开始喜欢孩子了。

有一次小姨带着三岁的孙女瑶瑶来，瑶瑶一到店里就跑个不停，碰掉了很多货物。小姨呵斥了一下，没想到她居然“哇”的一声哭了。秦嘉卉一下子不知道该怎么办，拿了很多零食给她，瑶瑶还是哭。小姨也没有办法，她说这孩子就胆小，脸皮薄。秦嘉卉说，小孩子都这样。她的口气好像自己生过孩子似的。小姨笑眯眯地看了她一眼。秦嘉卉立刻感到了一种羞涩。

直到父亲生前的朋友张叔抱着他家的猫来，小家伙才不哭了。那只小猫是张叔家的大猫生的，因为毛色与体形都很好看，秦嘉卉要了一只。刚刚满月的小猫咪，眼睛里充满了需要呵护的温柔。瑶瑶看到呆萌的小猫咪，破涕为笑，蹲下来和小猫玩。

自从养了猫，秦嘉卉才知道了什么叫温柔。秦嘉卉给小猫取名眯眯。秦嘉卉常常拿一个毛线团逗它，它扑来又扑去，抱着毛线团打滚，没有顾客的时候她会看着眯眯一直笑，她从来没有这么笑过。

芒果拿了一包薯片，递来一块钱。她是个懂事的孩子。

秦嘉卉把钱收了。薯片如今涨价了，卖四块五了。算了，邻里邻居的，何必太计较。

芒果撕开薯片，没有去找小猫玩，笑嘻嘻地凑到秦嘉卉跟前。秦嘉卉正捧着《傲慢与偏见》，这本书她看了五六遍了，她上初中第一次看，就喜欢达西那样的，只是，现实中也许会有伊丽莎白，达西却罕见，伊丽莎白最后都变成了剩女。

阿姨，你在看书吗？

孩子毛茸茸的眼睛看过来，心立刻就被融化了。秦嘉卉伸手握住芒果的小手，她身上某种母性的柔情被激发了。

她合上书说，是啊！

那故事好看吗？

好看啊！

可以给我讲讲吗，我都好久没有听过故事了。爷爷要照顾奶奶，爸爸要挣钱养家，他们都一天很累很累，都不给我讲故事。

秦嘉卉说，好，阿姨给你讲个故事。

秦嘉卉给芒果讲了拇指姑娘的故事，又教她背了一首唐诗。芒果的爷爷进来看了一眼孙女，又去下棋了。

芒果肉乎乎的小手拽着秦嘉卉的衣服说，我最喜欢阿姨讲的故事了！

芒果爷爷来接芒果的时候，秦嘉卉抱着芒果玩连连看。见孙女睡着了，他有点不好意思，说耽误你时间了。

秦嘉卉笑笑，没事儿，芒果正好给我做伴。

你也关门吧，时间不早了。

秦嘉卉一看天阴沉沉的，像要下雨的样子，就说，行，那我们一起回。

他们住一幢楼上。

回到家，母亲正在看电视。

两居室的房子，没有客厅，只有一个饭厅。母亲喜欢整洁，家中的一切收拾得井井有条。桌椅纤尘不染，衣被整洁干净，沙发上的坐垫摆得整整齐齐，就连平时喝茶的茶杯，都被母亲用盐清洗得干干净净……

他们家以前住在广场附近。父亲是车间主任，厂里分了一套一百二十平方米的房子。后来厂子倒闭了，秦嘉卉又生了病，哥哥要读大学，父亲就把大房子卖了，买了现在的两居室，这个小区位于黄河北，徐家山附近，地点偏僻，离黄河倒是近。房子唯一的好处是一楼朝南。原来的房子在五楼，看病的日子，父亲把她背上背下，每次都满头大汗。

现在的小区是老小区，不过很开阔，楼和楼之间都有小花园。小区外面的很多老房子全部都被开发了。小姨说，这么大的小区，拆迁是迟早的事儿。

母亲还在看电视，她说，你哥哥和丁丁刚刚打电话来了。

哥哥秦嘉浩和侄子丁丁每周六晚打一次电话。

秦嘉浩命好，长相好，从小爱学习，大学考的复旦大学，毕业又保送读研，父母一直觉得他是家里的骄傲。嫂子生下侄儿丁丁后，母亲更是高兴得合不拢嘴。亲友一夸，母亲总是说，老大最有福。她每次一说这话，秦嘉卉就想接下一句，老二命苦，老二真命苦。还用说吗，她的命苦全天下人都知道。

母亲关了电视，秦嘉卉已经洗漱完了。母亲说，你哥说过明年想换房子。

秦嘉卉没吭声。

秦嘉浩大学毕业又读了研究生，父母咬着牙把存在银行的十万又拿了出来，供他上学。父亲说，当时不要存银行，直接买成房子，还能赶上房价上涨。他们什么也没赶上。父亲去世后，家里欠了三万多的债，都是借小姨的，小姨从来不催，可欠了钱怎么能不还？秦嘉卉和母亲花了两年时间才把钱还清。

秦嘉浩毕业工作了，又要结婚买房，她们又给他攒钱。秦嘉浩结婚的那年春节，秦嘉卉把三年开店挣的钱全部给了他，她的账上没有多余的一分钱。秦嘉浩在电话里还抱怨着，结婚了没钱去旅行，一肚子的不满，电话末说了一句，听说现在兰州的房价涨了？

秦嘉卉一听心里咯噔一下。

母亲那段时间催促她赶快嫁人，说，我不能照顾你一辈子。你现在行动自如，我要以后去带孙子。这房子按理是你哥哥的。你生病花光了家里的钱，给你哥哥什么都没有。

人落难的时候，谁会真心帮你？连母亲也会偶尔冲她发脾气。卧病在床的时候，有一次秦嘉卉吃不下东西，母亲当着她的面摔了碗。久病的人会让亲人也跟着崩溃绝望。

秦嘉卉知道，自己得为自己打算了。从那以后，她开始存钱，她打算开家分店，以后买套自己的房子。

秦嘉浩婚后一年，嫂子生了孩子。母亲去上海看孙子。母亲是带工资的保姆，秦嘉浩还满腹牢骚。他要买车，说上班不方便。秦嘉卉咬咬牙把自己一年的收入八万块全部打了过去，她给秦嘉浩打了个电话：从此以后，我不再欠你什么，作为下岗工人的孩子，我觉得你应该知足感恩，以后我不会再给你钱了。

秦嘉浩接受了那笔钱。那年春节她口袋里空空如也，只割了一斤肉包饺子。母亲打电话说，你爸要是知道你这么帮你哥，也会含笑九泉的。

秦嘉卉心里忽然很轻松，她觉得自己终于不欠哥哥什么了。

丁丁三岁后，母亲灰溜溜地回来了，说再也不去上海了，那地方没有人情味。秦嘉浩两口子也不孝顺她。母亲边说边哭，见人就说。秦嘉卉不知道如何安慰她。手心手背都是肉，母亲从小就疼秦嘉浩，好吃的从来都是先喊他，即使他不在家，做了好吃的，也要给他留一份。小时候秦嘉卉经常抱不平。父亲去世后，母亲天天嘴里说的是，我上辈子欠了你什么？

父亲去世，她在医院哭晕了过去，后来很少哭。这世上从来不缺看笑话的人。她很少诉说自己的遭遇，有些喜欢打探隐私的中老年妇女，有时候会站在店里盯着她笑，希望她说点什么，她总是笑一下，接着忙自己的事。

母亲带丁丁累出了病，一回来就住院了。出了院，秦嘉卉告诉母亲，她这三年，开了一家分店，按揭买了一套小房子。她说现在这套房子以后留给秦嘉浩，她随时可以搬出去。

母亲知道她说的是气话。

母亲说，那个没良心的东西。他在外企工作，一年都快五十万了，没给过我过一分钱，真是白养了。

大城市人情淡漠，秦嘉浩有不给钱的道理，他觉得母亲有退休金，觉得自己有房贷、有孩子、有车……

这房子是你的。我现在就打电话给他说清楚。母亲急于找个养老的依靠。

秦嘉卉说，秦嘉浩在上海生活不容易，我们生活都不容易。

母亲终究没有给儿子打电话说房子。

前年，秦嘉浩两口子带着丁丁回兰州过年，秦嘉卉给丁丁包了一个两千块的红包，她是替父亲包的。秦嘉浩来家里时竟然空着手，过节也没给母亲一毛钱。嫂子嫌房间太小，他们一来就住对面的宾馆。母亲为了迎接他们，打扫了三天的卫生，腰差点扭了，儿子全家到头来住宾馆，母亲算是彻底寒心了。

秦嘉卉本来要把燕子辞退了，让母亲去看分店。后来她打消了这个念头。因为哥哥，她还是想分清楚一些事。比如她新买的那套一室一厅的房子。那套房子的租金刚好还贷，秦嘉卉当时凑首付的时候，还找可昕借了五万。她也想让母亲休息。六十岁的人了，辛苦大半辈子，也该休息了。

秦嘉卉看了一眼墙上父亲的照片，父亲估计会劝她为自己打算吧！

一天傍晚，父亲兴冲冲地回来，说小区门口的那家五金店要转让，他已经盘过来了，打算给秦嘉卉开家便利店。秦嘉卉兴奋得一夜没合眼。

便利店开业那段时间，很多供货商父亲都要亲自去联系，亲自去看。父亲说，千万不能进假货。父亲有高血压，晚上父亲的工友张叔喊去喝酒。父亲喝多了，半夜起来喝水，人就倒下了。母亲哭着喊醒秦嘉卉，秦嘉卉按压着父亲的心脏。救护车来了，父亲最终没有醒来，没有留下任何话。

一想起父亲的死，秦嘉卉的心就绞痛。如果父亲现在活着，那该多好，他看到自力更生的女儿，该有多高兴啊！

临睡前，秦嘉卉说，妈，秦嘉浩有本事就让他换，我这边买房子还欠着可昕的钱呢。

秦嘉卉说完，去了卧室。这些年，她的心肠硬了许多，好像把生老病死悲欢离合都经历几回了。

4

周末，母亲和小姨去了炳林寺石窟，说好的当天回来，到了下午五点，母亲打电话说，他们决定住在那边的宾馆，晚上打牌，第二天下午再回来。

秦嘉卉挂了电话，母亲又把电话打过来，她总是一次不把话说完。母亲说，你早点关门，叫个外卖吧。

秦嘉卉口头答应着。秦嘉卉能做饭，但她几乎没有时间做饭，便利店不能关，母亲在上海的三年，她不是泡方便面就是叫外卖。

可昕打电话，激动地说高中同学聚会，见着绍远了。

秦嘉卉答应了一声，半天没有说一句话。

绍远问你的情况，我假装不知道。看来，绍远一直没有忘记你……

秦嘉卉听完心里酸酸的，有点难受。

十七岁那年夏天，绍远和她并肩走着，他侧过头看着秦嘉卉说，以后我们生一个像你一样的女儿，她会有和你一样长长的睫毛。他穿着一件浅蓝色的T恤，领口的扣子都系着，他是个严肃的学霸。秦嘉卉穿着一件绿色碎花连衣裙，扎着马尾，走起路来一晃一晃的。绍远突然停下来，说，别动。秦嘉卉不知道怎么了，难道是头发上掉了一只毛毛虫？

秦嘉卉一动不动，绍远低下头轻轻地亲了她的脸蛋。秦嘉卉盯着绍远的黑边眼镜，她不知道该怎么办，那是她的初吻，也是绍远的初吻。

秦嘉卉一阵风似的跑回家，后来好几天都不敢抬头看绍远。

上高二了，他们就一直偷偷约会，每天晚自习后一起回家，他们差点越过雷池，秦嘉卉胆子太小，绍远不敢强迫她。他们经常抱在一起数星星，看月亮，听风吹树叶的声音。每天晚自习后，他们就粘在一起，只有半小时，秦嘉卉的母亲规定女儿必须十点半回家。回家的时候，绍远拼命地蹬着自行车，满头大汗，每次都送到她家不远处的拐角处。秦嘉浩告诉了父母，因为秦嘉卉学习没受影响，反而有进步，父母也就睁一只眼闭一只眼。高三那年，他们打算一起考到北京，将来一起出国读博。秦嘉卉出车祸后，绍远来医院看过她，她那时候刚刚脱离重症监护，还在昏迷，据说他号啕大哭。

秦嘉卉恢复意识后，拒绝见任何人，包括可昕。高考后，可昕捎来绍远给她写的几封信，秦嘉卉一直没有打开看。她们搬了家，连可昕都失去了她的消息。直到三年后，可昕在街上遇见了她父亲，才恢复了联系。

秦嘉卉一直保存着绍远写的信。那时候在班上，他们也互相写信给对方。每天分别的时候，偷偷塞给对方，那是多么快乐的日子，亲笔书写的信笺上写上对方的名字，然后期盼他的来信。

现在，他们是两个世界的人。有一次打开收音机，无意间听到《第一次》，那是绍远经常唱的歌。秦嘉卉热泪盈眶。她找出了绍远写的信，当年隽秀的蓝色钢笔字迹，已经变淡，秦嘉卉知道，她从来没有忘记过他。那一年她十八岁，已经十年没有他的消息，她的青春早已逝去……

秦嘉卉开了便利店，母亲也看到了希望。她开始规划本来不敢去想的女儿的人生。她和小姨张罗着给秦嘉卉介绍对象。有段时间，秦嘉卉回家总有男人坐在客厅等她，有离异的、有耳聋的、有工伤致残的，有年龄相仿的，也有差距悬殊的，各种情况，五花八门。

母亲说，像你这样的情况，找个腿脚利索、大脑聪明、有固定收入的人过日子就行，还挑什么。

秦嘉卉一个都看不上。人都有点虚荣心，女人都希望找个帅一点的，经济好点的，爱自己的，舍得为自己花钱的。秦嘉卉虽说腿残疾，但也希望找个看着顺眼真心待她的。她给自己设计的未来生活里没有婚姻，只有挣钱给母亲养老送终，自己孤独到老。

偶尔，秦嘉卉的心里突然会有空荡荡的感觉，她会叫可昕一起喝点酒。有一次，她喝了一小瓶二锅头，吐得一塌糊涂，对母亲哭着说，我不相亲了，我这辈子就这样，你就认命吧，别再张罗我的婚事了，再不要让你的姑娘被人挑来拣去，像猴一样耍了。

她觉得拄着拐出去相亲和耍猴是一个道理。

那天，母亲也淌了很多眼泪。后来她再也没找人给秦嘉卉介绍过对象。秦嘉卉再也没有喝过白酒。她未来的人生只有开店、挣钱，平静度过春夏秋冬，直到人老终了……

5

天气越来越热，秦嘉卉的头发长了，夜里睡觉天天一头汗。前一天晚上吃了一盘凉面，冷饮生意好，直到午夜才关店。今天一早起来，天阴着，有点无聊。秦嘉卉独自坐在店里，没人的时候，她就看看书翻翻杂志，偶尔沉醉于小说里，进来顾客，有种恍若隔世的感觉。

秦嘉卉正在看书，姨夫进来了，他说，嘉卉，你快进上五条黑兰州，昨晚咱们小区里死人了。一会儿估计有人要来拿。

谁走了？

就是那个经常来你店里偷东西的刘老头。

秦嘉卉愣了一下，说，上个月，他还偷了一瓶醋，如果不是看监视器，我根本不知道谁拿的。

秦嘉卉明明知道是刘老头偷的，但没有报警。刘老头有退休工资，日子也不紧张，就是有偷的毛病，偷药店，偷便利店，偷五金店，什么都偷，偷了还给老伴说，别人送的。他老伴经常会偷偷把钱还给大家。刘老头爱说爱笑，看起来很乐观，谁都不知道他喜欢偷东西。

姨夫说，你先给我拿一条，我得去灵棚边帮忙，连个孩子都没有，真可怜。

秦嘉卉说，人都有这一天，走得突然也好，不受磨难。

姨夫是个热心人，原先在工会上班，能写会说，懂些阴阳，姨父是个直肠子，经常说话得罪人，看不惯的事总要管一管。他办事认真踏实靠得住，民政局和殡仪馆又有熟人，小区里的丧事都请他操办。父亲的后事，也是他帮忙处理的。

姨夫刚走，进来个乞丐，是个白发苍苍的老奶奶，她颤颤巍巍地向柜台后的秦嘉卉伸出手，秦嘉卉给了她一块钱。一看是苦命人，不像职业乞丐。她看到职业乞丐，总会说，你也可怜可怜我吧，你好歹行动自如，身体健康。看看我，秦嘉卉就扶着柜台一跛一跛走出来，乞丐一看都默不作声走了，渐渐都不来了。

秦嘉卉无心看书，她关了店，去隔壁理发店剪头发，刚坐下，就看见芒果爸爸坐在她旁边。

店里没别人，他们就有一搭没一搭说着话。

来理发啊！

是，秦嘉卉有点不好意思。

前天晚上，临睡前，她看见芒果爸爸站在楼下抽烟，好像有什么心事。

秦嘉卉拉窗帘的时候，看见芒果爸爸朝她窗户看了一眼。她假装没看见。她不知道说什么。每个人都有心灰意冷的时候。

秦嘉卉洗完头发，芒果爸爸已经走了。等交钱的时候，店长摆摆手说，刚才的那个人有会员卡，已经交过钱了。

秦嘉卉想着什么时候把钱还给他，二十块钱的人情，她不想欠。

直到三天后的晚上，芒果爸爸又来买东西，他买了一瓶洗发水两包番茄味的薯片，交钱的时候，一共六十八，秦嘉卉收了四十八，芒果爸爸愣了一下，说，你算错了吧。

然后丢下一百元就走了。

秦嘉卉扶着柜台追出去，芒果爸爸摆摆手。

秦嘉卉心想，他还是看我是残疾人，从心里可怜我。秦嘉卉已经度过了为此黯然神伤的阶段。第二天，她在网上买了一件漂亮的裙子送给芒果。她不想欠任何人的。坐公交车，每次都有人让座，她都没有坐，后来她出门不坐公交车，都叫滴滴快车。她不需要被人同情，不需要接济。最困难的时候，父亲没有接受任何人的接济，秦嘉卉也不接受。

芒果穿着新裙子，高兴地在屋里唱歌儿。芒果奶奶热情地端来一盘水果。秦嘉卉看着兴奋的芒果，心想总算保全了一点尊严，幸亏有这个孩子在，不然真不知道怎么还人情了，她在心里出了口长气。

后来，芒果爸爸见了她，总会笑一笑。有时候带着芒果来找她，总问，有没有需要帮忙的？

秦嘉卉不好意思麻烦他，就说没有。后来有一次，芒果爸爸发现店里有一个灯不亮了，他就跑出去买了灯泡，帮忙换上了。

秦嘉卉断断续续知道了他的一些事。他读大学的时候父母上班的工厂也破产了，为了供他读书，他父亲起早贪黑打两份工，大学毕业后，他一直找不上工作。没办法，就开了一家手机维修店。店里生意好，他在市里买了房，芒果的妈妈是他的大学同学，生下芒果后，她说让找奶奶带孩子，她要去工作。芒果一岁的时候，她闹离婚跟别人跑了。

秦嘉卉问，她没来看过孩子吗？

芒果爸爸说，从来没来过，他们全家移民了。后来我想，她找我就是想着多带点钱出去。离婚的时候，她拿走了所有存款，房子卖了，我们一人一半。

她没想着带芒果走？

她想带走，是我求她留下孩子，我担心芒果受委屈。

你真傻？秦嘉卉说。

是，大家都说我傻，其实我觉得带着孩子做单亲爸爸也挺好的。

临走的时候，芒果爸爸说，我姓肖，以后叫我肖默吧。

我叫秦嘉卉。

知道。

知道？

你妈天天在门外面喊，院子里谁不知道……肖默说。

肖默抱着芒果回家了。秦嘉卉看着他的背影，心忽然动了一下，感觉有许多话想和他说。

秦嘉卉关了店门，天气闷热，院子里乘凉的人很多，有人在拉小提琴，有人在摇扇子，有人在喝茶聊天，有人绕着花坛倒着走路，有人坐着小马扎在路灯下下棋，孩子们在忽明忽暗的光影里嬉笑玩耍。多数人都在重复每天的生活，秦嘉卉也一样，她想回家冲个澡，然后看一会儿书。

接下来的日子，肖默几乎天天来店里买东西，有时候带着芒果，给芒果买个巧克力，或者棒棒糖，有时候一个人来买包烟。每次来都不急着走，帮秦嘉卉干点什么，擦擦货架上的灰尘，挪一挪牛奶和礼盒，出门的时候再带走垃圾。

芒果看着刚刚睡醒的小猫伸着懒腰，她激动地抱起它，小白猫已经长大了，它健壮、漂亮，依然乖巧，经常安安静静地趴在秦嘉卉脚边的蒲团上晒太阳。它也喜欢芒果，经常往她身上蹭，有时候挨着她，静静地看她画画。

肖默说，芒果是有猫万事足。

秦嘉卉总是歉意地说，你老这么帮我，真不知道怎么感谢你。

一天晚上，下了雷阵雨，店里没人，秦嘉卉关了收银机电源，准备关门，肖默进来了。肖默脸涨红，盯着秦嘉卉说，我来帮你！

他喝酒了。

肖默说我口渴，喝杯水再关门行吗？

秦嘉卉说，当然可以，我请客。

秦嘉卉让肖默坐凳子上，切了一块西瓜递给他。她喜欢吃西瓜，甜的水果可以让人忘记苦。

肖默吃着西瓜，话匣子打开了，他说他父母是包办婚姻，却很恩爱。又说了他几个朋友的命运，有的发达了，有的下岗了，有的离婚了，有的还单身，命运真是不会放过一个人。秦嘉卉静静听，偶尔插一句话，后来秦嘉卉也讲起了她的高中时代，两个人说到了十二点。那天的月亮很亮。两个人都不舍得结束话题。本是早该要回去的，是夜晚的宁静留住了他们。

夏日的风轻轻吹拂。

肖默说：好久没有这么聊天了。

再不回家，天就要亮了。秦嘉卉看了时间，已经十二点半了。

两个人静静地走回家，秦嘉卉拄着拐，发出很有节奏的嗒嗒声，空气里有甜润的花香。

回到家，她一直回味着肖默的话。肖默个头高长得帅，又有钱，虽然离婚了，肯定有很多漂亮的女人喜欢。也许是同情她，才经常帮她，或者是因为芒果？夜深了，月亮很亮，秦嘉卉看着透过窗帘的月光，想起很多事，直到天快亮了才睡着。迷迷糊糊中，她听见母亲说，你再睡会儿，我早上去看店。

秦嘉卉答应着，沉沉睡去。

中午，有人敲门，秦嘉卉开门一看，是肖默，她还没洗漱，尴尬得不知道如何是好。不知道为什么，秦嘉卉对他忽然有一日不见如隔三秋的心情。

肖默说，门口有个你的快递，我顺便给你带进来。

秦嘉卉紧张得手心都出汗了。

吃饭了吗？

还没？

肖默说，那我给你去买点吃的。

秦嘉卉说，不麻烦了，我随便吃点。

肖默还是去门口给她点了小碗炒拉条。肖默送去就走了，他说最近活很多。秦嘉卉吃了一半，又昏昏沉沉地睡过去了，下午三点才去店里。

6

夏天冷饮生意特别火爆，冰柜几乎天天要补货，秦嘉卉打电话让供货商明天一早再送一百个冰激凌，康师傅饮料各一箱，五泉、雪花、青岛纯生各六扎，还有酒鬼花生、干炒瓜子。这几天气温升到三十八度了。秦嘉卉站在店门口，东张西望看有没有卖西瓜的三轮车，母亲喜欢吃西瓜。晚饭后母亲去跳广场舞了，秦嘉卉支持母亲去跳舞，人老了就要多活动，心情愉快，腿脚利落，走路也轻快。母亲跳了半年瘦了五斤，人也精神很多。

芒果和她爷爷来了。

阿姨，你真美。芒果一进来就说。

秦嘉卉穿的是纯棉的黑白格子裙。平常她基本都穿裤子，或者运动服。天气太热，是母亲让她穿裙子的。

店里闷热，秦嘉卉没有开空调，她的腿受不了空调，她也不能吃冰。芒果坐在地上的小板凳上给她的布娃娃换裙子，她说天气太热了，布娃娃都流汗了。秦嘉卉没有看到布娃娃的汗，倒是看到了芒果额头上的汗珠。

她给芒果拿了一个冰激凌。

芒果想要又不敢拿，她说，阿姨，我爷爷今天没有给我钱。

秦嘉卉笑了，这个是阿姨送你的，你别和你爷爷说啊，不然他又送钱给我。

芒果乖巧地点点头。

阿姨你陪我吃？

秦嘉卉犹豫了一下，说，阿姨的腿不能吃冰冷的，阿姨看你吃。

芒果点点头。

秦嘉卉想不起最后一次吃冰激凌是什么时候了。

好像是绍远请她吃的。那天放学，绍远在校门口等他，吞吞吐吐地说要请她吃肯德基，那时候肯德基在兰州没几家店，离他们最近的在广场，绍远说，昨天是我的生日，爷爷奶奶给红包了，我们今天去美美地吃一顿。

绍远是独生子，父母都在高校工作，生活条件要比秦嘉卉优越。那天，他们吃完了一个全家桶，又吃了草莓冰激凌，两个人一直傻傻地笑，绍远话不多，他嘴巴周围开始冒一些小胡子，他总是低着头，生怕别人知道他发育的秘密。

也不知道可昕他们聚会怎么样了？可昕没说。秦嘉卉自然不能问。她相信可昕肯定会告诉她的。

芒果最近喜欢画画，经常来店里坐在小板凳上画，秦嘉卉曾经也上过绘画班，她还记得一些基本的笔法，就教芒果画。芒果总用认真崇拜的目光看着她。

店里来了人，秦嘉卉让芒果看图画书，她得盯着摄像头。店里最近老丢东西，有个老太太一进来就奔后面去了，秦嘉卉盯着摄像头，老太太一直往她布袋子里放东西。

秦嘉卉拄着拐走过去，咳嗽了一声，老太太惊呆了。

袋子里的东西都是要结账的吗？

老太太头都没敢抬，哼哼了一声，丢下袋子就走了。

芒果画了一个房子，一朵云，她突然抬头问，阿姨，你怎么没有生宝宝呢？其他阿姨都生了。

秦嘉卉突然一阵悲哀，瞬间想到自己的余生。她去医院做过检查，她能怀孕生孩子，以前做手术吃药都不会影响。

芒果说，阿姨，你当我的妈妈，我当你的孩子好不好？

芒果怀里抱着布娃娃，她是那个布娃娃的妈妈。秦嘉卉把芒果紧紧抱在了怀里。芒果感觉到了，她抬头发现秦嘉卉在哭，用小手替她擦眼泪，关切地说，阿姨不哭，阿姨不哭，就像在哄她的布娃娃。

芒果的小手软绵绵的，她用她的体温融化开了秦嘉卉冰封的心。她笑了，说，芒果，以后我就是你的干妈，你喊我嘉卉妈妈！

太好了，我有干妈了，我们拉钩！

拉钩！

芒果爷爷来的时候，芒果把她有干妈的事儿兴奋地告诉了爷爷，她一出门，估计全世界都知道了。

下午，可昕来了。

可昕一进门就说，绍远马上要移民了，他可能再也不回来了，他现在是我们同学中最有钱的。果然高学历高智商才能有好生活啊。他一直在我跟前问你，说从来没有忘记过你，说你出事后，他一个人经常在你们约会的操场篮球架下，孤零零地在那里为你祈祷。他对我说的时候，眼泪都差点出来了。他曾经是真的喜欢你啊嘉卉，我就没有人这么喜欢过，你这辈子也值了，对了，他让我带给你一个礼物。

可昕说着拿出一个袋子。秦嘉卉打开，袋子里除了一套国外的化妆品，就一张银行卡，也不知道卡里的金额。

绍远说，卡的密码是你的生日和他的生日。

秦嘉卉很严肃地把卡递给可昕，你把这些还给他。告诉他，他的心意我领了，我现在有钱，够用。

可昕像犯错的孩子一样，小心翼翼接过袋子。秦嘉卉的目光不容拒绝。

分别时，秦嘉卉说，如果你透露我的住址，绍远出现在我面前的一刻，就是我们分道扬镳的时候。

知道了，知道了，我现在打车就给他还回去。他明天就回深圳了，我犯不着为了他得罪伟大的秦嘉卉小姐。

秦嘉卉笑了。

你的事儿怎么样了？

僵持着，我和他说了，如果他净身出户，要女儿，我明天就去办离婚手续。

可昕是现实的。

可昕说，一切已经完了，我必须现实一点。我觉得钱比男人可靠多了。可昕说着狠话。

秦嘉卉拍了拍她的肩，早点结束吧，何必僵持着，等过阵子回头看，会发现这些其实都不算事儿。

可昕点点头。

秦嘉卉看着可昕坐的出租车渐渐远去。想到绍远给自己的卡，她心潮起伏，心情忽变得难过又复杂，绍远的钱她怎么能要呢？如果没有车祸，她会和绍远在一起吗？人生的残酷就在于没有如果，只有不断地向前走，向前走。

7

连续的高温天气，冷饮的生意越来越好。秦嘉卉每天都要进货，两个店冷饮的销量飙升。秦嘉卉打电话，嗓子都哑了，刚放下手机，想喝口水，手机响了，是肖默打来的。

肖默说，晚上一起吃饭可以吗？

肖默请她吃饭，会是什么事呢？秦嘉卉不知道该不该答应。她犹豫了片刻。肖默说，我们吃火锅吧，你六点半在店里等我，我开车来接你。黄河边开了一家涮羊肉，听说味道不错。

那口气根本不能拒绝。秦嘉卉只能答应。放下电话，她有点慌乱和不知所措。她没有准备好。她急忙打电话给可昕。

可昕说，好事啊，你不是一直对他有好感吗，你等着啊，我中午过来陪你做头发，晚上你就放心去约会。

他约我吃饭，他怎么会约我吃饭？

秦嘉卉反复问。

因为喜欢你。

他喜欢一个瘸子？

瘸子怎么了，瘸子就不能爱了吗，何况你论相貌有相貌，论修养有修养。

一种紧张的、超过她承受力的慌乱压迫着她的心，她渴望着，又担心着。

肖默来接秦嘉卉的时候，西边的晚霞正浓，河面上泛着薄薄的微光，像少女害羞的红晕。秦嘉卉没有听可昕的建议去做头发，不过她换了一件淡蓝色的裙子，是前几天在网上买的，亚麻面料的欧版长裙。肖默把她的拐杖放到后备厢，秦嘉卉自己上车，在选择副驾和后座的时候，她心里矛盾极了，副驾是肖默打开的，很显然他想让她坐那里，而秦嘉卉想坐后面。她刚要打开后座车门，肖默冲她一笑，坐前面吧，吃完我带你去滨河路看夜景。

秦嘉卉的脸唰地红了。她很窘，只好上了副驾。坐上车，肖默帮她系好安全带。他们靠得很近。秦嘉卉听见自己的心在怦怦怦地跳。

你吃辣怎么样？肖默问。

还行，以前吃药的时候一口辣都不能吃。整整三年，我一闻到对面麻辣烫店的味道就流口水。

肖默一听笑了。

秦嘉卉也笑了。

肖默说，今天不是周末，我们先吃饭，天气热，火锅店里估计人也不少。书上说，夏天人体内反而是寒的，该多吃热的食物。

肖默点了鸳鸯锅，点的素菜居多，秦嘉卉只要了一盘羊肉。聊了几句，秦嘉卉心跳踏实下来。

说好了，今天这顿我请客。秦嘉卉说。

哪能让你请，是我约你的。

秦嘉卉说，那好，我下次回请你，还来这家。

非得算这么清吗？

礼尚往来！秦嘉卉眨了眨眼睛说，她要和肖默保持适当距离，不能让他看出她对他的好感。

秦嘉卉吃了很少的肉，又吃了些青菜、金针菇、豆腐之类的。火锅店人多嘈杂，说话挺费劲。肖默一直给她不停烫菜，菜好了，就夹给她。

秦嘉卉的电话响了，是小燕打来的，说了一些要补的货，秦嘉卉让她列个名单微信发过来。放下手机，秦嘉卉发现碗里一碗菜。

你也吃点啊。秦嘉卉说。

肖默说，我在吃，你没看到啊。他说着端起现切的羊肉，放到锅里，麻辣锅和海鲜锅各放了一半。

我怎么吃得完？秦嘉卉看着碗里的菜，抱怨着。

多吃点，你太瘦了。

秦嘉卉一抬头撞上了肖默的目光。

肖默随即低下头。

不知道为什么，每次我看见你，我都有点紧张，就像高中时见到漂亮女生一样，我都三十五岁了。

秦嘉卉吃着菜，不知道该说什么，说什么好像都有点心虚。

肖默给秦嘉卉要了一瓶干红葡萄酒，让秦嘉卉少喝点，他要开车，不能喝。秦嘉卉接过肖默递过来的杯子，碰触到了肖默的手，她看了一眼肖默，肖默的目光和她的又撞在了一起，这一秒变得漫长，好像一起进了时光隧道，却找不到出口。

肖默的脸通红，他说，嘉卉，我可以叫你嘉卉吗？

秦嘉卉点点头，我们都是朋友了，你就叫我嘉卉，我喊你肖默。说完心却是若有所失的感觉。

吃饭的后半段，秦嘉卉开始惶惶不安，她担心自己的目光暴露了一切，幸亏大厅播放音乐。

餐厅外面就是黄河。夜幕降临，华灯初上，河面波光艳影纵横交错。吃完饭，秦嘉卉一瘸一拐地下楼，再次引来一些人的侧目，她已经习惯了这样的目光，这些目光曾经像刀子一样割过她的心，现在对她没有任何影响。

想去看电影吗？肖默问。

还是兜风吧，难得有专车。秦嘉卉故作轻松地说。

以后你想出来散心，随时告诉我。

深邃、宁静的夜空，舒缓而温柔的河水。秦嘉卉望着河水，肖默的目光却一直盯着她。

秦嘉卉说，月亮真好。我们散散步吧，这样的夜晚真的让人心动啊！

肖默说，真想这么一直看下去，真美啊！

夜晚的滨河路安静极了。

累不累？肖默回过头问秦嘉卉。他的声音浑厚有力，给人一种踏实感。

不太累。秦嘉卉轻轻回答。

肖默微笑着，累了我们就回车上去。

秦嘉卉说，我的腿现在挺好，站一个小时没什么问题，当然走一天半天肯定是不行的。

我走半天路也累，肖默笑着。他说话十分注意分寸，秦嘉卉尽量让自己坦然一点。但她心里也有黑暗的时刻，有时候她会问自己，腿残了，为什么还要活着，这样的念头像流星一样经常会闪一下，平常，她的心还是阳光灿烂的。

晚上刚回到家，秦嘉卉收到了一条短信：丸子，我犹豫再三，还是想见你一面，请你理解我这么多年牵挂你的心。

秦嘉卉的心里咯噔一下，是绍远发的短信。这个世界上喊她丸子的人只有绍远。

绍远的短信一条接一条。

这些年我一直在找你，我想尽办法联系上了可昕，找到了可昕的电话，打听到了你的消息。

我不想打扰你平静的生活。这十五年我经常祈祷，希望有生之年和你再见一面，这么多年了，我想了你这么多年，我只是想和你面对面说说话。

可昕说绍远在深圳一直做软件，他的收入不错，已经结婚，有个四岁的儿子。秦嘉卉努力地回忆绍远的样子，竟是模糊的，从前的事也记不清了，都是一些片段，从高一和他同班同学开始，算起来，已经十五年了，时间是一条永不回头的河流。

绍远的短信发个不停。

那时候，你拖着长长的马尾辫，穿着白衬衣，像一朵青涩的栀子花。你的大眼睛那么亮，像星星一样，长睫毛忽闪忽闪的。我永远忘不了你的样子。但你不要有负担，把我当成哥哥就好，我们都经历了很多事。可我们的初恋是永远不能忘记的。

我可能要去国外定居了，公司在新西兰开了分公司，让我过去负责。以后来兰州的机会不多，不管我在哪里，只要你有需要，我一定会帮你。

秦嘉卉没有回信息。她把写好的一句“其实你不该把我记这么久，各人有各人的命。”一个字一个字地删掉，然后把那个电话拉进了黑名单。

这一切在十七岁那年都结束了。和绍远在一起的青春往事，像是上辈子的事。秦嘉卉望着窗外的夜色，她知道，她永远也不会见他。也不想有什么联系。她的心也如她的目光一般平静。

她发信息给可昕，如果你再和绍远联系，我就没有你这个朋友了。

可昕发来无数个对不起……

8

中秋后的一天傍晚，天刮起了风。秦嘉卉一想到洗的衣服还晾在外面，急忙打电话给母亲，母亲没有接，打了好几遍，都没有接。秦嘉卉只能关了店，回家去收衣服。

豆大的雨点砸下来，像密集的爆竹，响个不停。浑身湿透的秦嘉卉推开家门，发现母亲昏倒在卫生间，嘴角还有血，她吓得急忙拿出手机给肖默打电话，肖默有车，她怕叫120救护车耽误母亲的病情。肖默帮她把母亲送到医院，跑前跑后办手续。母亲直接被送进手术室。大夫说母亲有点血管堵塞，需要在血管里安装两个支架，秦嘉卉一听腿都软了。她手抖得不能签字，她让肖默帮她签字。

母亲的手术很顺利。肖默几乎天天跑医院，忧心忡忡的秦嘉卉不知道该怎么感谢他。欠了他这么大的人情，该怎么还啊！母亲出事，她第一个想到的不是小姨和姨夫，而是肖默，这让秦嘉卉自己都很震惊。也许肖默早已在她的心上。

母亲出院后，秦嘉卉买了一大堆的东西去了肖默家。肖默在店里加班，不在家。芒果见了她，扑闪着两只大眼睛，喊着嘉卉妈妈，欢呼着伸开胳膊抱住了秦嘉卉的腿。肖默爸爸和妈妈端了水果，嘘寒问暖的像是久别重逢的亲人。

晚上回家，肖默发来微信。

我搬到这个小区，第一次见到你，就喜欢上了你，那天你站在蔷薇花下，穿着白衬衣，正在修剪花枝。我对你的喜欢和芒果喜欢你无关，我们都已过了小半生，如今做的决定都是深思熟虑过的，我真心想照顾你一辈子，你是那么坚强，又那么独立，我希望你给我们一个机会，我会用后半生来爱你。

秦嘉卉没有回信，肖默喜欢她，这算是表白吗。这两年，秦嘉卉断了结婚的念头，她觉得一个人，守着店过一辈子挺好的。想了想，她还是给肖默回了微信。我配不上你，别再说这样的话了，邻里邻居的，不然很尴尬。

母亲生日这天，秦嘉卉请肖默一家和小姨、姨夫在附近的羊肉馆吃了一顿饭，一起给母亲过生日，也是为了表达谢意。肖默母亲一进包厢就给秦嘉卉一个礼物，是金镯子。秦嘉卉哪敢要这么贵重的礼物，她坚决不肯收。肖默妈妈拗不过她，只好装起来。

肖默忙前忙后，帮着招呼。秦嘉卉看着他，心里酸酸的。她想着，以后要保持点距离。小姨瞥了一眼秦嘉卉，她对他们的关系表示怀疑。小姨一直觉得秦嘉卉虽然腿有毛病，但人漂亮，男人见了她漂亮的脸蛋都会动心思。

秦嘉卉听见肖默爸小声问姨夫：你觉得这两个有可能吗？

我看有，姨夫低声说。

吃完饭，几个老人不约而同地说要散步回家，本来就一站路的距离。

肖默的车里只有秦嘉卉一个人了，她的心突突地跳了起来，她得说点什么，掩饰自己的紧张。

肖默把车开到了小西湖桥，夜晚，桥上的车辆依然川流不息，桥上五彩的灯光像水波一样微微荡漾。整个金城像笼罩在梦幻中。肖默的眼睛一直注视着前方，秦嘉卉侧过脸，看到他清晰的轮廓，他的侧脸线条柔和，眼角向上，他一定在笑。

秦嘉卉问肖默店里的事，肖默说，现在的人离不开手机，手机成了必需品，我整天忙得焦头烂额，最近活儿太多，上个月找了个小伙子帮忙。

秦嘉卉说也好，你能有点自己的时间了。

肖默并没有把车开回店里，而是停到了一家咖啡厅。

肖默说，去喝一杯再回去吧？

秦嘉卉踌躇了一下。她虽然拒绝了肖默，肖默好像根本没有放在心上，他更积极了。秦嘉卉觉得坐坐也好，或许可以把话说明白。

一下车，肖默走过来，轻轻握住了她的手，秦嘉卉的心颤了一下。很多年她没有握过男人的手了。肖默的手暖暖的，充满了力量。秦嘉卉急忙抽出手，气氛一下子尴尬起来。好在门口的迎宾小姐过来带路，才缓和了一下情绪。

咖啡厅里播放的是莫扎特的小提琴协奏曲。他们坐在靠窗的位子，这里闹中取静，还可以看到繁华的大街。

秦嘉卉笑道，我好些年没有来西关什字了。

肖默抬头看了一眼她，以后，你想来，就告诉我。

顿了顿，肖默又说，我离婚以后，心里发生了很多的变化，以前总在乎那些外在的，什么长相、学历、房子、车子、工作、家境，而现在我只看重人。

秦嘉卉笑了一下说，人都是会变的。

秦嘉卉现在的心境很明朗，她诚恳地说，肖默，我的话说得很清楚了。你不要说那些话了，再说朋友都做不了了！

肖默不再说话。

他们默默地喝完咖啡，走出咖啡馆。回来的路上，秦嘉卉看着窗外，一直没有说话，肖默也没有说话，他们之间有一种天然默契。

9

可昕说晚上要来，让秦嘉卉等她一起吃饭。

秦嘉卉一直在店里等，直到天黑，可昕才来。手里提着两碗砂锅。她脸色憔悴，眼窝深陷，看样子几天都没睡好了。

可昕跟踪了王辉半个月，只拍了几张吃饭的照片，这点证据，王辉肯定不能净身出户。她说王辉带着那个女人几乎吃遍了兰州的高档餐厅。她每天打着不同的车子跟踪他们，跟着跟着，她有些受不了了。

王辉有认错的可能吗?秦嘉卉说。她说完了才觉得自己想多了。现在的王辉不是过去的王辉了，遇上渣男还能怎么样？

可昕说，今天晚上我想和你住。

朵朵怎么办？秦嘉卉提醒她孩子的事儿。

反正我不要孩子，我妈坚决不让我要。可昕坚定地说，语气决绝而又霸道。

秦嘉卉嘴里吃着一个丸子，嚼了半天，怎么也不能下咽。

可昕在掉眼泪，她哽咽着，我想要幸福的小家，我也想朵朵有父母陪伴，可，命运给了我什么，我犯了什么错，会遇上这样的事。

没办法，你遇上了，就得咬着牙挺过去。孩子，财产，你都得考虑。

秦嘉卉平静地说。

离婚大战伤筋动骨，一般人都吃不消。

可昕结婚前谈的男朋友太少，她当初看上王辉主要是看上了他的家产。当然感情是有，但有几个富二代是靠谱的？

她安慰可昕，三条腿的蛤蟆不好找，两条腿的男人多得是，犯不着为这样的男人干傻事。

可昕终于笑了，说，行，到时候咱们一起找。

夜里秦嘉卉回到家，母亲还在看电视，小姨在一边织毛衣，这个点，小姨一般都回家了。姐妹住在一个小区来往方便，她们有说不完的心里话。有的兄弟姐妹成了仇人，有的却是永远的亲人。小姨放下手里的毛线，笑眯眯地站起来。秦嘉卉进屋洗了手，她猜小姨是来说媒的，她每次说媒的神情都一样，两眼放光。

母亲关了电视，把削好的苹果给她放到桌子上。秦嘉卉坐下，小姨和母亲也凑过来。房子里突然热闹起来。母亲好像很兴奋。

你知道今天谁托你小姨说媒了？母亲笑眯眯的。

秦嘉卉抬了一下眼皮，看了母亲一眼，不知道说什么。等母亲和小姨的心情平复了一些，房间里安静下来。

小姨说，嘉卉，你的好运来了，今天肖默的爸爸托我向你提亲。小姨的眼睛里闪着亢奋的光芒。

秦嘉卉说，小姨，你胡说什么，你知道自己在说什么吗？

小姨笑了起来，哎呀呀，我这把年纪了，怎么会胡说呢，今天中午肖默的爸爸专门提了烟酒到我家去的，肖爸爸说，肖默太害羞了，不敢给你表白，嘉卉，我们一直以为你会独身一辈子，我和你妈妈这两年都不抱希望了。本来给你介绍的，不是丧偶的，就是离婚的，或是残疾的，没有特别好的。

秦嘉卉听了这消息，她不知道怎么说。她吃了一口苹果，看了看两个老姐妹，她笑了，不让你们操心我的事儿，就是改不了。

小姨嘿嘿笑着。母亲也笑了。她们对肖默非常满意。

现在全院子的人都知道你是芒果的干妈。你就接了吧。小姨说。

秦嘉卉模棱两可地答应着，大晚上的，她不能让两个爱她的人睡不着觉。她得好好想想。听到肖默提亲的事，她脑子乱极了，不过，她很快冷静下来，她要快刀斩乱麻，把这事处理得干干净净，让肖默断了念头。

她对芒果好，那是真的好。难道肖默是因为芒果？别人会怎么说她，说她讨好一个小孩子，给自己找归宿。这话听着她特像心机婊，她得赶紧解决这事儿。

第二天秦嘉卉主动给肖默打电话。肖默正在忙，他心眼实，从声音里就分辨出他很高兴。

秦嘉卉说，晚上我请你喝咖啡。就小区斜对面的咖啡店里。

肖默一口答应下来。他兴奋地说我刚想给你打电话，约你晚上看电影。

傍晚，天还没黑，秦嘉卉急急忙忙关了店门，她害怕流言，她顾不上生意了，她去了斜对面的咖啡馆。那家咖啡馆，是对面高档小区新开的，环境简约，一天到晚播放着爵士乐。刚开的时候，可昕陪她来过几次。

肖默已经到了，他坐在角落的一张沙发上，看见秦嘉卉，急忙迎了上来。咖啡的可可香味弥漫着。她一般晚上不喝咖啡，喝了会影响睡眠。

咖啡端上来。

肖默说，你真美！

秦嘉卉拢了拢头发，不知道说什么好，她今天穿着灰色哈伦裤，上身一件淡蓝色小碎花的雪纺短袖，头发披着。

等到我不愁生计的时候，就在河边找个地方，也开一家咖啡馆，放很多书架，摆很多书，人们可以点杯咖啡安静地坐着看书，看黄河落日……

太阳一点一点下去。窗外的光暗淡下来。肖默望着她。她望着肖默，目光的对视中，好像已经说过了千言万语。

秦嘉卉喝了一口咖啡，说，我配不上你。

我对你是真心的。肖默说。

我是残疾人，我这辈子打算就这样，不想结婚了。

我会照顾你一辈子。

你还是找一个健康的女人吧，我和你一起散步都有困难。更何况，你能忍受和我一起出去遭别人异样的眼光吗？

我能！

我不想让你忍受，我不想让你的心情变糟糕。秦嘉卉激动地说。

日子是自己的，和别人无关。肖默说。

秦嘉卉叹了口气，我已经没有权利结婚了，以后不要再提这事儿了。

她说完心里轻松了一些，悲伤却怎么也挡不住。外人觉得，残疾的她可以嫁人，但不能嫁肖默这样的，她是配不上他。她顿时泪流满面，就要起身离开。

肖默说，喝完再走吧！

肖默递过来纸巾，秦嘉卉擦了眼泪。

走出咖啡馆，天完全黑下来了，冰凉的秋夜，夜空繁星点点，缤纷的落叶在静悄悄地飞舞。分手的时候，秦嘉卉拄着拐，站在路边，望着落叶。

肖默几次都想说什么，他眼睛里流露出焦灼和失望。半天才说，我是真心对你，我已经想过了，到对面买一套电梯房，这样你也方便，芒果的事你别有负担，这孩子就是喜欢你，我爸说他会一直帮我带，而我喜欢你，是从第一次见到你就喜欢你，我希望你给我们一个机会，先别给自己下一辈子独身的决心。

秦嘉卉心一横，笑着说，你别再说了，我是芒果的干妈，现在，我们还是朋友，再说我们连朋友都做不了了。秦嘉卉说完，鼻子酸了。

秦嘉卉慢慢走回店里，在路上，她努力平复自己的心情，到了店里，母亲问，谈得怎么样？

秦嘉卉说，就那样。

这天晚上，秦嘉卉忽然觉得很累，心里空荡荡的，她洗了个澡，一觉睡到第二天早晨。

10

自秋到冬，兰州的天变得灰暗没有生机，天气一天比一天寒冷，路面也开始结冰，黄河水却变得湛蓝清澈起来。冬日的兰州，空气冰冷，阳光温暖。便利店生意清淡，秦嘉卉抱着咪咪，呵着白气，盯着路边树上刺向天空的枯枝，她打了一个寒噤，裹紧了棉衣。树下，几只蹦来跳去觅食的麻雀在寒风中瑟瑟发抖。

秦嘉卉在这漫长的冬日，静静地待着暖气的屋子里听音乐，看小说，不知不觉，日落了，时光就溜走了。

周末，街上人很少。可昕突然打电话，她一般周末都在带孩子，很少打电话。再说婆婆家打电话也不方便。秦嘉卉感觉出事了，急忙接了电话。

可昕说，我活不下去了，你照顾好自己。

秦嘉卉急忙问她：你在哪？

我在广场。

秦嘉卉叫母亲来看店，她急忙打车赶到广场。

秦嘉卉背着她的牛皮小包，围着一条红色的长围巾，一瘸一拐地寻找着可昕，路上的行人望着她。隆冬苦寒，人都把自己包裹得严严实实，唯恐冻着，又似乎怕被人认出。广场喂鸽子的地方，秦嘉卉发现了可昕。这里离王辉的银行很近。

可昕失魂落魄，脸色憔悴，捂着肚子坐在台阶上，她的黑色羽绒服上全是土，她的头发很乱，脸上有淤青，嘴角有血迹。显然是和谁厮打过。你这是怎么了，被人抢劫了？

嘉卉，我活不下去了，真他妈不想活了！

秦嘉卉知道她肯定见王辉了，而且两个人吵架了。

在大街上，你们这样打有意思吗？秦嘉卉苦笑着。

可昕不说话。

秦嘉卉说，快起来吧，这么多的人，你想让人把我们当猴看啊。

可昕这才神情黯然地从地上起来。秦嘉卉拍了拍她身上的土。

走，我们去吃饭，边吃边说。

可昕这才抬起头，咧开渗着血的嘴唇笑了，还是你对我好。

她们并肩走在人流中，秦嘉卉盘算着怎么安慰可昕。她忽然想起了父亲，父亲最会安慰人了。秦嘉卉骨子里是像父亲的，父亲朋友多，热心肠，有时候他会说，我一直在做善事，为什么我的女儿会有这样的命运？不过他大多数时候都在鼓励秦嘉卉，躺在床上的日子，他鼓励她，说肯定会站起来，站起来了，他说你一定可以自己走路，只要坚持锻炼。

看着可昕喝完一碗南瓜小米粥，又劝她吃了两个包子，秦嘉卉才问，到底出什么事儿了？

可昕流泪了，嘉卉，我错了，当初不该嫁给王辉，我是虚荣心的报应啊。我今天去王辉单位了，问他考虑得怎么样了，本来我是想像泼妇一样大闹一场，只是我拉不下脸，王辉把我拉出单位，后来因为孩子的事儿就吵了起来，他不想要朵朵，我说，你不要朵朵，永远也别想离婚。不是我不爱朵朵，我就是要让他和狐狸精后半辈子过得不那么舒服。

秦嘉卉叹了口气，她有些伤感。她听可昕痛骂了一个多小时王辉，可昕气消了大半，她们才离开饭馆。她不放心可昕，坚持把她送到了可昕父母住的地方。

可昕在楼下说，幸好有你在，不然我真的没法活了。

秦嘉卉笑笑，转头上了出租车。

开出一段路，秦嘉卉回过头去，可昕还在原地。秦嘉卉又挥了挥手。天上不知何时飘起了雪花，秦嘉卉想着该穿加厚的棉衣了。

一周后，可昕离婚了。可昕说，王辉没有办法，那个狐狸精怀孕了，他不能耗下去。王辉妈妈答应把朵朵一直带到十八岁，可昕随时可以去看孩子。可昕说，公公婆婆很疼朵朵，她平常有时间就去陪朵朵，后妈不会把孩子怎么样的。

秦嘉卉问，王辉的伤好点了吗？

他的右胳膊暂时还不能动。可昕的眼里燃烧着愤怒的火焰。

可昕拿着刀，在地下车库准备和狐狸精和她肚子里的孩子同归于尽，王辉挡了过来，刀子扎进了王辉的胳膊。可昕说，那一瞬间，我觉得为了这个忘恩负义的男人坐牢不值得，我就住了手。王辉没有起诉可昕。办手续的那天，可昕狠狠地扇了他一个耳光。

王辉一家不讲道理。连房子都不想给可昕，事情闹得这么僵，狐狸精肚子又大了，日子没法过了。婆婆怪她太较真，说哪个男人不偷腥，都是她闹的。王辉爸爸知道是儿子错，把婚房给了可昕，答应了可昕提的条件，可昕才去办了离婚手续。

11

冬天的被窝很暖和，秦嘉卉每次都依依不舍地起床。春夏秋冬她起床的时间，和上学的孩子们起床的时间是一样的。天还黑着，路上三三两两的行人，大多是赶着上班和送孩子上学的家长。秦嘉卉出门的时候，遇见芒果爷爷送芒果去上幼儿园。

她好几天没见肖默了。她把他的微信拉进了黑名单。为了避免尴尬，她三天没有去店里，整天昏睡，母亲以为她感冒了，说让女儿休息，店里有她。

秦嘉卉的脑子里挥之不去肖默的样子，她不想见人，不想说话，不想去店里，经常偷偷掉眼泪。她没有信心和肖默开始感情生活。夜晚漫长无边，她像条灰色的毛毛虫，一动不动地趴在被窝里，她整整睡了三天，才让自己渐渐平静下来。没想到刚一出门就遇见芒果。

芒果手里拿着一个油饼吃，她穿的毛茸茸的米色棉衣，像一只欢快的小羊羔。看到秦嘉卉，加快了步子，喊着，嘉卉妈妈，嘉卉妈妈！

秦嘉卉答应着，冲他们招了招手。

芒果还是扑过来，非要亲一下秦嘉卉再走。

肖默爸爸抱起芒果，秦嘉卉把脸凑过去，芒果冰凉的小脸亲了过来。

芒果先走了。秦嘉卉看着他们的背影，心情有点复杂。

芒果爷爷好像知道了，话少了许多。

刮了一夜大风，一地的落叶，路两旁的树在冰冷的寒风中哆嗦。

整个冬天，兰州干燥寒冷，迟迟不见下雪。冬天喝冷饮的很少，生意有些冷清。这段日子，秦嘉卉有点忙，她要看分店的账目，要退掉一些卖得不好的货，补一批新货，要在网上查，要和供货商沟通，这些都是耗费精力的事。

早上，秦嘉卉把这一年收支整理了一下，还不错，两个店收益可观。除去两边房租、小燕和胖丫的工资，那个分店今年赚了十一万，秦嘉卉这个店收入了十五万，今年比去年还好一点，她打算春节时给小燕和胖丫各包一个五千的红包。

秦嘉卉去银行取了鼓鼓囊囊的一万块现金，晚上回家递给母亲。还没到春节，她想让母亲提前高兴高兴。母亲很感动，她说我后半生靠你了，你放心，你给的钱，我存着呢，不会给你哥的。

秦嘉卉说，你看着办，各尽各的孝。

母亲叹了口气说，你哥哥那边快生了，可能春节前后，我得过去帮忙。

多一个孙子总是高兴的事。二胎政策一开放，嫂子就怀孕了。

秦嘉卉叹了一口气，我爸知道了，一定高兴得不得了。

母亲说，你爸没那个福气啊。

秦嘉卉信心满满地说，你就放心去吧，我又不是小孩子了。

母亲说，那我先准备准备。

春节前夕，秦嘉浩打电话说，他老婆这两天要生了，让母亲赶紧过来。

秦嘉卉对哥哥说，妈出院没多久，身体不好。

秦嘉浩说，我这边没有办法，你嫂子她不能辞职，要不孩子生下来，我们送到兰州，带到三岁我再接过来。

秦嘉卉说，这个你还是和妈商量。

母亲摇摇头，刚刚生下的孩子不能离开妈妈，还是我过去吧。

第二天，母亲和小姨、姨夫告别，又和一起跳广场舞的姐妹们告别，母亲整整告别了三四天，直到嫂子住院待产，秦嘉浩又打电话，她才决定坐第二天下午的飞机去上海。

秦嘉卉关了店，叫了滴滴快车，送母亲到机场。

兰州是中国版图的地理中心，但秦嘉卉一直觉得这里是塞外小城，是西域重镇。去中川机场的路上，沿途山坡上有零零星星的枯草，没有雪，在暗淡的光线中反射耀眼的土层的白光。

母亲有点晕车，秦嘉卉只能说话转移她的注意力。母亲不是第一次去上海，何况秦嘉浩在浦东机场接，她没什么担心的。

机场高速路两侧干枯的树上，缠着一些粉色的假花，却掩饰不了满目苍凉。候机大厅冷清空旷。

母亲有点依依不舍，她几次欲言又止。

秦嘉卉说，你记得按时吃药，如果熬不住就让哥哥请保姆，我可以每月给你打点钱。

母亲说，放心吧，把你的事儿抓紧，肖默这孩子人好，别错过了。

秦嘉卉笑笑。别提这事了。妈，我这辈子就这样了，你不认也得认。

母亲眼圈红了。秦嘉卉说，你赶紧进去吧，别误了登机。

嘉卉啊，我和你小姨说好了，春节你去她家过年。

秦嘉卉笑了，不就是个年吗，我还看店呢！

母亲笑笑，我还是不放心啊！

秦嘉卉递给母亲一个信封，信封里是她取的一万块现金，说，这是我给未来侄女的红包。

母亲攥到手里，眼圈又红了。

回来的路上，辽阔的天空，有一些淡淡的云。秦嘉卉想起自己过去的这十几年，往事历历在目，浮生若梦，死生由命，秦嘉卉不胜感慨，也许一切都是注定的。

12

冬天刺骨的风无孔不入，秦嘉卉为了生意，店门还是半敞开着，挂了透明的塑料帘子，秦嘉卉抱着暖宝，穿着厚厚的棉裤。

小姨偶尔来店里帮一下忙。

母亲到上海的第二天，嫂子就生了，是女孩，秦嘉浩从微信发来了小侄女的照片，母亲在电话里说，这孩子像你。秦嘉卉看着婴儿的照片，激动得流下泪来。秦嘉浩儿女双全，再次验证了他的福气。

小年这天，可昕打来电话。

嘉卉，我要飞香港，去台湾，看看冬季台北的雨，顺便透透气，反思一下我的前半生。

秦嘉卉说，去吧，小女孩，把不快乐的事丢进太平洋，把快乐带回来。

春节后我就开始相亲了，有亲友给我介绍了几个条件不错的男人，还有单身未婚的。

秦嘉卉笑着提醒她，这次你可睁大眼睛。

可昕说，现在的我，嫁妆丰厚，不能随随便便就嫁，对了，你和肖默什么情况。

秦嘉卉听见肖默的名字，心里就不对了。她急急忙忙说店里来人了，挂了电话。

听小姨说，肖默去深圳了。说是去参加堂弟的婚礼。秦嘉卉听了没有吭声。小姨唠叨着，嘉卉啊，肖默怎么就不可以了，我们看在眼里，他是个好孩子，他爸爸说，前几天，他一直不怎么说话，从店里回来也是倒头就睡，正好，他堂弟结婚，他爸就让他去了。

秦嘉卉还是不吭声。

一过腊八，店里的生意一天比一天红火。秦嘉卉忙得没有吃饭的时间。小燕和胖丫回家过年了。秦嘉卉关了分店。钱永远挣不够，该休息就休息。

除夕下午五点，秦嘉卉打算关了店，回家去贴春联，包饺子。春节前半个月，秦嘉卉店里又赚了不少。这让秦嘉卉开心不已，一年的辛苦总是有回报的。

一个人过年又不是第一次，她给母亲打电话，说，买了韭黄，晚上包韭黄鸡蛋的饺子，让母亲放心。母亲说，一想到你孤零零的一个人，我就睡不着觉，家里冷清，你去小姨家看春晚吧。

秦嘉卉呵呵呵地笑着。

我不觉得冷清，我要好好睡一觉。别煽情了，我要忙了。秦嘉卉急忙挂了电话。春节对于别人来说是团圆的日子，于她是休息的日子。打开电视，家里暖暖的，自己给自己做顿饭，然后看看电影，睡个安稳觉，比什么都好。

小姨打电话，让她晚上来吃饺子，秦嘉卉婉言谢绝了。

昨天晚上，秦嘉卉去了趟小姨家。小姨的儿子儿媳妇都来了。家里很热闹，秦嘉卉给小姨包了个一千块的红包，表达自己的谢意。

小姨死活不要。秦嘉卉硬装到了她的口袋里。

这么多年，我给你和姨夫添了多少麻烦，这只是我的心意。秦嘉卉笑着说。

秦嘉卉的年货都是在淘宝买的，她没时间逛超市，她也不能提重东西。她在网上买，让快递员直接送到家。她给自己买了红色羊绒大衣，买了加绒的打底裤，买了黑白格子裙，买了红色的围巾，还有雪地靴，给家里买了新的沙发套，买了靠垫，又给自己买了根防滑的拐杖。在门口的菜铺子里买了些菜。就三天年街上没有吃的，初四牛肉面馆开了，秦嘉卉就不愁吃饭了。

下午，天开始下雪，天气寒冷，秦嘉卉关了收银机，心想着，再熬一段，春天就来了，她关了电源，想着带咪咪一起回家，她呼唤着，咪咪，咪咪，我们回家了……

却不见小猫答应，往常它都趴在柜台后面的暖气旁。秦嘉卉急了，在店里细细地找了一遍，没有。

秦嘉卉估计小猫跑出去了，她关了店，在店门口的花园里喊着，咪咪、咪咪，你在哪？

雪越来越大，天已经黑了，路上都是行色匆匆赶着回家的人。秦嘉卉的耳边寒风呼啸着，她在便利店前面的花园里，用拐杖一点点地拨拉着花园里的杂草。以前咪咪也跑到这里来过，后来它都回店里了。

秦嘉卉回想不起来，最后一次见到咪咪是什么时候，店里的客人络绎不绝，她根本没有时间顾及它。

远处偶尔传来鞭炮声，楼上也有小孩子放烟花，五彩的火花，吱溜溜地响几声就灭了。冷不丁又一声炮响，秦嘉卉心里惊了一下，她羽绒服的腰带套到了树枝上。秦嘉卉使劲拽衣服，刺啦，羽绒服扯破了。猝不及防，秦嘉卉滑倒在地上。拐杖也甩了出去。秦嘉卉坐在雪地里，北风呼啸着，她的手不知什么时候被划破的。秦嘉卉有点绝望地喊着，咪咪、咪咪，你在哪里，你不可以丢下我。

秦嘉卉喊着喊着，眼泪就流了下来。

天黑了，路上没有人，家家户户灯火通明，迎接灶神的鞭炮此起彼伏，有人在楼上放烟花。此刻，全世界的人都在笑，都在团圆。秦嘉卉看着烟花，鼻尖酸楚，泪眼蒙眬，那破灭的烟花，何尝不是此时落寞的她。

秦嘉卉没有找到咪咪，她相信咪咪一定会回来的，她想着明天天亮再去找。

她失魂落魄地拖着半身的泥来到家门口，楼道里的灯坏了，她在口袋里找了半天，才找到钥匙，在黑暗中，插了几次钥匙，都失败了。她想打开手机手电筒，突然有一束光照过来。

黑暗中传来熟悉的声音，嘉卉，是你吗？

你去哪里了，店里也不在，你小姨家也不在，电话也不接……

秦嘉卉呆呆地站在门口。

是肖默。

他说，我下午从深圳回来，放下包就去店里找你，你不在，又去你小姨家，你也不在，打电话不接，我就给你妈妈打了电话，大家都不知道你在哪？

秦嘉卉拿着钥匙，慢慢打开门，掏出手机一看，果然有几十个未接电话，有母亲打的，有小姨打的，有一个陌生号码打了二十几遍，可能是肖默的新号码。

店里太忙，手机我关静音了。秦嘉卉说。

我们都担心死了。肖默说着打开了家里的灯。

你怎么来了？秦嘉卉脱掉了泥外套，她没有扭头看肖默，她不能让他看到她的泪痕。

肖默看到了她手上的血，那么深的伤口，秦嘉卉自己竟然毫无知觉。肖默拉着她去卫生间冲洗。

冰冰的水流过伤口，她说，咪咪不见了，刚才找咪咪，不小心摔倒了。她努力地克制着自己，她的眼泪早已涌满了眼眶。

放心吧，明天我去找找看，家里有酒精或者碘伏吗？

秦嘉卉指了指电视柜的抽屉。

肖默拿着棉签给她的伤口认真地涂了碘伏，又贴了创可贴。

秦嘉卉嘴唇动了动，却没说出话来。她不敢看肖默，和他半个月没见，仿佛过去半生。她在桌子上的一堆礼盒里翻找着，低着头说，瞧，这是我给芒果买的新衣服，这几天太忙了，没有给她送过去。

秦嘉卉递给肖默，抬眼看一眼，遇上肖默的眼睛，肖默的眼睛湿润了。

我们永远在一起好不好？肖默低声说。

秦嘉卉站在厨房门口，抽搐着，无声地落泪，肖默的话撕扯着她的心，是做梦吗？这么多年，她就想一辈子像过去一样心灰意冷地活着。她以为自己看透了世态炎凉人情冷暖。她以为，她像一只刺猬一样包裹着自己，无人可以靠近……

肖默一下慌了，不知道怎么安慰。

肖默说，我们包饺子吧，完了一起去黄河边看烟花……

秦嘉卉点点头，眼角的泪像断了线的珠子滚下来。肖默靠近她，把她抱在怀里，轻轻拍着她的后背。肖默的脖子里热乎乎的，秦嘉卉的眼泪哗哗地往下流，这一刻，她的心又暖又静，她忘记了曾经的病痛、孤独、绝望，她只想在一个男人的怀里沉睡不复醒……

水镜子

为了睡眠，安小雅想了很多办法，半年多来，属于她的夜晚总是清醒的。安小雅已经不记得，自己多久没睡过觉了，为了能踏实睡一觉，她尝试过各种方法。坐最长的一班公交车，从西单到香山脚下，再从那儿坐回来，这种方法，开始一两次还是有些效果的，有一次她居然睡着了，直到终点站乘务员把她喊醒，如果不喊醒那该多好，那是她记忆中睡的最后一觉。那时候还是五月份；那时候北京漫天飞舞着柳絮，使得整座城市充满柔情；那时候安小雅刚刚失恋，确切地说她是从马上当新娘的美梦中跌到痛苦的深渊。

安小雅和男友沈鹏飞在准备拍婚纱照的前天晚上，她接到一个女人的电话，那是有着温柔音质的女人，在电话那头她似乎还在哭着，安小雅听到她娇弱的哭声顿生了怜悯之心，所以接下来女人说的话像是在讲故事。女人说，你是安小雅吧，安小雅说是的。女人听到安小雅说是，她没有往下继续说，而是继续抽抽搭搭地哭起来。后来安小雅回想，才觉得那哭声是有备而来的，那女人不简单，至少知道在说话之前先博得人的同情心，尤其是博得一个情敌的同情心，女人说，对不起，对不起，我不该爱上沈鹏飞，一开始我就知道爱上他是个错误，可是爱情来了，我没法抗拒，现在，现在我有了鹏飞的孩子，我只想求你成全我们！

安小雅听到这样的话第一反应并不是晴天霹雳，对方说的沈鹏飞也就是她的准未婚夫正在离她不到六米远的卫生间里洗澡，这让人感觉滑稽。安小雅和沈鹏飞是大学同学，他们是彼此的初恋，他们拥有很多青春期的回忆；第一次牵异性的手、第一次涩涩地初吻、第一次的性、第一次……他们从十八岁就把对方看成了一生的伴侣，上大学时，他们常常坐在黄昏里的池塘边，一起吟诵那首“当你老了，头发花白，睡意昏沉……”的诗歌，往往念到动情处他们会因为诗中的爱情而热泪盈眶，久久拥抱不愿分开。十年了，在这漫长而美丽的十年里，他们对相互的依赖已经不是“爱情”这一个词汇可以概括的。原本他们大学一毕业就打算想结婚的，可当时沈鹏飞正在读硕士研究生，安小雅又刚刚工作各方面都不成熟，但是这些年，他们一直把结婚挂在嘴边。他们的父母也早已经认同了他们。现在住的房子也是他们共同买的。安小雅之所以拖到现在不结婚，主要是她工作太忙，在《经济报》工作经常要在全国各地飞来飞去，她想趁年轻多跑跑，等过几年她打算从一线记者下来干编辑，再说沈鹏飞博士刚刚毕业，刚刚留校，得等他充分适应新的环境。

电话那头的女人，几次哽咽不语，她最后说，我知道你不相信，明天我们见一面吧，到时候你就知道了。明天我再给你打电话，忘了告诉你，我叫林菲儿。安小雅没有回答，她拿着手机发呆，她的目光涣散失落。她的胃肠系统消化刚才的这些话还需要时间，她提醒自己必须保持冷静。这时沈鹏飞从浴室里走出来，穿着安小雅买给他的新睡衣，睡衣的扣子也没有扣全，头上的水珠还在滴，他笑着问，谁呀？他在问是谁的电话。安小雅回过神，她深深地看了一眼沈鹏飞，面前这个要与她共度一生的男子，身材修长，一脸的真诚，眼里流露着些许孩子的天真，可是他的心到底是什么颜色，有谁知道呢。

哦，没什么，你早点休息，我还要赶个稿子。安小雅恢复了自然的表情。

沈鹏飞坏坏地凑过来，说，要不要我陪你，等结了婚，我们有了宝宝，你就什么也别干了，到时我养着你！现在我的工资完全能做到了。

安小雅听了，没有温柔地笑，而是像看一只从未见过的怪兽一样瞪了一眼沈鹏飞。

那你写吧，我先睡了。沈鹏飞知趣地走了。沈鹏飞只知道安小雅写稿子的时候不能打扰的，可他不知道安小雅刚刚接了一个关于他的电话。

安小雅没有再看他，只是点点头，假装整理资料，心里已经乱作一团麻。这个夜晚安小雅的大部分时间是在回忆中度过的，她回忆着和沈鹏飞在一起的这十年。

沈鹏飞和她上的同一所大学，不过他比她高两级是学化学的，他们是在图书馆上自习的时候认识的。她回忆他们的第一次牵手，那是十年前那个冬天的黄昏，当时安小雅十八岁，沈鹏飞二十二岁，那天，天上飘着零星的雪花，安小雅一下课匆匆打了一个盒饭就跑回宿舍钻进被窝暖了一会，她才吃起盒饭，宿舍的姐妹都笑她是温室的花朵。安小雅因为瘦，格外怕冷，沈鹏飞的电话偏偏那个时候打来，他因为紧张声音有点结结巴巴，情绪却很高涨地说，安小雅，你能出来吗，我想约你去铁桥上看落日，听说可壮观了，真的，不骗你！

这时候出门安小雅是几百个不情愿。她说，看什么日落啊，都下雪了，何况这么冷。沈鹏飞激动地说，真的有日落，你想想下午不是有太阳吗，不信你往西边看看。

安小雅不由自主地往窗外一看，可不，西边的太阳和黄昏的小雪相互映衬着。没办法，安小雅只能下楼了，沈鹏飞骑着车子在楼下等她了。

上来吧！

安小雅轻轻地跳了上去。

哇，你怎么这么轻啊。沈鹏飞说。安小雅听了，心砰怦怦地跳着。

这是他们第一次靠得那么近。到了铁桥，安小雅就快要冻僵了，沈鹏飞脱下自己的外套披在她身上，安小雅还是不停地哆嗦。她哆嗦得有点不好意思了。毕竟这是他们的第一次约会啊。沈鹏飞专注地看着她，看着看着，沈鹏飞涨红了脸，而安小雅的目光定格在了脚上的那一朵雪花上。突然，沈鹏飞一下把安小雅拥到了怀里。安小雅愣住了，她瞬间被温暖所覆盖。沈鹏飞激动地说，小雅，我一定要娶你。

黄昏落日的确很美，外加天上的雪花。安小雅的确激动了几分钟，那一刻，清高美丽的安小雅爱上了老实上进的沈鹏飞。从此为了那句誓言，他们相爱着、努力着。

安小雅不愿过多回忆第二天的情景，那不光是场闹剧，更是她人生的一个噩梦，场面比电影小说里还精彩。安小雅再次接到林菲儿的电话，是第二天下午四点半，安小雅写完一个特稿，盯着手机想，也许昨天的电话是个游戏，是有朋友对她和沈鹏飞的婚前考验，因为安小雅有几个朋友始终不相信他们的爱情坚不可摧。手机响了，是林菲儿，安小雅跳了起来，她知道，那不是愚人节的玩笑。

喂，你好，我是安小雅……

是我，我是林菲儿，你现在有空吗，我想见你。

安小雅本能地想拒绝，可是她嘴巴上说，可以，在哪里？

就在你单位对面的上岛咖啡，我等你，我穿红色的裙子。

安小雅和同事打了个招呼，就失去理智地冲向了马路对面的上岛咖啡。她一进去就看到了那个林菲儿，那个林菲儿长得小巧玲珑，但是和安小雅一比，就有点黯然失色。可有一点，她占绝对优势，她比安小雅年轻，她充满活力。也许年轻就是资本，女子的盛花期就是那么几年，安小雅的花已经开到了末期，而林菲儿正在灿烂。

林菲儿给安小雅要了一杯咖啡，接着她从包里拿出了一摞相片，还有一张化验单。她的行动倒不像她的声音般柔弱，而是开门见山，直截了当。原来林菲儿是沈鹏飞的同门师妹，不过她是硕士，而沈鹏飞是博士。桌子上的相片大都是林菲儿和沈鹏飞去做调查时的亲密合影。那张化验单不用看就是怀孕证明。安小雅奇怪自己的冷静。她拿起相片一一看完，相片上的沈鹏飞在她看来是陌生的，她看到沈鹏飞穿着她送的七匹狼条纹衬衫，半拥着林菲儿……安小雅仔细地看完，平静地说，说吧，找我的意图？

鹏飞说他早就不爱你了，他还说，是你缠着他，请你离开鹏飞，我已经有了他的孩子，我决定和他结婚，生下我们俩的孩子。

安小雅听完，眼前天旋地转起来，如果不是铁的事实摆在面前，她是绝对不会相信沈鹏飞会做出这样的事，为了证实一切都是真的，安小雅理智地拨通了沈鹏飞的电话，她要听他亲口说。

沈鹏飞十几分钟后就赶了过来。他一上楼就明白了一切。安小雅冷冷地说："沈鹏飞，我想听你亲口说。"

看到那些照片，安小雅的心里已经有了决定，即使沈鹏飞求她原谅，她也不可能和他结婚，当爱情出现背叛，还有什么值得留恋的。

沈鹏飞很愤怒地指责林菲儿："我说过，那次只是个误会，为什么还要来打扰我的生活，为什么？"

林菲儿哭了，这个时候，安小雅镇静的态度会让别人以为她是第三者。

"沈鹏飞先生，不要给我演戏了，我已经够了，我们结束了……"

这是安小雅和沈鹏飞说的最后一句话，说完她就冲出了酒吧，在大街上狂奔起来，她宁可让路人以为她是个疯子，也不愿让别人知道自己是个弃妇。

当天晚上，沈鹏飞还是回来了，他是怕安小雅想不开，安小雅是想不开，她安静地躺在床上，手里却握着一把小小的藏刀，那把刀是去年她到云南采访的时候买的，刀子虽小，但非常锋利，沈鹏飞轻轻地走进他们的卧室，待了几分钟，安小雅屏住呼吸，仔细地听着他的脚步声，直到沈鹏飞轻轻关上门，安小雅的眼泪才像决堤江水一般倾泻出来。凌晨三点半，安小雅握着那把藏刀，蹑手蹑脚地走到沈鹏飞的身边，借着窗外路灯的幽光，她看到了沈鹏飞酣睡的脸，她气得抖了起来，刀就那样下去了……沈鹏飞偏偏翻了个身，刀“当啷”一声落在了地上，沈鹏飞一骨碌爬起来打开台灯。沈鹏飞看到了安小雅怨恨的目光，安小雅慌忙捡起刀，把刀指向自己的心脏。

小雅，你冷静一下，听我解释，事情不是你想的那样，我和那个林菲儿真的没什么……

滚、滚……

安小雅手里的刀开始颤抖。沈鹏飞含着泪说：“如果你把刀给我，并且不再胡来，我保证马上消失，我保证……”刀再次落到地上，沈鹏飞拿起刀飞快地出了门，关门的瞬间他说了声，小雅，对不起，等你冷静下来了，我再和你谈。

那个晚上，安小雅在沙发上窝了一夜，从此她再也不能入睡，她失眠了。接下来的日子，沈鹏飞苦苦哀求，安小雅却委托他们的朋友把分手协议转交给他。分手协议上很清楚地标明了房子和财产的问题，这么多年，他们之间的经济问题已经纠缠不清了。一个月后，萎靡不振的沈鹏飞来取他的衣物，他看到安小雅憔悴得没了人样，他蹲在地上失声痛哭。

“我错了，我错了，小雅，是我的错，请你不要折磨自己。”

安小雅见不得他的那个样子，她穿着拖鞋冲到花园无人的角落，痛哭了一场。回来时沈鹏飞已经走了，他留了一封长信。沈鹏飞没有拿走任何东西，他说他会遭到报应的。他说，许多的话都没有说清楚，他和林菲儿就发生过一次关系，是安小雅去贵州出差的那次，那次他们在野外调查，都喝了酒，是林菲儿主动的，林菲儿根本就没有怀孕，她为了拆散他们才那样说的，一直是林菲儿纠缠他，他最后说，这辈子他只爱安小雅，只要安小雅不结婚，他就不结婚。

安小雅看了信又痛哭了一场。她跟单位请了一周的假，把自己关进房间谁来敲门都不开。这一周，她一直在发呆，屋子里安静得没有任何声响。她坐累了就站起来趴到阳台上看窗外的景色，甚至有两次她打开了窗户，看到一群鸽子穿梭在楼与楼之间，她笑了，她闭上眼睛，把自己也想象成鸽子群中一只掉队的鸽子，她甚至都张开了双臂，想去追那群无忧无虑的和平使者。可是她踩的凳子突然倒了，她被重重地扔到了地上。她一下子清醒过来，那一刻她感到害怕。她觉得自己的心可能病了。

第二天，她去了医院，挂了精神科，她告诉医生，最近心情不好，不想吃饭，睡不着觉，甚至感觉到活着没有意思。医生说：“依你目前的情况看，可能是抑郁症！”

“抑郁症？”安小雅听到自己得抑郁症，第一反应是可能遇见的是个庸医，她怎么可能得抑郁症，当她听完医生后面的话，她确信了自己得抑郁症的事实。

医生说：“失眠是导致抑郁症的直接因素，导致失眠的原因很多，贫穷、失恋、下岗、离婚、病痛……众多的社会压力让很多年轻人都精神紧张。长期就造成抑郁症，其实最主要的原因是你把一个问题老放心头上，没事的时候就老琢磨这个问题，慢慢地夜里睡不着、失眠，失眠后压力增大，就抑郁了！”

安小雅说：“大夫，我现在什么也不想，只想踏实地睡一觉。”

医生说：“只要你放下纠缠在心里的痛苦，你就睡得好吃得香。”医生给安小雅开了一大包安神的中药，还建议她去做做运动，最后，医生说“最好把心里的苦闷找个人倾诉一下，这样对你的身体恢复有帮助”。

除了安小雅的两个好朋友，她的事谁也不知道，其他的同学、朋友、亲人都在等待她和沈鹏飞的婚礼。安小雅给一些关心他们的朋友简单地说了他们分手的事，也没有细说，只说和沈鹏飞不结婚了，原因是性格不合。她知道这样简单的解释别人听了是不能满意的，长期以来她和沈鹏飞已经成了坚守爱情的楷模。有个朋友还惋惜说，小雅，连你们都分手了，我还怎么相信爱情！安小雅听了，只是笑，那笑里含着泪，一圈一圈汹涌而出的泪。安小雅不想说话，不想吃饭，只想睡觉，因为不睡觉，大家都会看出她是弃妇。女子的美是睡出来的，不是有个童话叫《睡美人》吗。

安小雅不知道自己是怎么回的家，她甚至不知道自己吃了没有，一进家她就迫不及待地从柜子找出一瓶茅台酒，这瓶酒是她去贵州采访时一个朋友送的。安小雅从不喝酒，这瓶酒一直被当作摆设。打开酒盖，芳香扑鼻而来。那扑鼻而来的酒香，对安小雅是种安慰，她倒了满满一玻璃杯酒，喝了一大口，顿时她的肝肠像着了火，直烧得她浑身滚烫。安小雅指着酒瓶开始骂：“沈鹏飞，你这个伪君子、小人，你这个人面兽心的狼，你这个两面三刀的家伙，我居然相信你爱我，我是傻子，我太傻了，我就不信没有你我活不下去，沈鹏飞，你这个王八蛋……”安小雅想出了生平她认为最难听的骂人的词汇。

“我该怎么办，去死吗，为这样的男人值得吗，再找新的男朋友，我还相信爱情吗，随便找个人嫁了，那样我肯定会后悔。”突然她听到电视里有人说，去山花烂漫处逍遥，安小雅的脑子死死地记住了山花烂漫处逍遥，“逍遥”是个多么浪漫的词，光念出来就充满了无穷的诗意，可是山花烂漫的地方在哪里呢？安小雅想着这个问题，她趴在沙发上醉倒了，醉了自然就睡着了……

吃完一大堆中药，安小雅的气色有所好转，可她依然睡不着觉，漫漫长夜她一闭上眼睛都是沈鹏飞的影子。沈鹏飞此刻会在哪里？这个问题纠缠着她，她半夜三更给朋友打去电话，朋友说她现在神经了。朋友还说沈鹏飞去了上海做社会调查，他和那个林菲儿本来没什么，朋友还劝她再给沈鹏飞一次悔过的机会，还说什么浪子回头金不换，安小雅没听朋友唠叨完就挂了电话。她意识到自己这样不正常的行为已经影响到了朋友们的生活。她不能再这样下去。后来的很多夜晚，安小雅的脑海里总有一片山花盛开的草原。分手后，安小雅觉得自己五彩斑斓的生活一夜之间变得苍白萎靡，以前有伟大的爱情和幸福的家庭，如今只剩下安身立命的工作，这一丝微光不足以为她疗伤。第二天，安小雅强打精神，换了新的裙子，化了淡妆。她不想邋里邋遢的，那让外人一看她就是弃妇。安小雅和单位领导说，她最近身体很不好，需要调养一段时间，想把这两年攒的假都休了，那有大约两个月的时间。这些假本来是她结婚和度蜜月的，现在她只想去一个没有人认识她的地方安然入睡。单位的同事早就听说了她的事，马上要结婚却突然分手，想想谁都难以承受，大家都同情她。只是不能表示出太多关怀，安小雅平时是很要强的性格。领导说，出去散散心也好，但一定要和单位保持联系，工资按休假发，等假期结束按时上班，你要保重啊……安小雅给领导留了一个她的新手机号码。

走出单位，她给家里打了个电话，电话是爸爸接的，她说要出去学习一段时间，等学习完了就回家看他们。爸爸说，那你和鹏飞的婚事呢？安小雅说，现在工作很忙压力大这事先放放。她怕父亲再问就说，爸，回头我和你们打电话，我到那边就不用手机了。没等父亲开口，她就挂了电话。

挂了电话，安小雅长出了口气，直奔火车站。她机械地排着队，直到售票员问她，去哪里、哪趟车，她才清醒过来，她一下子给问蒙了，她不知道自己要去哪里？

“快，后面的人还等着呢！”售票员显然已经被磨光了耐心。

“和我前面的人一样！”安小雅脱口而出。

“去青海德令哈是吗？”

“嗯”

“哪天的？”

“和那人一样吧。”

“那就是今天晚上十点的车。”

安小雅拿到票，她一看果然是晚上十点的车，这么快，她什么东西都没有准备。她匆匆忙忙去超市买了一大包吃的，用的，去银行取了些现金，带了银行卡。她不知道还准备什么？直到晚上匆匆上了火车，她躺在卧铺上，这才意识到自己要去的地方是青藏高原。家里的水电忘关了，还忘记缴这个月的燃气费、水电费、物业费……更糟糕的是她把门上的钥匙没有交给朋友保管。安小雅想到沈鹏飞有钥匙的。她就给沈鹏飞发个短信，这是分手以来，她第一次主动和他联系，“沈鹏飞，我要出去一段时间，我不知道自己去哪儿，不知道什么时候回来，因为走得匆忙，拜托你照顾一下房子，你也可以先住那儿，等我回来再作打算，放心，我不会去死的，谢谢……”发完这个短信，安小雅咬咬嘴唇，把旧的手机卡扔进了垃圾箱，从此她将了无牵挂。

安小雅想到了无牵挂，不禁悲从中来，她擦掉眼角的泪痕，强打精神。

这才端端正正地坐起来，看她坐的这趟车，这是个还算整洁的车厢，车厢里的空气闷热污浊，已经到了睡觉时间，车灯一片昏暗，不时有一两个男人或者女人，在车厢里来回轻轻走动，他们可能去卫生间，或者去接开水，安小雅看不清他们的脸，但当他们小心翼翼地从她身边穿过，那样的声响是不会惊醒已经睡着的人的，安小雅觉得和他们虽不曾相识，可在这沉沉的夜色里，他们至少知道彼此的存在。尽管他们每次经过都是无言的，脚步也是很轻的，可安小雅觉得有他们陪着她，她的夜晚不再孤单。

安小雅躺在窄床上，她的脑子却没有停止片刻，她想一下火车就找一家便宜但旅客川流不息的家庭旅馆，那里或许卫生条件差，只要有人气就行。是的，她此次外出的目的就是为了寻找人气，这么多年，她的生活中除了工作就是沈鹏飞，她几乎没有任何社交圈子，一个沈鹏飞填满了她的整个世界。如今她长期依附着的大树不在让她依靠，她自己几乎无法站立，一点风吹草动对她都是迫害。而此行她是要自己去经历风吹雨打的，她要证明自己可以一个人活得很好。

第二天天一亮，安小雅就迫不及待地起床了。她不是去刷牙、洗脸，是她饿了，黎明时分，她的肚子就“咕咕咕”地小声地叫了，那时候她正听着躺在中铺的中年男人打鼾，鼾声此起彼伏，安小雅听着听着，就不由自主地想到沈鹏飞，他睡觉很安静，可安小雅睡觉很不老实，沈鹏飞经常会给她盖好几次被子。有一次沈鹏飞说她夜里居然打鼾，她还不相信。沈鹏飞说，不信等我录下来，你自己听。安小雅当时以为沈鹏飞开玩笑，没想到他真给录下来了，还很郑重其事放给她听。安小雅的鼾声很文雅，的确，在鼾声里那算是相当文雅的声音，可那的确是鼾声，是睡得很踏实的鼾声。安小雅在回忆自己鼾声的时候，她听到了肚子咕咕的叫声。这是近半年来，她第一次感觉到饿。过去她常常想不起来，自己有没有吃饭，或者上一顿吃了什么。失眠不光会摧毁一个人的容颜，还能迅速地摧毁一个人的记忆力。记得出门的时候，她怕自己忘记带身份证，还强迫自己检查了好多遍，才放心的。现在，为防止遗漏，她一般随身带着记事本，可以随时把想起的事情记在本子上。

安小雅起身从包里翻出了一盒康师傅方便面。她跳下床迅速去洗漱间洗脸刷牙，之后泡了方便面。方便面的香味飘散开来，安小雅闻见后觉得更饿了，她想待会儿吃了面，再买杯牛奶喝，当然如果有蛋糕的话，她还想吃个蛋糕……安小雅想着想着，她咽了咽口水就狼吞虎咽地吃起面来。她从来没有这么快吃过东西，那简直是秋风扫落叶的速度，等她喝完最后一滴汤，她听到有人在笑，她抬头是对面的一位大妈在笑，分明是在笑她。

大妈慈眉善目："姑娘，这么早就饿了啊，真是年轻哟！"

安小雅有些不好意思地点点头。在陌生人面前，从职业的角度她向来都很勇敢的，此刻她却有点不好意思，谁让老奶奶刚刚见证了她的饿相呢。

"姑娘，我看你昨晚没怎么睡，这样可不好啊！"大妈说。

"太累了睡不着，大妈，你去哪里？"安小雅知道自己翻来覆去地可能影响了对铺的大妈休息。

"我去看我的小女儿。"

"她在青海吗？"

"是，她和姑爷在青海德令哈，他们有个草场，我是去看她，她快做妈妈了，我是去伺候月子的。"

"真的，大妈要当外婆了。"

"嘿嘿，是啊，要当外婆了……"

大妈感叹着，原来大妈是河北人，只有一个女儿，生女儿的时候大妈都三十岁了，可女儿人生得好，就是命不太好，她先嫁了一个开车的，三年没有生孩子，那男人就和她离婚了。后来，女儿到西宁出差时认识了现在的姑爷，现在的姑爷是藏族，没结过婚，他也不嫌弃小女儿不能生孩子，对小女儿特别好，可是大妈想到女儿要跑到青藏高原生活，她哪舍得，她就劝小女儿和姑爷到河北做生意。可姑爷说家里有牧场没人照看。小女儿就跟姑爷留在草原。前年小女儿居然怀上了，可是她当时不知道，还去背水，结果孩子给流掉了，女儿流掉孩子回到娘家住了半年，姑爷也想把草场租出去，来河北做生意，可女儿死活不同意，她说青海虽然艰苦，可是让她这个医生断定不能怀孕的女人怀了孩子，那是她的福地，她还要去。这不今年春天她又回来了，没多久，肚子里就有了。

大妈说，我本来寻思着给她领养个孤儿院的孩子，人都打听好了，没想到这孩子又怀了，现在都七个多月了，我高兴啊。大妈说着抹起了眼泪。

安小雅安慰着，大妈，你现在该高兴才是啊。

小被子和小衣服，她一件件地让安小雅看。安小雅看着这些小衣服小鞋子，她的眼眶突然热了，泪水掉了下来，如果不是节外生枝，她和沈鹏飞说不定会有蜜月宝宝了。安小雅想到这些，泪水肆意流起来。

大妈关切地问，姑娘，你这是怎么了，是不是我这老太太的话勾起你的啥伤心事了。安小雅只是一个劲地摇头，悲伤正在袭击着她，她无法说，沈鹏飞的背叛毁了她所有关于幸福的梦想。这时火车上热闹起来，安小雅擦干泪水，帮着老人叠好衣服。她说，大妈，别见怪啊，我只是最近碰到一些事，慢慢就好了。大妈拉着安小雅的手，这一拉，安小雅才发现自己的手是如此冰凉。

孩子，可别想不开。我小女儿当时因为不能生孩子，她都自杀过，现在还不是好好的，老天爷把一切都看在眼里，你千万别和自己过不去！

傍晚火车驶入青藏高原境内，安小雅看着车外无边无际的荒野，她觉得自己到了天的尽头，望着这片神圣的土地，她想自己之所以会来这里，也许是一种冥冥中的召唤。

第二天一早，火车到站了。安小雅帮大妈拉着旅行包，那个包里装满了一个外婆对准外孙的所有爱和期待，她们随着人流下了火车。走了几步，安小雅不由自主地张开了嘴巴，她不是呼喊，而是呼吸。高原缺氧，她的头紧绷绷地生疼。安小雅看到了前来接大妈的小女儿，她骄傲地挺着肚子，眼里含着泪水。一切都看起来那么感人。安小雅把大妈的包放下，悄悄离开。

她要去哪里呢，对于这座叫作德令哈的小城，安小雅早在一首诗里听过，那是海子的诗歌，突然想起了海子，因为是他，让这座高原城市出名的。当年海子在德令哈时，是下着雨的，而安小雅所处德令哈则是艳阳高照，安小雅心里默念着：

……

姐姐，今夜我在德令哈

这是雨水中一座荒凉的城

除了那些路过的和居住的

德令哈……今夜

这是唯一的，最后的，抒情。

这是唯一的，最后的，草原。

……

今夜我只有美丽的戈壁

姐姐，今夜我不关心人类，我只想你……

安小雅走出车站，心里一阵悲凉，她该想谁呢，如今连个值得思念的人都没有，是不是有些失败？那一刻，安小雅才承认自己是从感情的战场上败下阵来的逃兵。她吸吸鼻子，平静下来。一出站，车站周边的商业气息很浓，安小雅有一点点失望，不过多年记者的习惯，让她对任何环境有种天然的宽容。这一次，她是从那个充满包容的北京逃出来的，她抱着决绝的态度去陌生的城市寻找睡眠，在任何地方哪怕小旅馆、小巴士或者任何候车室。她要彻底摆脱失眠和沈鹏飞的忏悔，是的，她不可能让他的忏悔得逞，来这里也算是情感的逃逸。她想两个月的假期足以帮她疗伤。

安小雅在街上漫无目的地游荡，行人三三两两，街上很多藏民穿着宽大的袍子慢慢悠悠地晃着，安小雅看起来显得有些格格不入。这里的生活节奏明显地慢了下来，这里的每个人的每一步都踏踏实实地踩在大地上。街上有不少小店，安小雅一家一家地转，都是藏族工艺品，她什么也没买，过去她很喜欢买这些东西，可此刻她只为打发时间，她穿梭于一个店铺和一个店铺之间，可脑子却想的是先吃点东西然后在这温暖的阳光里睡个地老天荒。在火车上她一直没有睡喝的水又少，再加上现在的高原反应，她感觉自己轻如棉花，一阵风会将她吹倒。路过一家川菜店，安小雅停了下来，她走进去，要了一碗米线。吃完饭她不知道该去哪里。她就坐在店里要了一杯啤酒，慢慢地喝着。店老板是个精明的女人，她几次凑过来想搭话，都被安小雅的冷漠拒绝了。安小雅要了一个凉拌心里美，要了一盘花生米，老板娘建议她再吃个热菜。

安小雅无精打采地说："那你看着上一个素菜吧。"

老板娘欣喜地去了，安小雅这才发现，偌大的一个饭店就她一个客人。怪不得老板娘想和她说话。老板娘也想知道外面的事，想知道她从哪里来。等老板娘再次端来素菜的时候。安小雅和她简单地聊了几句，顺便问了问旅馆的情况，得知旅馆随到随住，安小雅也不着急入住了。吃过饭，安小雅去对面的书店买了一本地图。可她在地图上找不到德令哈，找得头晕眼花了还没找到。以往她可是找地图的高手。看来抑郁症的确是能摧毁人的心智的。出了书店，她继续往东走，不一会儿就到了一个小型车站，有四五辆小巴士停在那里。安小雅问一位司机打听离草原最近的地方，没想到司机说，我们这里到处都是草原，你想去哪个草原。

安小雅心里一喜，想着时间还早，先去看看草原再回来找个旅馆休息，她上了车，刚坐下。

司机说：“我这车开十几分钟就到草原了，你到时候就下……”

车上已经坐了几个藏族的男人，他们皮肤黝黑，但轮廓分明，他们的身上散发出一种原始的味道。

“买票了……”司机的口气凶巴巴的。

安小雅问：“到草原票价多少？”

司机的目光更不耐烦了。

“八块！”

安小雅问完这个问题，她心里突然有些害怕了。她有点后悔上这个车了。可是车已经开了，安小雅只好买了票。车一开出县城，就颠簸起来，不过安小雅难得地打了个长盹，似昏睡，似清醒，路越来越难走，车不停颠簸，安小雅被颠清醒了。她睁开沉重的眼皮，发现车上的人下了一半。安小雅看向窗外，外面是一望无际的草原。安小雅突然喊了起来。

“停车，我要下车。”

司机不知道嘟囔了什么，居然停了车。安小雅下了车，她不知道她在哪里。她跑向草原，跑了几步，她就蹲在地上，她的脚步变得沉重，头也疼得厉害。等她再次回头看那辆巴士，那车已开到草原尽头了。

安小雅轻轻地放下背包，她趴在背包上休息了片刻，下午的草原温暖、辽阔、苍茫。安小雅的身旁脚下盛开着无数红色和白色的小野花。安小雅躺到草地上，闭上眼睛，听着呼呼的微风，听着小鸟啾啾的叫声，不知道过了多久，她再次睁开眼睛发觉黄昏已经悄悄来临，粉红的霞光把草原映衬得分外辉煌，安小雅急忙掏出相机，尽情地拍了起来。不多会儿，暮色便已深沉，草原变得寂静而肃穆，飕飕的冷风吹来，安小雅感觉到了冷。她原本想等那趟巴士返回的时候顺便在城里找个小旅馆睡觉，可漫长的等待过后，举目四望，那条蜿蜒曲折的路上依旧静悄悄的。

安小雅知道她必须回到县城，不然她可能会被冻死。她没有任何野外生存的经验也没带帐篷，听说草原还有狼，想到狼，安小雅加快步子，她机械地凭着记忆的方向，沿着公路走，她没有走到公路上，她怕有什么危险，她走在离路不远的草地里。安小雅的脑子一片空白，恐惧占据了一切，她一边鼓励自己，一边看着西边迅速坠落的太阳。情急之下安小雅拿出手机，手机的信号非常差，她试了几个方向，信号时有时无，她按下的 110 始终拨不出去。天完全暗下来，草原变成了墨色，一只只燕子从头顶飞过，安小雅默念着，燕子，请带我走出这里吧！燕子啊，好心的燕子……

就在这个时候，安小雅发现了远处的羊群。看见羊群的瞬间，她疯了似的狂奔起来，尽管脚步依然沉重，尽管只有羊，没有人，可是她丝毫没有犹豫地朝着羊群的方向追去。她想喊叫，羊儿、羊儿，等等我，可她张开口，却发不出声音。她的头晕得厉害，她鼓励着自己追啊，追啊。终于她抓住了一只羊儿的尾巴，那只羊咩咩地大声叫着，挣脱着，安小雅的脚一软，就跪在了地上，她强迫自己站起来，一定要起来，可她的腿脚不听话，朦胧中，她听到了狗叫，接着，一个藏族女人来到了她的身边。

喂！你醒醒……

安小雅记得自己冲藏族女子笑了笑，之后她被驮到马上，后来她什么也不知道了。等她醒来的时候，她发现自己睡在帐篷里，帐篷里点着两盏酥油灯发着淡淡的蓝光。

藏族女子微笑地看着她："你醒了？"

嗯，我睡着了吗？安小雅问这句话的时候，她也在问自己，自己明明踏实地睡了一觉，虽然有点口干舌燥，呼吸困难，可她居然睡着了。

你睡了大半天了。你饿了吧，姐姐，家里的发电机坏了，没有灯……藏族女子说着急忙招呼安小雅吃饭。

安小雅慢慢起身，她的头不那么疼了。

"你叫什么名字？"

"我叫泽仁娜姆。"

安小雅听她会说汉语，很是吃惊："泽仁娜姆，我能在你这借宿一晚吗，我迷路了。"

泽仁娜姆说："可以的，就怕你不习惯！"

泽仁娜姆说她今年二十岁，安小雅一听，自己居然比她大那么多，怪不得她喊她姐姐。

"就你一个人吗？"

"不是，我男人去镇子上了？"

"啊，你结婚了……"

"嗯，我都怀上娃娃了……"

"啊，那你男人晚上回来不？"

"不知道，他去镇子上打台球了，他每次去要玩半个多月才回来。"

"那你一个人，不害怕吗？"

"都习惯了。"

泽仁娜姆说："你饿了吧，我先去做饭，你再睡会儿。"

“好，我能帮你什么吗？”

安小雅想站起来，泽仁娜姆一把扶住她，笑着说：“你躺着，休息一下，我去做饭。”

安小雅说：“好妹妹，谢谢你，谢谢……”

安小雅躺下不一会儿又睡着了，很踏实地睡着了，连梦都没有，迷迷糊糊中她感觉到泽仁娜姆轻轻摇她。

“姐姐，你吃点东西吧。”

泽仁娜姆说着端了酥油茶，还有一盆羊肉正立在安小雅的身边。

安小雅点点头，微微地笑了一下，接过一碗冒着热气的褐色液体，这就是酥油茶了，她听到肚子在叫，这声音泄露了一个秘密，不光是饥饿，还说明她的生命力很旺盛，轻轻地吸了一嘴，一点点的咸，一点点的奶腥气，一点的涩。若平时这味道她肯定接受不了，会放弃品尝，可现在她微锁了一下眉头的工夫，这种味道就被她强迫着适应了。安小雅一口气喝完了。泽仁娜姆笑着接过碗，又给她倒了一杯，安小雅又一口气喝完，她擦擦嘴自己笑了。

她这才仔细地打量起帐篷和泽仁娜姆来。帐篷门上挂着一个厚厚的布帘，透过布帘的缝隙从外面照进一束很亮的光，难道这已经是第二天了吗？

泽仁娜姆说，是，都中午了，看你昨天睡得那么香，我就没喊你，你终于醒来了，你要再不醒来，我就真的要喊你了……

安小雅有些不好意思地整理了一下散乱的头发。她注意到她睡的帐篷，这个低矮的帐篷有十平方米的样子，屋里的陈设很简单，都是些简单用具，潮湿的空气里夹杂着牛粪和酥油茶的味道。再看泽仁娜姆，她还是个小姑娘，瓜子脸，肤色是典型的高原红，眉目清秀，身材高挑，梳着粗黑的辫子，穿一身蓝袍子。

安小雅摸了摸泽仁娜姆微挺的肚子：几个月了？

有八个月了！

啊，那不是快生了吗，你喜欢男孩还是女孩？

都喜欢。

泽仁娜姆也在看她。姐姐，你的脸色不好，可能不适应我们高原的气候吧。

安小雅握住泽仁娜姆的手，她语气平静地说，姐姐太累了，姐姐已经几个月没有睡过觉了。

呀，几个月没有睡觉，那你怎么活？

呵呵，我也不知道自己怎么活的，反正还活着。

姐姐你读过大学吗？

泽仁娜姆突然问。

安小雅说，是的。

泽仁娜姆听了长长地叹了声气："姐姐你真有福，我只读到小学三年级，当时我们的老师说，只要我继续读下去，就能考上大学，可是我阿妈生了弟弟，家里活计又多，阿爸不让我读书了，不过后来我听广播也学到了不少知识……"

安小雅说，是啊，你当时坚持读就好了，说不定现在还在读大学呢，不过你别难过，你瞧你都要当妈妈了！

这个晚上，安小雅和泽仁娜姆说了很多话，她不知道什么时候睡的，反正在这海拔四千多米的高原牧场，在简陋帐篷里，她听着牧羊犬的吠声沉沉睡去，这是漫长的一觉，这一觉她睡得安宁、踏实。醒来的时候，太阳已经升得老高。

泽仁娜姆笑她，姐姐，你可真能睡，太阳都被你睡得快落下去了。

安小雅说，泽仁娜姆，我能借件你的袍子吗？

泽仁娜姆说，早就给你拿出来了。

安小雅穿上了有淡淡酥油味的长袍子，高兴得不停甩袖子，她在读小学的时候跳过藏族舞，现在都忘记了。

泽仁娜姆笑着给她示范了几个动作，两个女子一边笑着，一边舞着，彼此的隔阂就那么消失了。

安小雅决定在泽仁娜姆家住下，她交给泽仁娜姆一千块钱。

泽仁娜姆不要，说，姐姐帮我放羊就可以了。

安小雅说，不行，这是我的生活费，你必须收下，泽仁娜姆这才收下。

清晨的草原是金色的，草原的尽头是连绵不绝的群山，山上白雪皑皑，空气冰冰的，安小雅深深吸一口，很舒服，闭上眼睛，能感觉到那股纯洁的气息直入脾肺。她抬头望清澈湛蓝的天空，洁白的云朵随性飘着，再低头，草地上的各色花朵随风扭动，花瓣上的露珠在阳光中滚落，羊群咩咩地朝着水草丰茂的地方移动，等安小雅洗完脸，泽仁娜姆的炉子已经升好，炊烟袅袅，安小雅想，这里就是山花烂漫的地方。

姐姐，快来吃早饭了。泽仁娜姆笑着从帐篷里跑出来。安小雅的到来，对于寂寞的她来说，也是非常开心的，她真是个孩子……

安小雅发现帐篷前的木桩上，拴着一只绵羊，这只羊羔带着漂亮的彩色头饰，被打扮得“花枝招展”。安小雅惊叫着问：“妹妹，你为什么把这只羊儿打扮得这么美！”

泽仁娜姆笑了：“这是我们的风俗，这只羊是我的阿爸从屠刀下救的，从刀下救出的羊，被救后，就要好好地养着，直到老死，而且还要给它佩戴特别的头饰，它是我们的宝贝呢。”

安小雅摸了摸这个“宝贝”的头，随即进了帐篷。

安小雅走进帐篷，听到收音机里正在播放韩红的歌《天路》，安小雅走过去，拿起小小的收音机。

泽仁娜姆笑着说，平时我就听收音机，我的汉话本来说得不好，多半都是学收音机里主持人的话。

泽仁娜姆已经结婚两年了，她刚出嫁的时候是和公婆一起过。她的丈夫多杰才让有一个弟弟，一个妹妹，去年他们都结婚了，弟弟结婚后，多杰才让的阿爸决定让两个儿子分家，他家有两个牧场，可两个牧场相距很远，不好管理，他们决定分家。多杰才让的阿爸和小儿子一起过，就把小牧场分给了泽仁娜姆和多杰才让，不过这个牧场却离泽仁娜姆家的牧场比较近。

安小雅穿上藏袍，泽仁娜姆给她梳了一头的麻花辫。除了皮肤有点苍白，远远地看去就是十足的藏族女子了。她渐渐适应了高原稀薄的氧气，适应了涩涩的酥油茶，适应了吃没有菜的羊肉面片……

每天安小雅和泽仁娜姆一起醒来，泽仁娜姆生火做藏巴，安小雅帮着烧火，并负责给小猫和大黄狗喂食。吃过早饭，泽仁娜姆把羊赶到远点的草地上后，就去运水。泽仁娜姆说，以前她每天都去背水，背水是藏族女人一天必须要干的活，草原上没有水井，但从雪山上融化的小河随处都找得到，怀孕后，她肚子一天天大起来，就改用马车拉水了。

安小雅也想去，泽仁娜姆不让她去，让她去睡觉，把那些没有睡的觉补回来，安小雅听了哈哈笑起来。

她说，傻妹妹，过去的觉永远是过去的觉，只要不耽误以后的瞌睡就好。

尽管是用马驮水，可来回要走五六里的路程，安小雅有些体力不支，总累得上气不接下气。泽仁娜姆说她最近也没去驮过水，她怀孕后都是多杰才让帮她驮水，最近他不在，家里没水吃了只好自己去。去驮水的路上，偶尔能碰见一两个背水的女人，她们弯着背，但步伐轻快，路上，泽仁娜姆的话很多，她总是讲她的阿妈，讲她的妹妹和弟弟还有他们的小时候，安小雅常常听得哈哈大笑。

到了小溪边，安小雅会习惯性地伸伸胳膊踢踢腿，清晨溪边的微风徐徐吹来，有些许的凉意，不过，冰冰的很舒服。瓦蓝的天空，朵朵棉花般的流云自在地随风飘动，小溪边的草有些枯黄了，草原的秋天已经来了。盛好水，安小雅会坐下来，看小溪缓缓流淌，听溪水哗哗歌唱，泽仁娜姆一看见她眯起眼睛陶醉的样子就捂着嘴巴笑个不停。笑够了，泽仁娜姆拿出小梳子，照着水里梳头，她说把圣水当镜子，她感觉水中的自己像仙女一样圣洁。安小雅低头也望见了水中自己的倒影，她的影子苍老而疲惫，安小雅清晰地看到了自己的伤口，那滴着血的伤口，她轻轻投下一枚石子，将自己的倒影打散，水波轻轻荡漾，影子就那样消失了。

泽仁娜姆见安小雅不快乐，她停下梳头，说，姐姐，你怎么了？

安小雅摇摇头接过泽仁娜姆的梳子，替她梳起头来。

姐姐，有些事情不要放在心上，就像流水一样，让它从我们心里流走，流到很远很远的地方，这样我们的心永远都是清清澈澈的。

泽仁娜姆，你为什么总是这么快乐？安小雅轻声问。

姐姐，我给你唱歌吧，我小时候，阿爸喝醉了耍酒疯打我们的时候，我们就跑出帐篷，跑到小溪边，阿妈就教我们唱歌，阿妈说，人一唱歌浑身都舒坦，就像太阳照着一样，什么烦恼也没有了。

说话间，泽仁娜姆的歌声响起，温柔而苍凉的歌声丝丝入耳、入心、入肺、入胃，安小雅闭上眼睛，安小雅觉得自己的每一个细胞都在自由呼吸，她听到自己千疮百孔遍体鳞伤的身体，正在神奇般愈合，而北京发生的一切正在模糊，她忘记了一切，不知不觉间她泪流满面。

泽仁娜姆轻轻擦去她的泪水，她的歌声没有停止。回来的路上，泽仁娜姆一直在教安小雅唱她们藏族的祝酒歌。安小雅边学边笑，她从来没有这么放松过。

回到家已是正午，她们开始准备午饭。泽仁娜姆做的是面片，她把家里唯一的一个土豆放在了里面。安小雅吃得很香，吃了两碗。吃过饭，安小雅让泽仁娜姆去睡一会，她则去刷碗。洗完碗，她还想洗洗衣服，可是白天运来的水只剩半桶了，安小雅打消了洗衣服的念头。泽仁娜姆睡着了，安小雅轻轻地退出帐篷，突然一只小花猫跳出来，绕着安小雅的脚喵喵地叫个不停。安小雅想它可能饿了，她从锅里拿出了些早上剩下的藏巴，蹲下来，喂小猫吃，小猫很快吃饱了，它满足地扭扭头，在安小雅身边舒舒服服地躺下，眯着眼睛晒起太阳来。安小雅看着小猫满足舒服的样儿，她笑了。她也学小猫，坐下来，眯着眼睛晒太阳。她知道，此刻她的脸正在被强烈的紫外线暴晒着，她还知道，过不了多久，她的苍白将会被黝黑取代。果然，下午洗脸的时候，她的脸火辣辣地疼。泽仁娜姆醒来后就带安小雅去赶羊。安小雅在路上问了很多十分幼稚的问题。她问，羊儿走远了怎么办？

羊儿被人偷了怎么办？

羊儿迷路了怎么办？

羊儿被狼吃了怎么办？

泽仁娜姆笑着一一给她做了回答。她还讲了头羊的重要性。安小雅认识头羊，那只羊的确有长者风范，连甩尾巴的姿态都充满权威，从此她有事没事总会去抚摸头羊的绒毛，头羊会绕着她跳来跳去。动物也是极富情感的。

安小雅还问，你们穿衣服为什么喜欢把右手放在袄子的外面？

泽仁娜姆说，这个习惯从我们的祖先就有了，可能是为了干活方便，我们女人因为要烧水、做饭、生火，袍子又长，袖子也长，所以放一条袖子就方便了，男人是为了放牧的时候方便，那样挥舞鞭子赶牛羊的时候就很自如，现在不干活了，这个习惯一直保留着。

安小雅住了大半个月，一直没有见到多杰才让。这天清晨，她被凄惨的喊声惊醒，她急忙摇醒泽仁娜姆，出了帐篷，看到了一个伤痕累累的藏族女孩，衣服被撕烂着，头上还流着血，站在清晨的阳光下，泪流满面……

央金，你怎么来了？

原来是泽仁娜姆的妹妹央金，央金说，姐姐，我无路可去，才旦天天打我，我快受不了了，昨天他喝醉了，拿起刀说要杀我，我就逃出来了，姐姐，我真想死了算了……

安小雅和泽仁娜姆扶央金进了帐篷，躺下。

安小雅很气愤地说，你告诉我牧场在哪里，我去找那个才旦算账，他不知道打人是犯法的吗？

泽仁娜姆显得异常冷静，她端来一盆清水，轻轻地擦拭央金身上的伤口。擦完了，拿出干净的布条替她包扎。安小雅只能在一旁帮忙。

央金说，姐姐，我该怎么办，我不想回去了？

泽仁娜姆说，妹妹，你要忍受，你还记得我刚结婚的时候，多杰才让打断了我的胳膊，我哭着跑回家，阿妈对我说的话了吗，她说，男人都是孩子，等长大了就好了。阿妈还说，佛祖说，人生来是受苦的，所以，央金你要承受。

央金不哭了，帮央金擦拭伤口的安小雅却突然哭起来。泽仁娜姆和央金都不知道怎么安慰她，只好任她哭了，安小雅哭够了，她让央金睡一会儿。而她和泽仁娜姆谁也没有再说话，默默干起活来。傍晚时分，央金醒了，泽仁娜姆在帐篷前升起了篝火，她们围着篝火唱歌跳舞，火焰闪烁不停，安小雅真希望永远都像此刻一样快乐。

央金在姐姐家住了两天，第三天中午才旦来了，泽仁娜姆没有怪罪妹夫为什么打央金，而是把家里唯一的一块牛肉煮了，热情款待了他。当才旦带着央金消失在草原尽头，安小雅看到泽仁娜姆的泪静静流淌，世上哪有姐姐不心疼自己亲妹妹的。晚上安小雅久久不能入睡。泽仁娜姆说，央金虽然经常被才旦打骂，可是，他们两个是真心相爱结婚的。她比我幸运多了。

安小雅说，那多杰才让和你不是真心相爱吗？

泽仁娜姆说，我当时本来要和贡赞订婚的，贡赞和我从小一起长大，小时候我们一起读书，一起放羊，一起去采蘑菇，贡赞经常拉着我的手，说长大了要娶我。我想我这辈子就是贡赞的女人了。可是，多杰才让家来提亲的时候，我阿爸看上了多杰才让家的财产和牧场，就答应了多杰才让的婚事。

那贡赞呢？

贡赞家兄弟很多，只有一个牧场，日子比我们家还艰难。贡赞知道我定亲消息的那天夜里来找我，说要带我走。当时我阿爸已经收了多杰家的彩礼，我又怎么能走呢。那天晚上，我就把我的身子交给了贡赞，贡赞在我的怀里哭得很伤心，没多久他就去了西藏，帮他叔叔照看生意。

安小雅说，傻妹妹，你当时应该走，如果你走了，你阿爸和阿妈会原谅你的。

泽仁娜姆说，阿爸阿妈养育了我，我得报恩，多杰才让家的彩礼可以让阿爸扩大牧场，那样阿妈的日子就会好过点。

那多杰才让知道贡赞的事吗？

知道，多杰才让和贡赞也一起读过中学，因为这事，多杰才让结婚后天天打骂我，还逼我忘记贡赞，我怎能忘记贡赞呢，他是这个世界上对我最好的人，我只爱他一个。

那贡赞后来找过你吗?

贡赞去西藏后几个月，回来过一次，他骑着马找到牧场专门来看我，他还想带我走，我们刚刚分家到这里，如果我走了，多杰才让怎么办，我犹豫了，没跟贡赞走。贡赞抱着我痛哭了一场就走了，从此我再也没有见到他，去年我听说他的阿爸和阿妈也去了西藏，也许这辈子我再也见不到他了！

安小雅握着泽仁娜姆的手，此刻她不知道如何安慰她。

泽仁娜姆，你后悔吗？

贡赞走后，多杰才让知道了他来找我的事，他几乎天天打我骂我，那段日子我特别后悔，我如果跟贡赞，他肯定不会打我，他会像羊妈妈保护小羊羔一样保护我疼惜我的，后来我有了孩子，多杰才让就很少打我了，他去镇子上找女人，找乐子，我也不管他，我只希望孩子健康，我有孩子就足够了……

这天夜里下雨了，躺在帐篷里，安小雅听着风雨声，帐篷在微微地晃动着，安小雅紧紧地握住泽仁娜姆的手，非要她讲她和贡赞的故事。

泽仁娜姆说，我和贡赞之间的故事太多了，草原上不像城市里那么多小孩子，我们的牧场和贡赞家的牧场紧紧挨着，因此两家大人常常走动，而我们小孩子就一起玩。我记得我九岁的时候，我就不读书了，在家里帮阿妈放羊做饭，那一年九月中旬突然下了一场罕见的暴风雪，我去寻找走失的羊儿，没想到却遇见了狼，跟着我的牧羊狗还没有挣扎就被狼咬死了，可能狼是怕它饿死在雪地里，它连着咬死了两只羊，我当时吓傻了，除了喊救命，就只有等死了，就在那个时候，我听到了枪响，听到了马蹄声，狼夹着尾巴逃了，我抬头看到了贡赞，是他救了我。从那以后，贡赞总是不放心我，经常会去草原上找我，他还把他最心爱的牧羊狗送给了我，这个世界上，只有贡赞对我的爱是无私的，不要回报的……

三天后，她们再去驮水的时候，意外地遇见了泽仁娜姆的阿妈。其实泽仁娜姆的阿妈已经取完水走远了，可泽仁娜姆从背影中还是辨别出了那是她的阿妈。泽仁娜姆也不顾自己拖着的大肚子，就奔了过去，泽仁娜姆的阿妈看见女儿也眼泪汪汪起来，她看起来也就四十岁左右，繁重的劳累让她过早苍老，泽仁娜姆把身上的钱塞给了阿妈，她们坐在路边说着藏语，安小雅听不懂她们在说什么，可是，她能从语气中感觉到这对母女的喜悦。回来的路上，泽仁娜姆说，她阿爸病了，她想抽空去看看阿爸。路过一个小小的湖泊，天气热了起来，泽仁娜姆说她想洗头发，不然肚子再大点的时候，就弯不下腰了，安小雅就给她洗，湖水温温的，安小雅唱着刚刚学会的一首草原歌儿，泽仁娜姆听着，一边纠正，一边咯咯地笑。

泽仁娜姆说，这个湖里的水可以治肚痛和胃病。安小雅听了跑到上游，掬起一捧水，美美地喝起来。泽仁娜姆又在笑，她真的是只草原上自由飞翔的燕子，那么快乐，那么美丽。

时光不知不觉过去了二十天，安小雅在这与世隔绝的草原几乎忘记了一切，甚至当她在夜晚听到收音机里主持人大谈爱情的时候，她会想到沈鹏飞，她的心不会那么痛了。她如今还没有离开这里，已经开始留恋草原。留恋泽仁娜姆，还有她肚子里的小家伙。这里没有一丝烦恼，这里的时光尽管单调，却不乏味。

白天，她和泽仁娜姆一起放羊、拾牛粪、晒牛粪、唱歌，和泽仁娜姆学习藏族歌曲，还学习骑马、赶羊，甚至她和泽仁娜姆养的两只牧羊狗也成了朋友。奔波劳累一天，往往夜里睡得很踏实，每天清晨，安小雅常常会伴着小鸟的叫声醒来，这时候的泽仁娜姆还睡得正香，她的肚子一天比一天大，小家伙正在茁壮地成长，安小雅常常会和他说话，泽仁娜姆说，以后孩子肯定会说一口很流利的汉语。安小雅说，这孩子就做我的干儿子吧。

草原的朝阳是粉色的，远方绵延起伏的昆仑山掩映在云雾之中。鸟声阵阵，羊儿也都咩咩地和清晨的生灵打着招呼，牧羊狗警惕地望着远方，安小雅伸了个懒腰，先刷牙，洗脸，生火。她带来的牙膏已经被挤得像张纸片了，她想必须去趟镇子上买点东西，还有得和单位联系联系。自从来到这里，她的手机也从来没有开过。安小雅吃过早饭和泽仁娜姆说起去镇子上买些东西，泽仁娜姆说，等过几天多杰才让回来了，她陪安小雅一起去。

泽仁娜姆说，草原的冬天马上来了，等我生完孩子，就要搬回冬窝子住了，那是镇子上的瓦房，到时候，姐姐就可以天天去镇子上转。

安小雅说，傻妹妹，姐姐的假期已经用了大半，说不定都等不到你的宝宝出生，我就走了，我已经非常打扰你的生活了。

你不要走，姐姐，你不知道你的到来，让我的生活多快乐。泽仁娜姆泪眼蒙眬地说。

阳光灿烂夺目，安小雅打开相机，她要给泽仁娜姆拍一些相片，她要记录她的生活，也记录自己的生活，这生活是天赐的，她要好好地享受。安小雅会在泽仁娜姆不注意的时候，轻轻按下快门。泽仁娜姆做饭的时候，梳头的时候，生火的时候，给猫咪喂食的时候，每一张相片里的泽仁娜姆，几乎都在微笑，她的目光纯真而善良。泽仁娜姆看到相机里的自己，会很惊讶，她说，如果现在是夏天就好了，草原上野花遍地，黄的、紫的、红的、白的，风里都是花的香味。

安小雅说，那么，明年春天，我还来看你。

泽仁娜姆说，那时候，我就陪你去捉蝴蝶。许多许多的蝴蝶都来了，还有蜜蜂……

安小雅说，那时候，不是你陪我，是我们陪小多杰才让捉。

泽仁娜姆又笑了，安小雅也忘情地笑了。

安小雅分担了很多泽仁娜姆的家务，她把帐篷收拾得很干净，她会做简单的饭，她常常感叹，要是有点蔬菜就好了，我可以给你做更多的花样。

泽仁娜姆说，我男人来的时候会带点蔬菜的。

有时候安小雅和泽仁娜姆几乎一天都不说什么话，各自忙各自的活，她们偶尔用眼神望望对方，会心一笑，有时候，安小雅走过去抓一下泽仁娜姆的辫子，轻笑一下。安小雅第一次发现，生活原来真的可以这样简单，这样纯粹。安小雅把她带来的衣服送给了泽仁娜姆。泽仁娜姆穿上她的休闲装显得有点不伦不类，不过依然很美。

半个月后，央金骑马来看她们，央金说，我现在学会保护自己了，才旦喝酒的时候，我就帮他倒酒，把他彻底灌醉，他醉倒了就不打我了。才旦平时清醒的时候，从来不打我。

安小雅把自己的一件格子裙送给了央金，央金非常高兴，把自己戴的景泰蓝的一个项链作为礼物送给安小雅。安小雅也收下了。央金走时还请安小雅去她的牧场做客，她说，她没有姐姐辛苦，婆婆小姑子都会帮她做点家务。吃过午饭，央金就匆匆走了，走的时候，她才说，她是偷偷跑出来的。安小雅对泽仁娜姆说，央金还是个孩子。

下午安小雅独自去赶羊，泽仁娜姆有点不舒服，可能白天见到央金，她太激动了。安小雅让她去睡一会儿。黄昏时分，天突然开始刮风，安小雅艰难地把羊儿们赶回来，远远地她就看到泽仁娜姆站在帐篷外面小声哭，身体也在抖动，这是她第一次看到泽仁娜姆哭，大风把她的头发吹得乱糟糟的，她脸上的泪珠也被吹散了，泪珠雨点一样飘下来，安小雅不知道为什么，自己突然很想陪她一起哭。

安小雅把泽仁娜姆拉进帐篷，拉下厚厚的布帘，她才发现，帐篷里的灯不知道什么时候亮了，灯一闪一闪的，看来发电机被人修好了，最近她们一直点酥油灯照明。泽仁娜姆还在啜泣，安小雅干脆关了灯，她点亮酥油灯，这才注意到桌子上有一堆蔬菜和面粉，显然有人来过。

妹妹，你怎么了？

多杰才让要睡……，我没让，他就打我。

你都怀了孩子，他还打你，他人呢？

他走了，他喝了酒……

泽仁娜姆说着，低声抽泣起来。

安小雅把泽仁娜姆抱在怀里：别哭了，你马上要当妈妈了，哭了对孩子不好。

安小雅此刻不能换位思考，是的，如果她是泽仁娜姆，如果她一个人住在荒无人烟的草原，如果为了家庭利益嫁给一个不爱的男人，如果一个人分担所有的家务，如果丈夫经常打骂自己，如果怀孕的时候还挨打，如果……她真的不敢想，真的不能想。这一夜，安小雅辗转反侧难以入眠，黎明时分她才沉沉睡去。

睡梦中她听到了泽仁娜姆的歌声。安小雅睁开眼，天已大亮，她走出帐篷，看到泽仁娜姆正一边生火，一边哼着歌，她已经忘记了昨天的痛苦，歌声缠绵温婉，只不过是用藏语唱的。安小雅听得入了迷，直到牧羊犬叫才把她唤醒。安小雅非要泽仁娜姆用汉语唱。

泽仁娜姆说她不会用汉语唱，但知道大概意思，大意是：

那一刻我升起风马不为乞福只为守候你的到来

那一月我摇动所有的经筒不为超度只为触摸你的指尖

那一年磕长头匍匐在山路不为觐见只为贴着你的温暖

那一世转山转水转佛塔不为修来生只为途中与你相见

那一瞬，我飞升成仙，不为长生，只为佑你平安喜乐

……

安小雅说，我一定要学会这首歌，以后想你的时候，我就唱这首歌。这天下午，草原上下起了暴雨，安小雅没有想到这么美丽的草原会有那么可怕的时刻。就那么一会儿，大片大片的乌云从远方压过来，天瞬间变得昏暗，昏暗得犹如夜幕降临，还没有等安小雅跑回帐篷，豆大的雨点已经砸了下来。泽仁娜姆却显得很平静，她点亮酥油灯说，姐姐，你别怕，这雨很快就过去了。

这雨好吓人呢。安小雅一边用毛巾擦脸，一边往泽仁娜姆身边凑。她从小就怕打雷的天，这样的天，她常常躲在妈妈的怀里，妈妈用手捂着她的耳朵，安小雅想到了妈妈，这是来草原第一次想起妈妈，长久以来她有点排斥想念和回忆。此刻她想起妈妈，内心充满了温暖。

一碗茶的工夫，雨就停了，泽仁娜姆拉着安小雅走出帐篷，金灿灿的阳光照着青翠的草原。

看，彩虹！泽仁娜姆喊了一声。

安小雅顺着她的手指方向，看到了一条艳丽的彩虹挂在半空。她迅速取出相机，她让泽仁娜姆帮她拍一张，和雨后彩虹的合影。泽仁娜姆早就学会了拍照。她按下快门的瞬间。安小雅突然举起双手，喊着，彩虹啊，你太美丽了，你和泽仁娜姆一样美丽……

泽仁娜姆的男人多杰才让再次回来的时候，已经是半个月之后了，而

安小雅的心里已经在准备回程的事。这些日子，如果不是安小雅陪着，偌大的草原就泽仁娜姆一个人，陪伴她的除了羊儿、小猫和牧羊犬，就是那台发电机和一个收音机，深夜里，还经常听到狼叫。泽仁娜姆的肚子已经很大了，她现在弯腰都很困难。安小雅一天忙得天昏地暗。安小雅意识到自己胖的时候，已经有点晚了。她换洗衣服的时候，居然系不上扣子。安小雅的脸也黑了。她甚至不知道现在是十月几号了。深夜里，草原上寂静地能听见自己的呼吸声，泽仁娜姆已经睡着了，她的手放在肚子上，安小雅往往点一支烟，她坐在夜色中，看天上的月亮和星星。在北京的时候，她从来没有这样注视过月亮，偶尔抬头月亮也是昏黄模糊的，而草原上的月亮，始终清澈明亮，像个圆镜子挂在那里，星星也都钻石般璀璨美丽。此刻所有的羊群，所有的生灵都在梦里，只有一双眼睛注视着，那便是安小雅的。安小雅已经完全摆脱了失眠，只是泽仁娜姆睡得太早了，天一黑，她就打起哈欠。没有办法，肯定是她肚子里的孩子想睡觉了。

夏季牧场的草枯黄了。

泽仁娜姆每天都去拾牛粪，她说这是烧火过冬的。夜里盖着羊皮的被子也觉得很冷。一天下午，安小雅正在认真地拾牛粪，她忽然听到有人喊她。一抬头，她才知道是泽仁娜姆的男人多杰才让。

“回去吧，天快黑了。泽仁娜姆让我来找你。她说你出来半天了！”

多杰才让是个很帅的小伙子，他也二十刚出头的样子，骑着一匹棕色的马，皮肤黝黑，棱角分明，眼睛清澈，身上洒满了高原特有的灿烂阳光。

安小雅大方地喊了声：“你好，多杰才让！”多杰才让反而有点不好意思地低下头，他急忙接过安小雅手中的牛粪筐，说，你是家里的客人，怎么能干活呢！

安小雅说，放心，我不会迷路的，不过终于见到了泽仁娜姆的男人，我天天在听她说你，可是就是不见你来。我都在你家住了一个月了，你这些天在哪里？

和朋友们在镇子上，我们藏族的男人都是这样，家里的活都是女人的事！

多杰才让住了几天，他宰了一头肥羊，让安小雅吃。

安小雅拿出钱，拜托多杰才让给自己买一些日用品。

多杰才让说，我明天带你去镇子上吧。

这时候多杰才让的手机响了。安小雅这才想起她也有个手机。安小雅知道父母可能快急疯了。她让多杰才让帮她的手机充电。多杰才让一看她的手机漂亮便爱不释手。安小雅说，那我们换手机吧。你帮我把两块电池充好。明天我要去镇子上买东西。顺便给家里打电话。

第二天，安小雅和多杰才让去了镇子上。多杰才让去充电，她在仅有的几家商店买日用品。她给泽仁娜姆买了新衣服，给多杰才让买了新衣服，给自己买了一件军大衣。还买了新的牙膏和牙刷还有镇子上最好的护肤品——小护士。她还各买了三十斤白菜、胡萝卜和土豆，镇子上就这三种菜。她还买了两大箱方便面。泽仁娜姆爱吃。她还买了一袋大米。买完这些，安小雅望见了从一家发廊里走出来的多杰才让，安小雅想他可能去洗头了，或者理发，她没往别处想。这个小镇虽然很小，从东走到西，不到十分钟，可是安小雅看到了小镇上却有几个洗头房，洗头房门口倚靠着几个穿着暴露的卷发女子，她们靠在门边，冲街上的男人搔首弄姿，她们的出现让这条小街突然有点不伦不类。安小雅从她们身边走过，她闻到了刺鼻的香水味。她的眉头皱了皱，现在的小姐真是无处不在。回来的路上，安小雅从多杰才让的身上闻到了一股劣质香水味。那味道和她刚刚在街上闻到的有些相似，安小雅就直接问多杰才让：你去找女人了？

多杰才让点点头，脸上也没有过多羞愧。

泽仁娜姆知道了会怎么样？

她不会难过的，她也不会说什么！她觉得很正常。

安小雅说，不管怎么样，好好对泽仁娜姆！

多杰才让说，等她给我生了儿子，我一定对她好。

安小雅的心疼痛难忍。

多杰才让充好一块电池的电，他说下次来了再拿。安小雅看到旁边有公用电话。她先给公司打了个电话，之后给家里打了电话。家里的父母都不在，是小侄女接的，安小雅说，告诉爷爷，姑姑很好，姑姑过些天再打电话。

小侄女说，姑父前段时间来过。他说他找不到你了……

姑父？

安小雅吃了一惊，莫非沈鹏飞去她家里找过她。

多杰才让也把安小雅叫姐姐了。多杰才让在的日子，泽仁娜姆就很悠闲地在家里给安小雅梳一头的麻花辫，然后插上漂亮的野花。泽仁娜姆说，藏族的女孩没有出嫁前都梳这样的头发。安小雅看着镜子中的自己，她突然哭了。她拥抱着泽仁娜姆说，谢谢你，好妹妹，遇见你，是上天的安排。

夜里吃过晚饭，安小雅会给多杰才让讲很多关于北京的事。还说以后带他们去北京的天安门玩。多杰才让听得津津有味，男人总是成熟得很慢。夜里，安小雅和泽仁娜姆睡在一起，多杰才让睡外面的小帐篷。一天夜里，泽仁娜姆说起了她的出生，她说："妈妈把我生在山林里，她去砍柴，正好肚子疼，后来就生了，听阿爸讲，妈妈早上出门的时候空着手，回来的时候背着一捆柴，怀里还抱着我……"泽仁娜姆还说我们藏族女人是不允许在家里生的，要在牛啊羊啊住的地方生，如果把孩子生到帐篷里，那可能会有血光之灾的。泽仁娜姆的弟弟是她阿妈在羊圈里生下的，泽仁娜姆的妈妈一共生过六个孩子，可是只活了三个，其他的都得病死了。

安小雅想起了自己的出生，自己出生的时候，妈妈已经是大龄妇女了，生的很艰难，妈妈整整疼了三天三夜肚子，生下她，爸爸当时哭了，妈妈却笑了。

安小雅的失眠通通都被草原的风吹走了，在这里，安小雅拥有了丢失的快乐，她什么都看到了，看到了蓝色的天、绿色的草、洁白的云，还有快乐的小羊羔，她常常站在山花中间，会把自己想象成一只五彩的蝴蝶，她飞啊飞啊，旋转、旋转，再旋转，她旋转掉了四十多天，她的假期就要结束了，而草原的秋天也快要结束了。

草原上下过第一场雪后，多杰才让去接她阿妈了，因为泽仁娜姆生完孩子，得有个伺候她的人，何况再过一个月他们还要搬回冬窝子，都需要人手。多杰才让走后的第二天，泽仁娜姆的肚子就疼了，安小雅正在收拾碗筷，泽仁娜姆正在擦桌子，突然泽仁娜姆喊了起来：“姐姐……我……我肚子疼，孩子可能……要出来了！”

安小雅把泽仁娜姆扶到凳子上坐下：怎么可能，说不定是阵痛，书上说，孕妇快生的时候肚子会一阵一阵地疼，再说镇子上的大夫不是给你算过日子，是这个月的月底吗？

泽仁娜姆已经没有说话的力气了，她咬着牙，呻吟着。安小雅看着她额头渗出的汗珠，她的腿也有点软了，她不知道该怎么办。

姐姐，你去……去烧一锅开水，你帮我……

不行，我这就去套车，送你去镇子上的卫生所……

来不及了，姐姐，他就要出来了……

安小雅揭开泽仁娜姆的袍子，她看到羊水已经都流出来了。安小雅一下子慌了，泽仁娜姆死死地抓着她的手，安小雅看她难受的样子，她忍不住哭了起来。她哪儿见过这样的情景，她此刻恨自己没有看过相关的书，她从来都简单地认为生孩子必须去医院，她不知道有的地方生孩子必须靠自己。安小雅把自己的一个塑料杯子放到泽仁娜姆的手里，妹妹，你要是难受，就捏着这个杯子，你要挺住啊，我相信你一定会平安无事的，你要疼就放声喊出来。

泽仁娜姆忍受着一波波地疼痛，她的头发被汗水湿透。疼痛一阵阵的袭来，此刻的她除了疼已经没别的感觉，可是，泽仁娜姆还是清醒地知道自己要做什么，有条不紊地安排着，她强忍着疼痛说：姐姐，你点亮酥油灯，把那两把剪刀在火上烧烧。那柜子里有麻纸，姐姐不要怕，我见过女人生孩子，你听我的……

安小雅一边手忙脚乱，嘴里一直在鼓励泽仁娜姆。她努力使自己平静下来，她深吸一口气，她知道此刻自己是泽仁娜姆的救命稻草，她这根稻草是绝对不能倒的。安小雅准备好了一切，可是泽仁娜姆还在叫，当安小雅看到孩子露出了半个脑袋的时候，突然一股奇特的力量笼罩着她，她不再颤抖，她激动地喊着，妹妹，你加把劲，宝宝的头快出来了，妹妹，你再用用力，用力，腰上用劲，这是你的第一个孩子，你一定要加把劲……

剧烈的疼痛让泽仁娜姆忍不住一声声地惨叫起来。叫着叫着泽仁娜姆气息弱了，安小雅怕她昏过去，她真不知道该怎么办了。安小雅能感觉到她的痛。那种痛一定比打针的痛要痛一百倍。安小雅是很怕痛的那种人，小时候感冒发烧打针的时候，她都疼得哇哇叫，此刻，泽仁娜姆喊声已经有些微弱，她的心悬着……

听到孩子啼哭的那一声，泽仁娜姆松了一口气，安小雅却晕倒了，她知道孩子已经平安来到这世上，极度的紧张使她无法承受。朦胧中，她听到泽仁娜姆一边喊着姐姐，一边咯咯地笑。安小雅软软地爬起来，她自己觉得有些难为情。泽仁娜姆尽管非常疲惫，可是她的眼睛掩饰不住她的喜悦，安小雅给她喂了一碗红糖水，让她好好睡。

第二天多杰才让也赶来了，一起来的还有他的阿妈。听到摩托声，安小雅狂奔出去，告诉多杰才让，泽仁娜姆为他生了个儿子。多杰才让一把抱起安小雅转了一圈又一圈，嘴巴里吆喝着："我有儿子了，我有儿子了……"

多杰才让给孩子取名格桑，小格桑一天一个样儿。泽仁娜姆的阿妈和央金也来过一次，自从有了小格桑，帐篷里天天笑声不断。抱着小格桑安小雅提醒自己该是离开的时候了，假期已经满了。

草原的冬天往往来得很突然，几天工夫，草场已经枯黄，多杰才让他们忙着准备着搬回冬窝子的事，安小雅一个人到镇子上为泽仁娜姆买了很多东西，有婴儿的衣服，还有玩具，买完东西她顺便给家里和单位打了电话。单位的领导问她几号上班，安小雅说下周一就报到。

家里的电话是妈妈接的，妈妈一听到安小雅的声音，就哭了：小雅，你在哪里，告诉妈妈你在哪里，我和你爸还有鹏飞都快急疯了，鹏飞已经报警了……

安小雅强忍着泪水笑着说：妈妈，我很好，现在吃得好、睡得好，你放心，过两天，我就去看你，我现在就去买票，你等着我。

安小雅买了两天后到西宁的火车票，她想坐飞机回去。可这天晚上她却感冒了，泽仁娜姆请求她再待一天。安小雅看着泽仁娜姆泪汪汪地看着自己，她就留下了，泽仁娜姆一直默默地陪着她。许是到了离开的时候，安小雅突然不知道和她说些什么，其实有很多的话，长久在心头的话，可是那一刻却一句也说不出。

中午的时候安小雅感觉好多了，她坐在枯黄的草地上，贪婪地聆听着草原的风声，任热辣辣的阳光照射皮肤。吃过午饭，她一个人去看附近的小溪，在小溪的倒影中，她看到了自己的微笑的脸庞，她轻轻地捧起一掬清水，含在嘴里，溪水清凉无比……

傍晚时分，她和泽仁娜姆在逗格桑玩，摩托声传来，是多杰才让回来了，多杰才让是到镇子上给她买药去的。她们抱着小格桑走出帐篷，一出来，安小雅愣住了，她居然看到了沈鹏飞，沈鹏飞微笑地看着她……

沈鹏飞看到安小雅穿着长长的藏袍，梳着一头的麻花辫儿，他微笑着，流着泪，他扔掉手里的箱子，慢慢走向安小雅……

终于找到你了，小雅……

原来沈鹏飞根据她公用电话找到这里的，他坐飞机转火车到了镇子上。他一问安小雅，镇子上的人都知道的。有人告诉了多杰才让，多杰才让和泽仁娜姆商量，不告诉安小雅直接把人接来。

安小雅看到沈鹏飞愣了一秒，随即她丢下手里的玩具，开始没命地往远处狂奔，沈鹏飞追了过去，没跑几步就倒下了。

他高原反应了。

安小雅听见他倒下，才折回来跑到他身边。沈鹏飞一把抓住她的手："小雅，我们回家吧……"

安小雅听了，没有摇头也没有点头，她的手任沈鹏飞握着，一滴泪悄悄地滴了下去，和沈鹏飞的泪融化在了一起……

海 棠 花 影

1

进入秋季后，寻南渐渐感到不再那么痛苦。

从洛杉矶到北京飞机飞行十个小时，不算太累。在机场，寻南去卫生间洗漱。她抬头望着镜子中疲惫憔悴的自己，两眼里弥漫着暗淡的光，但眼神是那样沉静，那份沉静也代表着某种执着和默默承受。

在飞机上，她做了一个梦。醒来却什么也想不起了。

清晨的阳光洒在候机室里，光线柔和。寻南站在窗边，看着初升的太阳，等待转机到兰州。一回国，寻南觉得多一分的等待都是一种煎熬，她很想念父母，想念朋友，也想念黄河穿城而过的兰州城。

在回兰州的飞机上，她的旁边坐了一位带着四岁儿子的年轻母亲，小男孩第一次坐飞机，一直手舞足蹈，喋喋不休，年轻的母亲一直很有耐心地给孩子解释飞机上的一切。寻南手里翻着杂志，却无法安静地阅读，她闭目养神，耳边是年轻母亲温柔的声音，显然，这个女子比自己要年轻很多，她的脸光洁白皙，目光清澈简单，看起来很幸福的样子。飞机起飞后，小男孩像只顽皮蹦跳的小鹿，嘴巴里问个不停。年轻的母亲在耐心地回答。

天气晴朗，窗外白云朵朵，触手可及，孩子恨不得把脑袋探出窗外。寻南想到自己包里还有一颗瑞士的巧克力，她拿出来，递给孩子，希望他可以安静下来。果然，孩子拿了巧克力，开始平静地享受美味。年轻的母亲冲她友好地笑笑。孩子吃了巧克力，很快便睡着了。

年轻的母亲突然问，你的孩子几岁了？

寻南笑笑，没有作声。对于身旁素不相识、看起来又如此友善的女人，她本来可以敞开心扉地聊聊自己的处境，不知道为什么，在海拔七千米的上空，她没有说话的欲望。年轻的母亲倒是很有说话的欲望，她指了指自己的肚子，微笑着说，我又怀孕了，希望是女儿。寻南忙祝贺，她放下手里的杂志，耐心听年轻的母亲讲述她的故事，一个简单的、青梅竹马的爱情故事，平平淡淡，却又温馨甜蜜。

说话的时候，小男孩在她怀里翻了一下身，她小心翼翼地给他调整睡姿，她温柔的样子打动了寻南。那一瞬间，寻南有了想要孩子的强烈愿望，想生孩子，不是那么简单的事，她首先要找到那个可以结婚的人。

在洛杉矶，有一段日子，她十分脆弱，动不动会失眠，常常流泪。甚至，她想过在国外长期流浪，她害怕回国见到熟悉的人。可是无论她去过多少不同的地方，睡过多少不同的床。她都无法忘却自己的痛苦，有时候，走在异国他乡的小镇上，偶尔遇见流浪汉，她也会自己安慰，寻南你没有糟糕到一无所有，至少你还有父母，你还有工作，还有朋友。那样的安慰多少有些阿 Q 精神。少女时代，她曾经期待过自己的人生，如同飞机上遇见的年轻母亲一般，和一个相爱的人结婚，生两个孩子，平淡过一生。只是，她没有遇到好男人。她在国外刚刚两个月，准备结婚的未婚夫就和别人在一起了。他们是为了结婚才进行的恋爱，一开始没有多少感情基础，全靠道德维系，没想到，男人到底是耐不住寂寞。让寻南难过的不是失去未婚夫，而是，她觉得自己被抛弃了。前男友说，他提出分手是理智的决定，他说寻南绝对不可能为他洗一双袜子。寻南听了冷笑一声，背叛就是背叛，还要为自己的心安理得找个借口开脱，真是伪君子。寻南没有告诉他，她因为情绪激动，不小心从楼梯上摔了下来，等她醒来的时候，医生告诉她，孩子没有保住，她才知道自己怀孕了。寻南独自一人在医院住了七天。她每日以泪洗面，流干了所有的泪。

在异国他乡，她频繁出游，有时候深夜飞机落地在陌生的小城，她也不觉得孤单。生活是一本最好的教材，它会教你在艰难的时刻如何活下去。寻南唯一庆幸的是，她在兰州有一套自己的小房子，她还有个小小的家。

飞机落地，像往常一样，寻南拖着沉重的行礼箱，其实箱子里没有多少东西，是她的心略微沉重罢了。回城的大巴里一张张疲惫的脸，大家都如此冷漠吝啬，好像给身旁的人一个微笑会失去一半体力似的。

进入城区，已经中午了。街上的拉面馆里，人来人往，空气里飘着牛肉面的味道，这是兰州特有的味道。寻南看着熟悉的一切，一样的城市，一样的街道，一样的人们，一样的秋天。只是不再有人打电话来，问她到哪了？前男友唯一让她暖心的事，就是不放心她一个人出门。她只要出差，电话就一个接着一个，也许他曾经是爱过她的，只是后来又爱了别人。感情就是这样，哪有什么永恒。

寻南在街上吃了一碗牛肉面。在美国，她除了想念父母，就是想念这碗面。吃完面，寻南感到满足，她拉着箱子，步行去旁边的家。房子在市区繁华地段，是二手房，那里离公司近，少去了很多挤车的时间。半年没有住了，房子里落满了灰尘，寻南换了拖鞋开始打扫，门口贴了催缴电费的单子，单子上写着之前房主的名字，这个房子过户过来后，有些名字一直拖着没有改。房子在干休所，像是一个与世隔绝的世界，当初寻南就是看上了这个小小院落里安稳和安全。

2

从美国回来，在北京转机的时候，寻南发了一条微信，配了一张首都机场的照片，写了一句“终于回到了祖国的怀抱”！手机就没电了。

回到兰州，寻南打扫房间，出门去银行缴了电费，又在旁边的市场买了水果和菜，寻南打开收音机，开了加湿器，把被褥在阳台上晒了晒，顿时，家里有了人气。一切收拾停当，天色暗淡下来，寻南又泡了一包辣白菜泡面，晚餐就这么打发了。她又冲了澡，躺在沙发上，看着整洁一新的房子，感到安慰，至少，还有个自己的窝，对于一个三十二岁的独身女人，这个太重要了。

她打开手机，消息铺天盖地。微信上欢迎她归来的亲朋好友无数，连她的一个表姐的堂妹的弟弟都对她的回国表示热烈欢迎。同时，还有三个未接电话，寻南一看是吕新打来的。寻南脑海里出现了吕新的样子，清澈的眼眸，干净的面庞，寻南想起她出国前，他和另外一个同事来机场送她的情景，他的眼光里有无限的不舍。

吕新是寻南曾经的同事，自从得知她分手后，吕新基本上每天都会给她发信息，寻南知道吕新的心意。在公司的时候，吕新一直很照顾她，吕新帅气大方，当时他们在一个部门工作，寻南一直把他当弟弟，工作上偶尔会袒护他。后来，吕新出国时给她带了一套名贵的化妆品，寻南才预感到自己可能和他走得太近了，她没有收吕新的礼物。后来开始有意避开他，免得他产生误解。

公司的人都知道吕新喜欢寻南，寻南总是打哈哈，一笑而过，心想，喜欢又如何？她当时已经有了未婚夫，她向来是个传统而规矩的女子。

现在，寻南也不能答应吕新。

寻南比吕新大两岁，她是个传统的女性，明白女人的青春短暂。她不敢冒险嫁给比自己小且家世相貌俱佳的男人。何况，姐弟恋中年轻男孩对年长女人及其身体的爱慕，一般只因有恋母情结，一旦他吸饱了足够的力量，便会产生厌弃而选择离开。

寻南没有回吕新的电话。她不知道说什么？她展望未来，从没有想过要和一个比自己小的男人结婚。寻南向公司申请，延长了在美国的学习时间，也是为了逃避亲友们的同情。分手的消息很快尽人皆知。当然吕新也知道了。

从那以后，吕新几乎每天都有微信问候。有一次，吕新打电话来，他当时喝醉了，吕新说，我喝了三瓶酒，走在大街上，忽然很想你，我刚刚和一个想和我结婚的姑娘分手了，我不能和她结婚，我的脑子里自始至终都只有你，曾经我以为，时间会让我忘记你，可是，我做不到，寻南，得知你分手了，你知道我有多高兴吗，我会一直等你，等你回来，等你爱上我……

寻南听了，潸然泪下，为什么，想念她的人，不是她曾经掏心掏肺爱过的男人，她千疮百孔的身心又怎么能去接受吕新的真情呢。

寻南严肃地说，我比你大，我们不合适。

吕新说，我会一直等你回国，然后好好爱你。

寻南发了一个流泪的表情，她假装不知他的真心。

男人是可信的吗，寻南时常问自己。出国前，前男友说，你放心去吧，我会一直等你，不到两个月，她就接到了他的分手电话。寻南不想追究前男友背叛她的细节。她在心里其实也没有很爱他，只是觉得他是适合结婚的对象，门当户对，性格相投。何况长辈们说，和谁结婚都是一样过日子。如今，她得再次相亲，这是寻南觉得麻烦的事。

第二天傍晚，吕新又打电话，说想给她接风洗尘。寻南不好再推辞，不然会让吕新觉得她是个矫情的女人。何况有些话，还是当面说清楚好。

寻南换了干净的长袖棉裙子，穿着舒服的鞋子，出了门。

到了约定的云南菜馆，吕新还没有来。外面起风了，寻南看着一片树叶在风中飞舞，直到吕新站在窗外敲窗户，她才回过神来。吕新一定看了她很久。吕新暗恋她，原来在同一个大的办公室，他就经常悄悄注视她。

吕新走进来，手里拿着一束小雏菊，花朵娇小动人。吕新把花束递给寻南，说，欢迎寻南花仙子回到祖国的怀抱。

寻南接过花，一时不知说什么。

吕新一把抓住了她的手，厚实的手掌，紧紧地贴着她的手心。

寻南笑了笑。

吕新说，对不起，堵车了，好久不见，你还是那么美。

吕新点了她最爱吃的麻豆腐、茉莉花炒蛋。他见到寻南兴奋得语无伦次。而寻南的心却是平静得如无风的湖面。分别一年，恍若隔世，物是人非，听着吕新高谈阔论，关于这座城市的点点滴滴，渐渐清晰起来。

寻南，你还记得送我的那盆海棠吗？

寻南这才想起，她出国前，把办公室养的几盆花送给了几个要好的同事。其中给吕新也送了一盆，原来给吕新的是她最喜爱的海棠啊。寻南喜欢养花，她在办公室养了很多花，她能把最难养的仙客来养得年年开花。大家都知道，寻南每天一到单位，第一件事就是侍弄花草，赏花闻香。

你走以后，我一直悉心呵护，给海棠换了大盆，经常浇水施肥，今年它居然开花了，你看这些花多美……吕新说着从手机里翻照片。

寻南看到了嫣红欲滴、楚楚动人的海棠照片。

没想到你把花养得这么好。

和吕新的晚餐吃得还算友好，一直是吕新在插科打诨东拉西扯地说，她在听，她很少说自己，除非吕新问有关国外的事。寻南才会耐心解答。

吕新竟没有提感情的话题，寻南不好主动说，吕新你比我小两岁，我们不合适，那样显得她过于自作多情了。

吃过饭，吕新送寻南到小区门口。嘱咐她好好休息，就开车离去了。看着吕新的车子离去，寻南走着走着，忽然悲从中来，流下一行泪来，夜晚的大街上，没有人能看到她的眼泪，她扭头在一个车窗镜里看到了自己憔悴无光的脸，想当初寻南也属于文艺小清新，现在却进入了无边落木萧萧下的境地，真是让人感伤。

寻南打算振作起来，重新让生活有意义。女人的生活除了男人，还有事业和远方。她开始读过去喜欢的书，看喜欢的电影。她给自己列了许多阅读和观看计划。晚上十点，寻南收到吕新发来的微信，和往常一样，吕新说，早些休息，不要熬夜。寻南看着手机发了一会儿呆，才回复了一个微笑，道了声晚安。

看朋友圈的时候，寻南看到吕新发了一条微信：夜色迷人，时间匆匆，我如何走进你的心房……寻南没有点赞。她不想吕新误会自己。吕新是阔气有型的高富帅，是内心细腻的暖男，说真的，寻南压根就没想过吕新。

3

回国后，寻南调到公司总部，负责培训，外语系毕业的她，如今对于公司外贸出口洽谈，有着举足轻重的作用。工作比以前悠闲，收入也比过去增加了一些。寻南很喜欢现在的状态。她一直是自强自尊的女孩子，从二十一岁就开始经济独立，不再花父母的一分钱，一直努力工作，在公司有了一席之地，在兰州独自买了住房。寻南有时候觉得自己也许过于强大，从不会撒娇，不会示弱，才会有今天的境遇。这样靠自己创造的一切，寻南觉得踏实。

在公司总部，对于寻南也是新的环境，她要处理很多的事。要认识新同事，要熟悉新的工作程序，还要解决一日三餐，要新添置一些家电。许多小事，让她疲惫不堪，不过忙碌让她忘记了一些事情。

一个周末，寻南认真整理自己的房子，她送出去了太多和前男友有关的东西，包括书籍、花草，还有很多物品。那些曾经都是她极其喜爱的东西，送出的瞬间，她还要假装自己不再需要。她真正体味到了人生的断舍离。首先要断绝一切和前男友的共同朋友。要舍弃曾经心爱的物品，要离开曾经熟悉的地方。寻南清理完后，她很平静。时间会让一切伤口结巴，慢慢复原。

寻南花了一个月的时间，逐渐适应了新的生活。她开始布置自己的小房子，她买了漂亮的靠垫，买了精美的瓷器，又去集市上买了花草，偶尔她想起前男友，如一场梦。据说他马上就要当爸爸了。寻南不恨他。她可怜那个没有来到世上的孩子。她也有点想念她装修好的婚房，那个房子里有大阳台，她想在上面种满花草，希望家里一年四季都有花朵盛开，寻南天生就是好的园艺师，她在朋友家随便剪一个花枝，回来便可栽种成活。如今，她亲自装修的房子，已换了新的女主人。这个世界变化太快。

三十二岁生日那天，她选择和乔玲一起过。她并没有告诉乔玲自己过生日，只说要请她一起吃饭。乔玲是寻南的大学同学，她们认识多年，她一直是个善良热心的女人。她知道寻南的一些事。现在，她在张罗着给寻南介绍男朋友。吃饭的时候，乔玲说出了自己朴素的人生观点。男大当婚女大当嫁，这是千百年来人选择的生活方式，说明也是比较幸福的生活方式，乔玲说，虽然你有你的事业，能经济独立，有自己的爱好，喜欢阅读旅行，不会孤独无聊，但那还是要结婚的。一个人过终究是孤单的。何况你还要生养孩子，为了孩子的健康成长也要考虑婚姻生活。寻南不置可否。她并没有向人宣布，她要独身一辈子。

晚上回到家里，她很疲惫。吕新和往常一样，晚饭的时候发来微信，提醒她吃好一点。自从上次见面后，吕新已经约了她几次要一起吃饭，都被寻南婉言谢绝了，她给吕新回了微信，只发了一个表情。有些关系就隔着一层纸，一点就破，要小心翼翼地维护。

第二天傍晚，寻南下班前，又接到乔玲的电话。说晚上大学同学聚会。寻南马上拒绝。乔玲却说，快回家去换衣服，穿漂亮点，晚上有惊喜。

寻南拿她没办法。估计，乔玲要给她介绍男朋友。寻南不忍心扑灭她的热情之火，但她下午一直开会，有些累，本想好好休息一下。

晚饭的时候，来了三个大学女同学，有两个同班的，剩下的是同校的。乔玲姗姗来迟。进来的时候，乔玲领着吕新走进来。

寻南心想，乔玲怎么和吕新联系上的。后来回想，有一次她带着吕新和乔玲一起吃过晚饭。

乔玲说，我刚刚在门口遇见这小子，上次我们不是一起吃过饭吗，就把他拉来了，我们今晚喝点酒，让他送我们回家。

寻南点点头。

吕新真是见面熟，喝了两杯酒，就开始高谈阔论了。寻南冲他淡淡地笑了一下，仿佛不曾相识。

这小伙子阳光帅气、高大挺拔、说话很有底气……乔玲和几个女同学都在夸吕新长得帅。寻南笑笑，抓起眼前的酒杯，一饮而尽。

乔玲低声说，你可别这么喝，说不定那个工程师会来。他本来刚才要来，结果临时加班。

寻南说，吓我一跳，我还以为，你要给我介绍吕新呢！

乔玲说，这小子我觉得也好，他是不是喜欢你啊，啊，我想起来了，他一直暗恋你，这是好事啊。

别瞎说，我一直把他当小弟弟。

这时，在高中当老师的同学问，寻南，你什么时候让大家喝喜酒啊！

寻南只好瞎编说，快了，快了。

其中一个女生说，在大学的时候，我们都以为你会是贤妻良母，你会是我们几个里最先结婚的，会是最先当妈妈的人，没想到你成了最后一个。

乔玲夹起一个鸡翅，堵住了那个女生的嘴，尝尝这个，听说是招牌菜。

寻南笑了，心里却不是滋味。

吕新又开始讲他的幽默笑话，不过他从不讲带色的笑话。乔玲期间出去接了个电话，进来小声对寻南说，工程师不来了。他说，他回头约你。

乔玲又说，工科男人简单，会用钱疼老婆，那才是实实在在的。

寻南对工科生的认识，还停留在大学时代，她觉得工科男是那种最原始朴素的男人，面对的是冰冷的器械、灰头土脸的工作环境，他们像机器一样毫无浪漫可言，当然更不会沾边时尚。

不过她现在要找的是结婚对象，不是恋爱。

吕新端着酒杯凑过来，寻南，我们喝一杯吧。

寻南说，你是不是吃饱了没事干啊，什么场子你都来凑。

吕新打了个酒嗝，傻笑着说，寻南啊，寻南，你怎么这么铁石心肠，你怎么就不明白呢……

寻南没让他往下说，拿起旁边的一杯酒，和吕新碰了一下，直接灌了下去。吕新也跟着灌了下去。寻南又倒了一杯，吕新陪着，他们又灌了一杯。酒能解千愁。大家都放开喝了。一时间，寻南听见有人哭，原来是另一个女同学，听说，他老公有外遇，她为了孩子死撑着这个家。寻南突然喊了一声，姐姐妹妹们，我敬你们，你们都要对自己好一点。

也不知道大家听清楚了没有，酒倒是都喝了。包厢里场面一时有些混乱。乔玲又喊了两个男性朋友，她想让大家都尽兴一点。

寻南抓起杯子，还想喝，被吕新硬生生地夺了下来，走吧，寻南，我们回去吧，你不能喝了。

寻南脚下软软的，走路有些不稳定，她不知道自己怎么被拉出包厢的。吕新拦了车子，寻南只听见有人说，女人喝醉了真是惨不忍睹。吕新说，师傅，她心里有事啊……

迷迷糊糊中，寻南靠着吕新就那么睡着了。她的额头贴着吕新的脖子，她感到了吕新的体温，吕新紧紧地握着她的手。

寻南想说，我没有醉，可是，她张开口，却睁不开眼睛。

到了小区门口，寻南被吕新摇醒，寻南摇摇晃晃地下车。吕新说，我送你上去吧，寻南摆摆手。

吕新执意要送她，寻南根本站不稳。

吕新扶着寻南，到了楼道里，黑乎乎的楼道，好像灯坏了。寻南摇摇晃晃地说，吕新你走吧，我自己上去。

吕新说，寻南，你这样我不放心，我不走。

到了家，寻南直奔卫生间，她吐得稀里哗啦。吐完了，吕新给她端来白开水。

寻南喝了，头还是有些晕，她说去冲个澡。洗了澡兴许就好了。寻南洗了澡，倒头就睡。吕新轻轻地抬起她的头，寻南，你的头发还湿着，不能睡，乖，起来，我给你吹头发。

寻南嗯了一声。她喝得实在太多，根本没有力气吹干头发。吕新拿着吹风机在那里吹啊吹。

寻南睡得天昏地暗，半夜口渴，她起来喝水，才看见沙发上躺着吕新。吕新和衣而卧，枕着一本书。寻南倒了两杯水。把吕新摇醒。吕新醒了，突然，他伸开胳膊，在黑暗中紧紧地握住了寻南的手。

去冲个澡吧，今晚幸亏有你。寻南说着递给他一条浴巾。

吕新去冲澡。寻南又找了床单铺在沙发上，又找了个薄被子。没有开水了，她又烧了一壶开水。吕新洗漱完毕，笑眯眯地站在寻南面前。寻南有点窘，她略带羞涩地看了一眼吕新，吕新的目光含着暖意。她的心猛地跳了起来，吕新坐着傻笑，他没有说话，房间里弥漫着一种令人着迷的味道……寻南努力让自己镇定下来，寻南看了看手机，时间是凌晨两点。

吕新一口气喝完了一杯水。寻南默默地关了灯，她低声说，接着睡吧，盖好被子。

寻南重新回了卧室。可是她怎么也睡不着。翻来覆去。她听见吕新也在翻来覆去。

月光透过窗帘照进屋里。吕新在轻轻咳嗽，寻南起身，又找了个毛毯，她推开卧室的门，走到吕新旁边，给吕新盖上毯子。她没有说话，吕新也没有说话。黑暗中，吕新的眼睛却是闪闪地亮着，寻南触到了吕新的手，吕新深吸了一口气，他猛然翻起身，一把抱住了寻南，寻南轻轻地战栗，好久没有感受过男人的怀抱了。吕新一直紧紧地抱着她，他突然吻住了寻南的嘴唇，近乎粗暴地吻她，寻南所有的理智土崩瓦解，她的眼角落下泪来。

吕新的吻让她窒息，让她沉沦。寻南像猫一样，半躺在吕新的怀里，深深地沉醉在他的亲吻里。

寻南、寻南，你是我的，你是我的……

吕新说着横抱起寻南。寻南刚要说话，吕新又一次堵住了她的嘴唇。寻南摸了摸吕新的脸，她闭上了眼睛。一股滚烫的泪涌了出来。吕新停下来。他把寻南轻轻放到床上，寻南，睡吧，我就守着你身边，我什么都不会做，直到你爱上我……

寻南没有说话，她努力使自己平静下来。

黑暗里，吕新再次轻轻吻了一下她的额头，寻南，我先走了，记得吃早餐。

寻南听到了关门的声音，寻南一遍遍回想刚才的情景，她为什么没有拒绝吕新的拥抱和亲吻呢，为什么，她还有些喜欢那样的感觉。该怎么和吕新解释呢，或者什么也不说，就当是酒精的作用。

4

第二天傍晚，寻南独自去了黄河边。

在过去中学时代，或者工作后，即使学业工作非常忙碌，她总能抽出一点时间，让自己无聊无聊，或者把自己放空，让自己无所事事一整天，或者一个上午。

这座夹在两座山脉之间的城市，让人有种透不过气的感觉，黄河由西向东穿城而过，唯有走在河边，会觉得舒畅。秋日的河水水势汹涌，看着奔流不息的黄河水从脚下湍急地流过，寻南脑海里出现了逝者如斯夫的感觉，是啊，让那些往事，都由此渡河而去吧。

寻南一直没有相亲。上一周，寻南注册了交友网站，她没有发自己的照片，但是也收到了几封回信。唯一一次，她回复了一个男人的信息，那男人要了她的电话，彼此聊了几句后，男人在电话里说，我有房有车，工作稳定，和你年龄很合适，如果你觉得合适，我们周末就见面，马上同居试婚，不合适我们就各走各路永不联系。寻南听了不知如何是好。她吼了一句，老娘不想试，你给我滚出地球……从那以后，她不敢贸然给网上的男人留电话了。网络世界骗子太多，遇见结婚对象的概率很低。

工程师发信息说，周末想见面。寻南同意了。她想，至少这个人是现实中的，有人认识，可以打听底细。

见面之前，寻南没有发照片。不过乔玲给她发了对方的照片，寻南心想，反正周末没事就在公共场合见一面。她都三十二岁了，三十二岁对于女人来说，是个尴尬的年龄，寻南会暗示自己，你还年轻，你的朋友里也有未婚的，你是正好的年纪。但是，一些无法抗拒的事实让寻南明白，自己正在老去。看到同事的孩子，她会不由自主地想伸手抱抱，看到眼角的皱纹，她会想，要不要换更好的化妆品，微信上朋友圈里关于养生的内容，她会存下来。看到碳酸饮料，会本能地排斥。这些都是渐渐老去的症状吗？她不止一次地问自己，你到底想要什么？她已经很久没有躺在男人怀里了，从前那么怕黑，那么胆小的她，现在好像什么也不怕了，如今她可以顶天立地，承受一切。

院子里的门卫是个和蔼的老头，大概是每天看到寻南独来独往，有一天，寻南去倒垃圾，他突然指着一只流浪猫说，这是以前院子里住户遗弃的小猫，你抱回去养着吧。那只猫寻南经常遇见，院子里的老人经常会喂它。寻南看了一眼猫，她心里微微有点痛，在外人的眼里，她大概和流浪猫一样孤独可怜吧。她说，我经常出差，担心养不好。

寻南谈过三次短命得要死的露水姻缘。第一个是大学刚刚毕业那年，在驾校学车的时候认识的，那个男孩也学车，寻南也学车，两个人跟着一个教练，经常遇见，那男孩长得很帅，家里条件也好，每次学完车，他都约寻南一起吃饭。寻南也很喜欢他，遗憾的是，他当时正准备出国。

第二段恋爱，是个双鱼座的男人，他是个多情的男人，寻南原本准备和他订婚了，却无意间登录他的 QQ 发现他还有个女朋友。寻南立马就分手了。双鱼座当时痛哭流涕，后悔万分。但是，寻南没有给他任何机会。

第三次，就是二十八岁那年认识的前男友，是母亲的好朋友介绍的。前男友长相一般，不过人很大气，自己开着公司。他们的恋爱很平淡，一开始就感觉像过日子。经常一起买菜，一起做饭，一起逛超市。他们恋爱了两年，一开始属于前男友很倾慕寻南的才情和美貌，后来寻南才喜欢上他。本来恋爱一年就要结婚的，只是新买的婚房装修后一直有些味道，就想等味道散了再结婚，没想到，期间，寻南出了一趟国，一切都泡汤了。前男友提分手的时候，他已经搞大了别人的肚子。他在电话里哭着说对不起，寻南一声不吭，默默流泪。

对不起什么呢，时间是公平的，谁的青春都是青春。都是要往前走的，本是萍水相逢，匆匆交汇，然后分离成为陌生人。寻南越来越对感情麻木，也许是受过感情伤的人都是如此吧。

5

一天晚上，父亲打来电话，在电话里，父亲很生气地对寻南说，你这孩子，怎么这么久不来家里看看。寻南说太忙了，就匆匆挂了电话。临睡前，寻南给母亲打手机，手机也关机了。她想着过几天回家一趟，父母家在山清水秀的天水，离兰州很近，以前，她两个月回去一次。

见工程师的那天，天气晴好，寻南出门的时候，吕新打来电话，直接问她，你在哪？

我刚刚出门。

那我来接你。

我是去相亲。寻南直接说了。这样吕新也许不会再找她。

去哪？那我去找你。

我去相亲，你来干吗？寻南问。

你就告诉你去哪？

去万达。

吕新说，好吧，我在星巴克等你，你相亲完了，也相相我。

因为吕新的缘故。寻南和工程师见面很踏实。好像有靠山一样。她甚至选择了一个偏僻的角落。工程师个子很高，戴着眼镜，很老成世故的样子。他看到寻南有点惊喜，一直夸寻南美丽动人。然后像查户口似的问寻南父母做什么，寻南具体做什么工作、什么学历、身高体重、恋爱次数、工资待遇。寻南耐心地回答，她感觉自己就像一堆马上坏掉的菜，被人挑来挑去。

吕新发信息说，怎么还没有结束……

寻南回道，给我点一杯焦糖玛奇朵。

没想到吕新马上发来了图片，早就点了，快凉了，下来喝吧。

寻南收起手机，硬着头皮听工程师自我介绍。他比照片上要沧桑很多，寻南说屋子里有点闷。工程师说，要不我们去附近的公园散步吧。

寻南不知如何回答，这时候手机响了。是她的邻居老太太打来的。

一接听电话，邻居就劈头盖脸地说，你们家马桶漏水了，我们家的屋顶在滴水，你快回来处理。

寻南又庆幸，又发愁。她急忙起身告辞。工程师说要陪她去。寻南说，不用，我喊我哥过来。寻南撒了一个谎，寻南很少撒谎，她急忙拨通吕新的电话。开门见山就喊了一声，哥，电话那头的吕新一时不知今夕是何夕了。

不过听寻南说完，吕新很快就配合她说，马上过去。

在路边，吕新递给寻南一杯焦糖玛奇朵。他说不喝浪费，就打包了。寻南哪有工夫喝咖啡，急着要去邻居家。开车到了小区门口，吕新说，你回家等着，我去看看，我就说我是你哥。放心吧。

寻南还是不放心，但是吕新自己执意要去。

吕新把寻南推进屋子，自己去了楼下邻居家。过了一会儿兴高采烈地回来了。吕新进来先关了马桶的进水阀。寻南已经拖干了地上的水。

吕新说，这马桶必须得换了。好在住的地方离洁具城比较近。寻南说换就换，来来回回折腾了一下午，终于安了新的。

寻南非常感谢吕新，晚上请吕新吃饭。他们去了港式茶餐厅，服务生刚走过来，吕新没有看菜单就开始点餐，菠萝包、烧鹅、法兰西多士，脱口而出的都是寻南爱吃的。

过去他们在一个公司的时候，也常一起吃饭。吕新记得寻南的口味。寻南有些感动。却不知道说什么好，谢谢说得太多，就有点过了。寻南低头吃菠萝包，吕新吃肉，女为悦己者容，寻南打心眼里没想过吕新和自己有什么，所以，她也没有补妆，身上还是中午的相亲装扮。

吕新要了一瓶红酒。他知道寻南有些酒量，寻南没有拒绝。几杯酒下肚，吕新直勾勾地望着寻南说，我永远也忘不了第一次见你的情景。那天，你进电梯，电梯里就我一个人，你还看了我一眼，我当时脑袋就蒙了，心想这个女孩可真美啊。当时，你的眼睛像黑葡萄一样含着笑意，后来，我才知道，我们是一个公司的。你不知道我有多激动。公司搞新年酒会的时候，你站在我前面，我和你离得那样近，忽然就有种冲动从后面抱住你，心里有了想要保护你一辈子的想法。这是三年前的事。后来，得知你有男朋友，还准备结婚，我为此感伤了一段，没想到你分手了。其间我也谈了两场平平淡淡的恋爱，可是我始终不能下定决心结婚，我知道我不爱她们。直到我听到你又恢复了单身，我做了一个决定，那就是再也不想失去你。

寻南说，吕新，我们不合适，我比你大。

寻南，忘了我比你小两岁的事，可以吗？

寻南说，可是我一看见你，就觉得我会走路了你才出生，觉得对你不公平。

吕新说，我不在意，我比你成熟，我能保护你。

寻南摇摇头，不再吭声，心里却提醒自己，不能再和吕新见面了。

一瓶红酒喝完。寻南要买单，吕新笑笑，他已经用微信支付了。寻南也不能和他争，微笑着说，那我欠你一顿饭，改天请你。下楼的时候，吕新的一只手搭在了寻南的肩上，寻南回头看了他一眼，吕新又把手放下了。

寻南说，想和我做哥们了？这么快就改变了主意？

吕新又握住了她的手，是啊，你要嫁给我，一辈子做哥们夫妻也很好。

寻南没有接话。她今天一身淑女打扮，在公共场所是不能不注意自己仪表的。吕新打车送寻南回住处。司机师傅侃侃而谈，寻南有些头晕，她基本没有吭声，都是吕新在有一搭没一搭地接着司机师傅的话茬儿。寻南托着下巴望着窗外飞驰而过的风景。她知道，吕新在偷偷看她，车里的广播里放的是一首情歌，“若不是因为爱着你，怎么会不经意就叹息”，莫文蔚的声音略带沙哑，她把爱情唱得太过沧桑。也或许爱情本就是沧桑，也许人生也是沧桑。

寻南有些感伤，她默默地掉下眼泪。路过一个街心公园，吕新让司机停了车。下车后，夜色朦胧。秋末的晚风拂过，带着寒气吹乱了寻南的头发，他们坐在湖边的长椅上，什么都没有说，两个人默默地望着天空的月亮，时间就那样过去了。

过了很久，寻南被冻得微微发抖。吕新说，我送你回家吧。

6

工程师一天一个电话，寻南始终客客气气的。工程师发来微信，说想见面。寻南回复说，最近比较忙，再约啊！

寻南想结婚，想生孩子，可是，她渐渐感到，自己和陌生男人相处有障碍。可是这又如何结婚呢。寻南甚至想过随便和一个男人结婚，生个孩子，然后离婚，独自带着孩子生活，就像乔玲一样。乔玲虽然离婚，可有自己的孩子。

工程师是个好的结婚对象吗，相貌、身高还算凑合。可是，寻南知道自己永远不会爱上他。工程师发短信，寻南经常是隔一个小时才回复。工程师说，我们可以再深入交往吗？

寻南微笑了一下。

这天傍晚，寻南下楼，吕新就在公司门口抽烟，寻南知道他不是路过，他是在等她。

你怎么来了？

吕新笑了：想你了呗！

寻南一愣，忙道，可是我晚上有点事啊。

吕新好像有心事，他说，一起吃个饭好不好？吃完了你去办事。

寻南没办法拒绝。

吕新把车开过来。不问寻南的意见，就把车子开到了滨河路上。

工程师打来电话。工程师说，晚上一起看电影吧。寻南说，我和几个朋友去郊区吃饭。

工程师问，不是周末，还去郊区吃饭，你们真是有时间，有情调。寻南说，我晚上回去和你说。

又是那个工程师吧，我现在有种危机感，有情敌了。吕新说。

寻南她迟疑了一下，不知道说什么，只能问，你找我什么事？

吕新笑笑，也没什么要紧的事，就是想和你吃个饭，不是好久没有见了吗？

老弟，我们昨天才见过，你忘记了？寻南说。

寻南也没有问去哪。吕新把车开到郊区一个高档小区的门口，是一家新开的海鲜餐厅。

走吧，我们去吃点海鲜，据说这家是全金城最地道的。

她琢磨着他的语气，吕新好像有点什么心事似的。吕新点了三种海鲜，想到昨晚的事，尴尴尬尬的，不知道说什么好。点菜的时候，寻南从来不说什么。吕新点的菜都是寻南爱吃的。他对寻南口味的了解，犹如从小在一个锅里吃饭的亲兄妹。

两个人谈得不咸不淡，但谁都没有提昨晚的事。

服务生端来青菜钵。汤色清淡，看着就让人舒服。吕新给寻南盛了一碗，递过来，寻南看着吕新递汤的样子，感觉他和她已经是老夫老妻了。吕新真是暖男。

寻南喝了一口。

吕新问，好喝吗？

寻南回过神，笑了一下。

吕公子点的菜从来都很好吃。

吕新笑着摸了摸头，说，其实你爱吃的也是我爱吃的。

餐厅里忽然来了一大家子，吵吵闹闹的，好像是要给老人过生日。他们在笑声中包围着，不知不觉就吃完了饭。

寻南和吕新走出餐厅的瞬间，正好有一束光照过来。吕新扶了一下寻南，寻南没有躲闪，心里微微动了一下。

分手后，在亲朋好友面前，寻南表现得无所谓，可寻南知道，自己受了很大的委屈，她的自尊心太强了，她觉得那是失败，很大的失败。有一段时间，寻南的身体很糟糕，头发大把大把地掉，她每天需要化妆出门，不然脸色极差，她甚至开始使用腮红。这是她之前从来没有用的化妆品，脸色如此苍白，如果不用，会吓到同事的。而吕新于她，始终是寻南的一抹暖意。

晚上寻南发微信，问乔玲，小男人有什么好？

你就信守一定不能找小男人的信条是不是？乔玲说。

当年，在大学宿舍，寻南和几个姐妹信誓旦旦地说过，不能嫁给比自己小的男人。当时的背景是，有个低年级的男孩在追求寻南，寻南一看那张胡子还没发育好的脸，心里就想着，男人的青春期可真漫长。

你是不是宁愿骄傲得发霉，也不愿委屈地恋爱的？乔玲问。

寻南说，知我者，乔玲也……

男人成熟的关键不是年龄，而是心智。我觉得吕新挺成熟的，他看起来比你大多了。

寻南说，你怎么知道我问吕新啊？

你那点花花肠子谁不知道？何况吕新前段和我说起过，他第一次见你，就喜欢上了你，对你念念不忘，你也该回想一下了。

寻南发了一个尴尬的表情。

送你四个字，难得糊涂，别想那么远，先抓住青春的尾巴才是正事。

的确，乔玲说得对，想得太远，真的是多此一举。谁知道明天会发生什么事，婚姻、孩子，都无法确保幸福，走一步看一步，才是良策。

7

时间这样快，又到春节，她自己是不能回家过年的。她害怕听到父母的叹气声。三十多岁独身的女儿，没有父母会置之不理的。寻南感到自己不孝，她从小学习优异，工作也顺利，一直是让父母引以为傲的孩子，没想到情路如此坎坷。她不能回家过年，她也不能待在房子里，她得出去透透气。

腊月二十那天，寻南又见了一次吕新，吕新和她去参加原来同事的婚礼，吕新穿着牛仔裤，浅灰色的羽绒服，带着他阳光般的微笑，冲她挥了挥手。他又换了车，一脸春风得意的样子。在车上，寻南没有说话。吕新也没有说什么。但是有一种莫名的默契，两个人的心里好像都装了许多的事，无法诉说。吕新曾经说，寻南像是从古画里走出的女子，她清新脱俗，与世无争的样子是世俗中稀有的存在。宴席上吕新在和几个男同事喝酒，偶尔，他会注视寻南，目光充满了疼惜和爱怜。寻南急忙躲开他的目光，他的眼睛像一眼温柔的清泉，让人深陷其中。

昔日的同事起身敬酒，走到吕新跟前，拍着吕新的肩膀问，吕新，大伙儿都等着喝你的喜酒呢。吕新爽朗地笑着，说，没问题，等我家新娘同意了，马上就办。寻南听了，不禁抬头望了一眼吕新，只见吕新的目光也停在她的脸上，寻南的脸唰地红了，吕新的目光犹如一双拨弄琴弦的手，寻南的心头泛起阵阵涟漪。

宴会还没有结束，寻南就悄悄离开了。

工程师约寻南去看电影，吕新在朋友圈里发了一句感叹，喝醉醒来居然感冒了。寻南看到原来很多的同事朋友一起在安慰吕新。吕新都是痛哭的表情。

寻南发信息说，多喝水。

吕新回信问，你在哪，可以来给我烧点水喝吗？

寻南说，我去看电影的路上。

吕新说，又是和工程师去看电影吧！好吧，亲夫在病中，你却陪别的男人看电影，有没有良心啊……

寻南说，若看完电影早，我去看你。

吕新说，可不可以直接来看我。我高烧三十九度五。

工程师说什么，寻南都是微笑应付。吕新的微信一条接一条，都是博人同情的言论，一会儿浑身疼，一会儿嗓子难受，一会儿还没有吃一口东西。寻南基本不理会，心想我又不是医生，可是又有些于心不忍。

寻南总是看手机，工程师说，我去买杯饮料。

寻南有点不好意思，可又不好拒绝。进场的时候，工程师拉着了寻南的手。寻南急忙抽了出来，她觉得无比别扭。一开始不喜欢好像不可能慢慢喜欢上。电影看得心不在焉。吕新发了十条微信，突然不发了，寻南寻思着，吕新是不是晕倒在卫生间了，她发了几个问号，也不见回复。

电影总算看完了，工程师说，晚上我们去吃西餐吧。寻南忙摇头。她说，我得去看个朋友，他感冒高烧，没人照顾。

寻南打车直接到了吕新的楼下。吕新住在高档小区，是新楼盘，小区环境幽静，原来的同事都知道，吕新的家境殷实，据说他父母都是搞外贸生意的。不过吕新从来在寻南面前不提自己的家世。寻南也没有问过。因为她对他从来没有什么非分之想。

摁了门铃，吕新开门倒挺快。吕新果然是在发烧。寻南给他烧水买药，买吃的，烧还是不退。寻南就用敷毛巾的物理办法给他降温。脸红扑扑的吕新突然抓住寻南的手，寻南一阵战栗。好久没有这样的感觉了。寻南愣住了。

吕新说，你和我妈一样对我好，我小时候发烧，我妈也给我这么降温。

其间吕新的妈妈打来电话。吕新居然在电话里说，妈，你放心吧，有人照顾我。不知道电话那头说了什么，只听得吕新在笑。他说，我努力，我努力。

晚上，寻南熬了大米粥，看着吕新喝了两碗。吕新的烧退了。寻南要走，吕新说，你不担心我半夜又烧吗？寻南白了他一眼，难道，你想让我照顾你一整晚？

吕新说，不是，我以前发高烧，总是反复。

寻南忙用手堵住了他的嘴。吕新就在手上亲了一口，又是一阵战栗。寻南都不敢看吕新的眼睛了。

晚上吃过饭后，他们并排坐在沙发上看电视。两个人都盯着电视屏幕，吕新坐在寻南的身边，他们谁也不讲话，仿佛空气就要在瞬间凝固。电视的声音突然变小了。吕新轻轻地握住寻南的掌心，在黑暗中，寻南紧张极了，没有回应，也没有反对，任由吕新轻轻地握着她的手。

过了半晌，吕新的头轻轻转过来说："寻南，从侧面看你，真是太美了……"

寻南默默地听着他的赞美。她没有转头，而是站起身，借口去喝水。

尴尬的气氛总算结束了。

喝完水，寻南看着吕新吃了药，一直陪他到十点，直到吕新睡着了，她才悄悄离开。回到住处，竟还是有些担心他。她其实从来都不讨厌吕新，她也喜欢和吕新待在一起。可是，她一想到吕新比自己小，寻南就感到别扭。

第二天，吕新发了一张在公司上班的自拍照，寻南稍稍放心了一些。

8

接下来的几天，寻南一直忙公司的事，连着加了几天班，吕新也好像忙起来了。他也在加班。吕新经常很晚才发微信，寻南经常早上看到他的微信。

公司让寻南去趟上海。寻南便去了。吕新两天没有发信息了。寻南有些放心不下，想着他可能忙，或者交往女孩子了。这样也好，不用再担心他还缠着她了。

有一天，寻南刚刚回宾馆，打算第二天回兰州，正在收拾东西。

吕新突然打电话。

开门见山就问，你在哪？

寻南说，我在上海出差。

哪天回来。

寻南说，明天中午。

吕新说，那我明天去机场接你。

第二天下了飞机，吕新果然在等他。几天不见，吕新瘦了。莫非是感冒一直没有完全好。寻南问，吕新，你感冒一直没有好吗，怎么这么憔悴。

吕新脸沉着。寻南朝他看了一眼，几天不见，吕新好像一下子成熟了许多，也憔悴了许多。寻南本想说些在上海的趣闻，逗逗他，又不知该怎么说。

吕新开着车，寻南打着盹儿。突然，吕新说，寻南，你得帮我一个忙。我爸住院了。这次病得很重，要做个大手术，医生说手术有生命危险，你能陪我去看看他吗。

寻南说，当然可以。

吕新犹豫了一下说，我是说，以我女朋友的身份，我想让我爸爸放心一点。

寻南点点头，轻轻地握了握吕新的手。

吕新，你放心！

谢谢你……

吕新把寻南送到楼下面，又帮她把行李提上楼，吕新说，我还要去医院，白天我妈值班，晚上我值班，就不陪你吃晚餐了。

寻南不知道如何安慰他，只能安慰他说，会没事儿的，你别太担心。

吕新点点头。

男孩一夜成长一般是家里出了变故。寻南第一次觉得吕新像个男人而不再是男孩。

第二天中午，寻南吃了中午饭，提了营养补品还有一束鲜花，就去了医院。她特意收拾了一下，专门去美发店吹了头发。她穿了米色的风衣，里面是一件红色的淑女风格的裙子，整个人看起来很精神。

寻南找到病房，看到吕新正在给他爸喂饭。

寻南走过去，亲切地喊了一声叔叔。就忙着替吕新洗饭盒、打水。吕新的爸爸一直冲她笑。

寻南也冲他笑。

临走的时候，吕新爸爸说，有空来家里玩，等我出院了，我想和吕新妈妈见见你父母，你们也不小了，明年就把事情办了吧。

寻南点点头。

我爸爸妈妈也想见见你们呢。寻南违心地说。她看了一眼吕新。吕新一直盯着她。看起来他当真了。

下楼的时候。吕新说，他爸明天的手术。寻南说，有需要帮忙的，就给我打电话。

吕新点点头。别的没有，就是，见你父母的事，你还是和你父母说一下吧。

寻南瞪了他一眼。没个正行，也不看看啥时候。

工程师要回家过年，他想在回南方之前和寻南见面，被寻南拒绝了。寻南说自己已经回家了。工程师每天会给她发信息，有时候会发一些荤段子，寻南总是会回复一个笑脸。她想着春节后，好好了解一下这个男人，但是他们的关系总是不温不火，寻南知道，他不是自己喜欢的类型。

吕新的爸爸手术很顺利，出院后，寻南去看望了一次。吕新请了年假，陪父亲去海南疗养了。走之前，吕新说，等我回来，就去拜访你父母。

寻南一笑，你还当真啊。

吕新说，我和你不是开玩笑的。我都三十岁了，明白自己说什么。

寻南还是一笑。

春节前，她为了不影响父母的心情，没有回家，她报了旅行团，去了云南旅行。一个二十多人的团，只有她是独自一人，其他人都带着家人。寻南关了手机，隔绝了和外界的一切联系。她和团里二十多人都处得很好。她说父母去了国外，善意的谎言，没有人怀疑。春节期间，大家都给予她照顾和温暖。

在泸沽湖畔，夜里，寻南睡不着，她拉开窗帘，看着明亮的星星，潸然泪下，她从来没有抱怨过命运，那一晚，她突然相信命运。正是因为她之前的人生，在其他人眼里太过完美和幸福，因此才会有了那么多坎坷。

回到兰州后，寻南打开手机，才发现吕新每天都在给她打电话。寻南就给他回了电话，说了去云南的事。

吕新说，吓死我了，以为你出了什么事，打电话到你家，才知道你去云南了。我过两天回兰州去找你。

连着下了两场春雨，天气就暖了，寻南本打算周末回家一趟，哪承想，父母不请自来了。寻南妈妈说寻南太没良心了，这个春节一家人都没过好。嘴上责怪着女儿，却大包小包带了很多好吃的，说要给寻南做个遍。寻南爸爸的哮喘犯了，寻南陪他去医院挂了专家号，又买了制氧机。寻南爸在路上悄悄和寻南说，你妈的老朋友张阿姨给你介绍了个转业军人。过几天可能会约你见面。寻南一听头有点大。父亲呼吸困难，她不能说不，怕他着急喘不上气来。

晚上，一家人吃晚饭。寻南洗完碗，沏了一壶茶，给父母各倒了一杯，毕恭毕敬地递过去，说，妈，爸，我最近在很严肃地对待终身大事，请你们二老放心，争取今年结婚。两个老人听了，立马脸上堆起笑来，母亲笑着涌出了泪。

寻南把自己积蓄的一部分给了父母，有十万块之多，是她这些年存下来的。本来想结婚了添置家具。现在不再想结婚的事了。

父母从企业退休，一辈子节俭惯了。母亲买菜经常会绕着菜市场走一圈，货比三家，才决定买谁家的。寻南想让他们过得宽裕一点。

寻南说，这些钱是给你们旅行的钱，趁着腿脚好，每年出去一趟，以后还会再给你们钱的，放心花。

母亲说，我给你存着，留着给你买嫁妆。

都什么年代了，还提什么嫁妆啊。寻南笑了。

母亲身体还行，她的头发又白了许多。

周末，寻南带着父母去了一趟青海，看了看寺庙，父母便嚷着回去。临走前，母亲叹了口气，孩子，你别着急，人各有命，你三岁的时候，大家都说，你是个有福的孩子。我相信上天会给你个好归宿。

寻南安慰父母，你们放心，我知道现在什么是最重要的。

9

情人节那天，吕新一早就发信息，中午有空吗，一起吃饭？

寻南发了鬼脸，说，今天忙得要死。

吕新说，是不是又背着我去相亲啊！

寻南说，我从来都是光明正大，从不偷偷摸摸地做事。

吕新说，你是不是要把亲夫活活气死啊，我不准你再去相亲，我必须让你明白，你已经名花有主。

寻南说，吕新，咱们别再开玩笑了行吗？

吕新说，寻南，你回到兰州，一直是我的女朋友。

寻南无语了，她挂了电话。

中午的时候，寻南在办公室吃盒饭，快递哥送来一束玫瑰花，还有一个小礼盒，寻南打开盒子，两个女同事凑过来，哇地喊了一声。

是个翡翠镯子。

寻南不用脑子想，就知道是吕新送的。这个吕新，真是越来越放肆了。寻南在同事面前也不好打电话，一个女同事非要寻南戴上看。没办法，寻南就戴上了，但是取不下来了，寻南不知如何是好，一个女同事说，你就戴着吧，你男朋友这么大气，真让人羡慕嫉妒恨。

寻南发微信给吕新。

在哪？

在单位啊！

下班等着我，我给你还东西。

吕新说，戴了玉镯子，你今生今世就是我的人了。

寻南真拿他没有办法。本想快递给吕新，可又担心，这么贵重的东西丢了怎么办。

临下班，吕新发来微信说，晚上家里有事，我明天去找你。

恰好是周末。寻南最怕周末。走出单位，乔玲打电话，约她吃饭。无聊孤单的日子，有朋友陪伴是幸运的事。

乔玲喜欢吃火锅，寻南最怕吃火锅。但是因为无聊，寻南只能勉为其难去吃火锅。吃饭的时候，乔玲又说了工程师的事儿。寻南说，毫无感觉。乔玲问你到底想找什么样的。寻南说她想找灵魂伴侣，乔玲一听到灵魂伴侣，差点把口里的茶喷出来。

寻南为了让她把茶喷出来，于是，一本正经地念徐志摩的诗“我将于茫茫人海中访我唯一灵魂之伴侣；得之，我幸；不得，我命，如此而已。”

没想到乔玲反而把茶咽了下去。她说，在这个各种婚姻介绍所生意如火如荼、只讲条件的定做式婚姻的时代，你想找灵魂伴侣那只能做梦。她的建议就是，坚持健身，保持苗条美丽的身材，每天做面膜，乔玲的观点是，男人永远喜欢年轻漂亮的女人。乔玲还建议她多看一些恋爱宝典的书，千万不要在男人面前过于强大。男人都喜欢小鸟依人、智商为零的傻女人，她甚至教寻南撒娇。

寻南并不苟同她的观点，人生反复，但是每个人都有一个命中注定的人生伴侣，这个伴侣就叫灵魂伴侣。

乔玲是大学老师，她是寻南众多朋友中最理智的一个。乔玲说，在动物界，雄性动物和雌性动物都会选择具有优秀基因的个体繁殖后代。因为遗传优秀雄性的基因可以遮蔽掉雌性的缺陷，所以雌性选择优秀的雄性可以保证物种良性进化。乔玲在择偶方面，只看对方的智商和身体。她没有考虑爱情这一因素。她和一个名校毕业的博士结婚了，那个男人，拥有智慧和力量。婚后，他们生了一个健康聪明的女儿，可是好景不长，婚后三年，那个博士便和她提出了离婚。两个人进行了为期三年的离婚大战，最后，终于闹上法庭，不欢而散。如今乔玲已经有了固定男友，生活顺风顺水。

寻南对乔玲说，你的择偶观一开始是错的。

乔玲说，对于下一代说，我成功地生了一个优秀的孩子，这就是成功。

寻南说，我现在就想结婚生子，甚至不想恋爱。从来没有过的紧迫感。

乔玲说，工程师对她印象不错，你们好好交流沟通。爱情是一门需要毕生研读的课程。

有人说，谁先爱上谁就输了，谁用情太多谁最可能一败涂地。寻南不想那样，她不想动小心思算计来算计去，或者计较第一条短信是谁发的，谁先打的电话，那样太累了，她要的是实实在在的一颗真心。

10

三月的一个周末，风日晴和，寻南洗了衣服，又洗了澡，穿着一件舒适的棉裙子。坐在窗边，让太阳晒干头发。

窗户开着，一阵舒适的暖风吹进屋子里，窗帘和窗台上的花草随风浮动。寻南冲了一杯咖啡，在书桌前打开电脑，寻南记得自己还抬了抬头，看了看天花板，有一个灯泡坏了，得换，她提醒自己。要不要请吕新来帮忙换灯泡，顺便把镯子还给他。

打开百度，寻南鬼使神差地搜索关键词：嫁给小自己两岁的男人好不好？没想到吕新居然打来电话。寻南愣住了，电话响了很久，她才接听。吕新约她晚上吃饭。寻南说，本来想中午请你吃饭，可我中午有事，下午吧。

吕新说，又是见你的工程师吧？

寻南说，是的，人家约了一个月了。

吕新说，告诉我地点，我愿意当护花使者把你安全护送回家。

寻南拒绝了。

寻南你今天见面就明明白白地拒绝了他好吗，我爸妈下周打算请你去家里吃饭呢。

吕新，我比你大，你忘记了吗，难道你真的不介意吗？

是的，我不介意，你现在不能见工程师了。我是你唯一的男朋友。我请求你做我的女朋友。

寻南说，我再想想，给我点时间。

中午，工程师发信息来，说想约寻南去唱歌，地点在钱柜，看到信息，寻南有点戒心，她告诉了乔玲。乔玲说，放心去吧，去喝喝酒，感情更进一步。寻南忍不住又给吕新发了信息，她没说她去哪，只发了个笑脸。吕新一直没有回信息。往常她发个笑脸，吕新总会给她马上回过来。寻南估计吕新在忙，或者在睡觉，或者他因为她去见工程师生气了。

寻南想，也许该和工程师说再见了，她无法对他有好感。感情根本不能强求。

寻南去了钱柜，推开包厢的门，寻南看到工程师穿着一套崭新的黑西装，他举杯浅笑，唇角勾着坏，说实话，寻南心里有点打鼓，潜意识里那目光不怀好意。工程师抓起桌上的一杯红酒，递给寻南，寻南只好接过来，先喝点暖暖身子，看看你要唱什么歌儿……

寻南有点口渴，她自己还是有点酒量，就一口喝了下去。

工程师替她点了一首《传奇》，估计是乔玲出卖了她。这是她最喜欢的一首歌。寻南唱了几句，就发觉自己没来由的，身体里一阵阵地泛着燥热，一种空虚感让她浑身不自在，工程师一直笑眯眯地望着她。

寻南对着他笑了一下，她双颊滚烫，工程师向她伸出了手，寻南竟不由自主地伸出了手。在工程师即将握住她的手的一刹那，寻南缩回了自己的手。她把麦克风递给工程师，说，不好意思，我去趟卫生间。寻南没有上包厢的卫生间，而是去了大厅里的。她进了卫生间，拿着手机就给乔玲打电话，乔玲没有接。

她的身体像是着了火，燥热难耐，额角已经有细密的汗珠冒出。寻南给乔玲留言，让她来接她。这时候，吕新打电话来。

寻南说，吕新，我在钱柜，你来接我，我喝了酒，头好晕，要醉了……寻南用仅存的理智告诉了吕新她在哪……她眼前金星闪烁，全身软软的，她只记得吕新告诉她，让她在卫生间等着，不要回包厢。

吕新让服务生来接寻南的时候，她一直蹲在卫生间镜子前的角落里，寻南脑子里一片空白，她被他塞进车里，迷迷糊糊地进了门，她紧紧地贴着吕新，喊着抱紧我、抱紧我，吕新一直紧紧地抱着她。在车上，寻南昏昏沉沉，她紧紧地靠在吕新的肩头，粗重地呼吸着。吕新开着车，温柔地说，寻南，我们马上就到家了，回去给你喝水啊……

吕新，我渴，吕新……寻南紧紧地贴着吕新的胸膛。

寻南，你这是何苦呢，你为什么不能接受我的爱，你这样让我心碎知道吗？

吕新抱起她，把她轻轻放到床上……

在吕新俯身的瞬间，寻南伸手紧紧地抱住了他的头，把唇贴在了他的颈窝里。

吕新捧着寻南意乱情迷的脸，深情地说，寻南，告诉我，你能不能感受到我的爱，你到我的心里去看看，你看看我是怎样爱你的……吕新克制着自己。

寻南傻傻地笑着说，吕新，我好喜欢你，好好喜欢你……

醒来已是第二天清晨。

寻南发现自己躺在一张陌生的床上，吕新被她紧紧地抱在怀里。寻南看了看自己身上穿的男士衬衣，想不起昨夜发生过什么。

她刚要摇醒吕新，就发现吕新的脸颊破了，眼窝也青着。好像是打过架。寻南摇摇头，根本想不起来昨夜发生过什么。

吕新醒了。

寻南问，你的伤……

吕新伸了一下懒腰，睡眼惺忪地笑了一下，说，被工程师打的，不过他也没讨着便宜，放心，他不敢报警，谁让他在酒里下了药……

寻南这才明白自己不是喝醉。她已穿戴好衣服，她平静地跟吕新说，“我要回去了！”

吕新咧着嘴，说，你就这么走了？为了体现我不是乘人之危的小人，昨晚我给你洗了个温水澡，自己又冲了凉水澡，没办法，睡觉的时候，我本来要去睡沙发的，可你一直喊着我的名字，非要紧紧地抱着我……

寻南听了，恨不能找个地洞钻进去。但是她还是故作镇定地说，我要走了。

你真就这么走了？

对啊，我要上班，早上有会啊！

吕新小声说，人家是第一次给女人洗澡，你要对我负责。

寻南的脸瞬间变成了一朵红玫瑰，窗户里吹进温暖的春风，寻南一转头，眼前忽然一亮，一大盆海棠花正在落地窗前怒放着。这是她曾经送给吕新的那盆海棠，没想到它长得这么好，花朵好像没有忧愁似的，寻南顿时心里百感交集，要是人和花一样年年有新生就好了。

海棠花影映在墙上，寻南看着白墙上的花影，那楚楚动人的花影犹如一幅水墨写意画。看着花影，寻南想起吕新为她做过的点点滴滴。在她的生命里，还没有哪个男孩子这样爱过她。寻南渐渐感知到了吕新的爱，吕新一直和他保持联系，在国外，吕新每晚都会发来的晚安，他一定是看着时差的。他的心里一直只有她。即使工作繁忙，他也会抽空发短信给她，他知道她的口味，他总在她身边，他为她做了那么多的事……为什么不能接受吕新呢，她问自己，大两岁又何妨？忘记过去的痛苦，犹如蚕茧剥丝，不妨就让过去留在心底，何必要刻意去忘记呢。

寻南扪心自问，她其实是爱吕新的，不然她怎么会乐意接受他的所有帮助呢。何况，吕新脸上的伤得去医院看看，或者消毒处理一下。她今天得陪着他。

寻南给公司发了短信请了假。

寻南，你真的忍心舍下我吗？

寻南走到卧室，温柔地问被窝里的吕新，饿了吧，你想吃什么早餐？

吕新惊喜地问，你不去单位了？

不去了！我已经请了假，一会儿我们去给你处理一下伤口。

太好了，我是说你留下来陪我太好了。吕新兴奋得像个得到了礼物的孩子。

你饿了吧，我给你做早餐……寻南淡淡地说。

吕新爬起来，捧着她的脸，真的，你真的要给我做早餐吗？

寻南点点头。

你愿意给我一辈子做饭吗？

寻南又点点头。

寻南，我们结婚吧。

寻南听了，鼻子酸酸的，她皱了皱眉，假装犹豫地说，可是我还不是你的女朋友啊？

吕新紧紧地抱着她，说，我们先结婚后恋爱好不好？

寻南点点头。

你知道吗，寻南，我第一眼看到你，就认定了你会成为我的妻子。好奇怪，每次想起你的时候，总会想到永远……

寻南在静静地听着。

吕新还在说，冥冥之中一定有什么神秘的力量把你带到了我的身边……

寻南矗立在熹微的晨光里，吕新看不到她眼里旋动的泪光。她吸了一口气，让自己平静了一下，然后微微转头，把额头贴在吕新的脖颈里，很想说，吕新，你知道吗，我终于发现，这个世界上只有你是真的爱我……可是她什么也没有说，她把身子轻轻地靠向了吕新，她想这样一直靠着他，她甚至感受到了一种细水长流般的温情。

过了一会儿，一缕淡淡的阳光照进屋内，他们一同迎接着清晨的朝阳，寻南觉得，这束闪亮的晨曦如同他们未来的生活一般饱含希望，它是那样地美。

图书在版编目（CIP）数据

若没有你 / 赵剑云著. -- 北京 : 中国文史出版社, 2020.3

（“锐势力”中国当代作家小说集）

ISBN 978-7-5205-1990-8

Ⅰ. ①若… Ⅱ. ①赵… Ⅲ. ①中篇小说－小说集－中国－当代 Ⅳ. ①I247.5

中国版本图书馆 CIP 数据核字(2020)第 034064 号

责任编辑：全秋生

出版发行：中国文史出版社
地　　址：北京市海淀区西八里庄路 69 号　　邮编：100142
电　　话：010－81136602　　81136603　　81136606（发行部）
传　　真：010－81136655
印　　装：北京温林源印刷有限公司
经　　销：全国新华书店
开　　本：787×1092　　1/16
印　　张：16.5　　字数：260 千字
版　　次：2020 年 6 月北京第 1 版
印　　次：2020 年 6 月第 1 次印刷
定　　价：49.80 元
